Paul Dautrans

La Dixième Porte

Roman

Paul Dautrans

La Dixième Porte
Roman

Première publication : Le retour aux sources, 2009

Publié par Le Retour aux Sources

www.leretourauxsources.com

© Omnia Veritas Limited – Paul Dautrans – 2020

PRÉFACE À LA SECONDE ÉDITION

Après que j'ai publié en 2009 ce chef d'œuvre presque aussi impérissable qu'un San-Antonio stocké dans les vécés d'un constipé chronique, des malotrus se sont permis de faire observer qu'il était pour ainsi dire rempli de gros mots et de propos tout à fait malsonnants.

À quoi je réponds : mais mon pote, c'est fait exprès.

S'il est beaucoup question d'enculés, dans ce livre, c'est parce que ce livre parle de la réalité d'un monde où tout ce qui dépasse le niveau du crétin de base reste bloqué au stade sadique-anal. S'il est beaucoup question de suceurs, c'est parce que, dans cette même réalité, le crétin de base est carrément coincé au stade oral.

Le problème n'est pas que mon bouquin soit plein de grossièretés. Le problème est que notre monde, le monde dont je parle, le monde des employés de bureau et des grandes entreprises du début du XXI° siècle, eh bien pour faire court, c'est de la merde.

Ce que je raconte dans ce livre, pour employer des termes choisis qui vont faire bander les pédants, c'est l'impossibilité pour une génération, la mienne, de conduire son processus d'individuation, au sens jungien du terme. Pourquoi ? Peut-être parce qu'elle est enfermée dans un schéma régressif que tonton Freud aurait, sans doute, pu relier à un nouveau stade du malaise dans la civilisation. Disons que, quand les adolescents traversent la puberté sous l'emprise du marketing, les adultes ont, des décennies plus tard, bien du mal à *aimer*. Et ce que j'ajoute, toujours pour plaire aux prétentieux de la pensarde, c'est qu'il y a un lien évident entre cette architecture mentale et le capitalisme de la séduction.

Ce petit plaisantin de Michel Houellebecq a dit, à jeun peut-être, qu'il avait voulu témoigner de l'impossibilité de vivre. On peut dire les choses comme ça, si on veut. Houellebecq relie ce désastre à l'extension du domaine de la lutte. Mon expérience personnelle m'amènerait plutôt à évoquer sobrement la connerie en expansion. Mais c'est affaire de tempérament. Houellebecq, l'enfant de la bof génération, étale sa dépression chronique à longueur de pages. En bon *GenXer*, je préfère étaler mon ricanement.

Bref, si ça vous choque que j'appelle Donatien Bouquet-Chaland un enculé et l'Ombre déguisée en Surmoi Le Grand Enculeur, sachez que je suis bien content de vous avoir choqué. On ne sait jamais, ça va peut-être vous faire réaliser à quel point le monde autour de vous est taré, et donc à quel point votre monde intérieur, par contrecoup, est malade.

Bonne lecture, les chatons.

PREMIÈRE PARTIE
LE SOCLE PROPÉDEUTIQUE
DES LOGIQUES TRANSVERSES

L'Ancien

« Il y a plusieurs manières de ne rien foutre dans une organisation bureaucratique. Il y a la méthode bœuf, la plus fréquente : l'idée générale, c'est que tu dois développer une passivité parfaite. Comme un bœuf à l'étable. Tu n'attends plus rien, tu n'espères plus rien. Quand ça sent la réorganisation, tu rentres la tête dans les épaules et tu ne te fatigues pas plus pour autant. À savoir : il est tout à fait inutile d'espérer sauver ta peau en travaillant honnêtement, ce genre d'idée saugrenue ne peut te valoir que des ennuis. Le seul moyen d'être certain que tu ne seras pas viré, c'est d'être le fils du patron, ou alors faut coucher avec ton supérieur hiérarchique. Et encore : des suceurs de première classe se sont déjà fait virer, ça s'est vu. »

On était chez O'Driss, la brasserie irlandaise du boulevard, à deux pas du siège social, et l'Ancien me briefait. Je buvais ses paroles, vous pouvez me croire. Là, j'apprenais des choses utiles. Bien plus utiles que le bourrage de crâne à tout va genre école de commerce, j'aime autant vous le dire.

« Tu dois bien comprendre ceci : tout, absolument tout ce qu'on t'a appris, c'était de la propagande. On t'a bourré le mou avec l'entreprise de quatorzième génération, les méthodes faut qu'on y a qu'à, toutes ces conneries... Pipeau, complètement pipeau. En réalité, le système est parfaitement absurde, il est débile au dernier degré. Tu vois tous ces mecs autour de nous, en costumes gris ? Bon, dans le lot, il y a peut-être quelques patrons de PME, ceux-là servent vraiment à quelque chose. Et puis je veux bien t'accorder ici ou là un mec qui par hasard, à un moment donné, en ce moment par exemple, eh bien disons... sert momentanément à quelque chose, par *pur* hasard. Mais le reste ? Le reste, c'est simple : dans les entreprises, dans les sièges sociaux parisiens, 99 % des bureaucrates ne servent à rien 99 % du temps. »

L'Ancien m'avait à la bonne, il me trouvait touchant, avec ma naïveté de premier communiant. Je devais lui rappeler le jeune comptable à la noix qu'il avait été, trente ans plus tôt. Ou alors c'était un truc de pédé, j'avais le corps qu'il aurait aimé garder, ça arrive ces trucs-là. De toute manière, je m'en fichais. Qu'il bande pour moi s'il voulait, ce qui me branchait, c'était qu'il me refile toute son expérience, trente ans de coups tordus, trente ans de guerre de service, trente ans passés à l'écoute de radio moquette. De l'or en barre.

« Ce que je voudrais te faire comprendre, c'est qu'environ 1 % du temps, quand tu sers à quelque chose, tu n'es pas payé pour produire, ni même pour faire consommer, mais pour donner à tes chefs l'impression qu'en produisant, ou en faisant consommer, ils font quelque chose d'utile. Et les 99 % restant, tu es payé pour faire croire à tes chefs, ou plutôt pour qu'ils puissent se persuader eux-mêmes, que nous tous, les cols blancs, nous sommes indispensables pour que les cols bleus, en dessous, produisent. Et pour que les ménagères de moins de quarante balais consomment, aussi. Donc en fin de compte, tantôt tu es payé à faire des trucs qui ne servent à rien, tantôt tu es payé à faire semblant de les faire. Et ça, en réalité, bien que personne ne le reconnaisse, tout le monde le sait. »

Là, quand même, je trouvais qu'il abusait. Je lui ai dit mon point de vue, parce que c'était un vieux avec qui on pouvait parler. Il a rigolé.

« Tu es jeune, tu crois encore que la société va quelque part, tu crois encore que les gens ont quelque chose à espérer. Mais le secret, c'est que tout ça, toute cette énorme machine, ça sert juste à faire croire qu'il y a quelque chose à espérer. Les mecs sont dans un labyrinthe, tu piges ? Derrière le prochain tournant, ils se disent toujours qu'il y aura un truc à voir. Et derrière le prochain tournant, tu sais quoi ? Il y a un autre tournant. Et ainsi de suite, jusqu'au dernier tournant. »

J'ai fait : « Et derrière le dernier tournant ? »

Il a souri, bon papa.

« Derrière le dernier tournant, y a le cimetière. Et tout ça, tu vois, tout le labyrinthe, tous les tournants accumulés, ça sert uniquement à pas le voir, le cimetière. C'est ça, le secret »

Il a pris une gorgée de bière, et soudain, je l'ai bien aimé, l'Ancien.

Pour la première fois de ma vie, quelqu'un me disait la vérité.

*

Le comité de projet

Le lendemain, il y avait un comité de projet, et l'Ancien m'avait emmené, pour que je voie.

Y avait tous les patrons, assis d'un côté de la table, et en face y avait l'Ancien, moi, et puis Philippe, Carine, Véro et Jean-Pascal. Les patrons portaient des costumes gris, des chemises blanches et des cravates rayées. Sauf les femmes, qui étaient en tailleur gris ou noir ou rose bonbon. L'Ancien, il avait mis un costume gris, mais avec une chemise bleue et une cravate jaune. Carine portait un tailleur gris, Véro un ensemble pantalon mauve. Philippe portait un pantalon de velours, fallait oser, moi je dis. Jean-Pascal, celui qui a de l'ambition, il portait un costume gris, une chemise bleue et une cravate jaune. Moi, j'étais le petit jeune, alors je portais un costume vert pomme.

On était dans la grande salle de direction, celle qui a une table en forme de soucoupe volante, avec des micros posés dessus, on peut s'asseoir à vingt ou trente, autour, et on tient à l'aise. Moi j'étais au bout de la table, à côté du rétroprojecteur, je devais passer les « slides » en appuyant sur les touches « flèche pointant vers le bas » / « flèche pointant vers le haut », quand l'Ancien me ferait signe. Y a des mecs dans les entrepôts qui sont payés au SMIC pour porter toute la journée des caisses de vingt kilos, et s'ils étaient pas là pour les porter, la machine s'arrêterait de tourner, donc les garde-chiourme sont sur leur dos tout le temps. Et moi, je suis payé deux SMIC et demi, déjà tout jeune, juste pour appuyer sur « flèche pointant vers le bas » / « flèche pointant vers le haut ». Elle est pas belle, la vie ?

Y en a qui pourraient trouver ça injuste, et moi aussi, avant que l'Ancien m'explique la vie, chez O'Driss, je trouvais ça injuste. Enfin illogique disons. Mais maintenant que l'Ancien m'a expliqué comment ça marche, je sais à quoi m'en tenir. Si j'étais pas là, en costume vert pomme, pour appuyer sur « flèche pointant vers le bas » / « flèche pointant vers le haut », quand l'Ancien me fait signe, eh ben vous savez quoi ? Ouais, parfaitement, le système s'arrêterait de tourner, aussi sûr que si les mecs payés au SMIC arrêtaient de porter les caisses de vingt kilos !

Ça peut sembler bizarre, mais c'est comme ça : faut bien qu'il y ait un petit jeune payé deux fois et demie le SMIC pour appuyer sur « flèche pointant vers le bas » / « flèche pointant vers le haut ». Et vous savez pourquoi ? Parce que si y avait pas de petit jeune comme moi, au bout de la table, payé deux SMIC et demi, comment on expliquerait que tous les autres, ceux qui ne sont pas assis au bout de la table, ils gagnent entre quatre et trente fois le SMIC ?

La pyramide a forcément besoin d'avoir une base, vous comprenez ? Eh ben voilà pourquoi je suis là, en costume vert pomme, au bout de la table, à appuyer sur « flèche pointant vers le bas » / « flèche pointant vers le haut » quand l'Ancien me fait signe : je fais la base de la pyramide. La boîte peut se payer un mec en costume vert pomme à deux SMIC et demi rien que pour appuyer sur « flèche pointant vers le bas » / « flèche pointant vers le haut », donc elle peut bien se payer un directeur général adjoint à trente SMIC le mois, pas vrai ? Et bien content encore, que je suis, vu qu'appuyer « flèche pointant vers le bas » / « flèche pointant vers le haut », toute la matinée, c'est bien moins fatiguant que de se coltiner des caisses de vingt kilos pour un SMIC. Qu'on ne compte pas sur moi pour cracher dans la soupe ! La misère des braves gens, c'est poétique dans les livres. Dans la vie, vaut mieux être un enculé riche qu'un brave mec pauvre – voilà ce que je dis, et j'assume.

Des caisses de vingt kilos, j'en ai porté jadis. Avant d'être diplômés d'une école de commerce, certifiés bons petits connards bien programmés, fallait qu'on fasse un « stage ouvrier », nous autres, les futurs gardes-chiourme. À l'époque, je comprenais pas trop à quoi ça correspondait, cette niaiserie. On devait passer quelques semaines dans une usine, ou dans un entrepôt, à faire tourner une machine à la con, à porter des caisses, ce genre de choses. On nous disait que c'était pour qu'on comprenne ce que c'était que de bosser dur, avec les mains qu'on a qu'une paire, genre gros discours socialo démago vous devez comprendre l'équivalent travail.

Moi, je me doutais que c'était une arnaque. Si le système voulait qu'on comprenne la réalité, il ne passerait pas son temps à nous bourrer le crâne, le système. Même un petit connard encore en école de commerce peut comprendre ça. Mais je voyais pas trop où ça nous menait, alors je me disais : après tout, c'est peut-être la vérité, peut-être qu'ils veulent qu'on comprenne des choses ?

Et puis, là, maintenant, au bas bout de la table, le doigt sur les touches « flèche pointant vers le bas » / « flèche pointant vers le haut », je comprends à quoi servait cette connerie de stage ouvrier. Fallait qu'on prenne peur, fallait qu'on sache ce que c'est, de porter des caisses de vingt kilos, fallait qu'on comprenne la chance qu'on aurait d'être en costume vert pomme au bout de la table, le doigt sur les touches « flèche pointant vers le bas » / « flèche pointant vers le haut ». Fallait qu'on pige bien que c'est déjà beau, d'avoir le droit d'être assis au bout de la table. Fallait qu'on apprenne à fermer notre gueule en faisant « flèche pointant vers le bas » / « flèche pointant vers le haut ». Y a pas, le conditionnement est bien fait, j'ai rien à dire, les écoles de commerce, c'est quand même du sérieux comme formation.

L'Ancien me fait signe et j'appuie sur « flèche pointant vers le bas ».

*

Mission de reconnaissance

Aujourd'hui, c'est-à-dire deux jours plus tard, on m'envoie en reconnaissance.

L'Ancien m'a prévenu. Il m'a tout expliqué. Mission stratégique. Ne pas foirer.

« Dans une organisation bureaucratique, l'ennemi, ce n'est pas la concurrence. La concurrence sert à faire semblant d'avoir des ennemis communs, c'est tout. C'est du pipeau. Ça permet juste aux patrons de s'imaginer qu'ils ont fait du team building et qu'ils sont de grands leaders charismatiques. Tu comprends, dans une organisation bureaucratique, les neuf dixièmes du temps, les bureaucrates se savonnent la planche mutuellement. Sinon, tu penses bien qu'on n'aurait pas besoin d'être si nombreux pour ne servir à rien. Donc il faut des concurrents pour que les chefs aient l'impression qu'on travaille à autre chose qu'à se saboter mutuellement. Pigé ? »

J'ai hoché la tête en signe d'assentiment. Logique imparable. Si on paye cent types à ne rien faire, ils vont se disputer pour savoir lequel a le droit de faire semblant de bosser. Rien à redire, c'est dans la nature des choses.

« Je veux que tu ailles à la réunion organisée par la Pichon. Cette nénette, c'est ton ennemie intime. Tu dois tuer tout sentiment de pitié à son égard. Tu dois être prêt à kidnapper ses enfants pour la faire craquer. C'est un être vil et méprisable. Un chien. Une larve. »

J'ai fait : « À ce point-là ? »

L'Ancien m'a regardé avec commisération.

« Comment tu veux survivre au royaume des enculés si tu ne travailles pas ta capacité de haine, mon petit ? Tous autant qu'on est, on ne sert à rien. Donc on n'a aucun moyen de grimper dans la hiérarchie en bossant, puisque de toute façon, si on bosse, ça ne servira à rien. Le seul moyen de grimper dans la hiérarchie, c'est que les patrons sentent que t'as le manche pour baiser les autres. »

J'ai compris que l'Ancien était fâché. Je l'avais déçu, à poser ma question idiote. Il m'avait flairé petite quéquette, sur ce coup-là. Ma cote baissait. Valait mieux me taire, l'écouter, bien noter qu'il voie que j'enregistrais.

« L'objectif c'est de faire durer le bordel vu que tout le monde en profite, donc l'important, c'est pas de faire déboucher les dossiers. À la limite, c'est même mal vu, parce qu'une fois que t'as fait déboucher un dossier, faut que les patrons se décarcassent à t'en inventer un autre à traiter, pour justifier ton existence, donc l'existence de ton chef et celle du chef de ton chef. Tu peux comprendre ça, bleusaille ? »

J'ai fait oui. Il s'est radouci, l'Ancien, bonne pâte au fond.

« Je veux que tu ailles à son comité de projet à la noix, à la Pichon. C'est un projet qui ressemble un peu au nôtre. En fait, c'est un projet qui ressemble même beaucoup au nôtre. En fait, c'est même carrément notre projet. En fait, on est deux directions à avoir le même projet. Donc y en a forcément parmi nous qui vont faire charrette à la prochaine réorg, tu piges ? »

J'ai fait oui, c'est très clair, je pige.

« Bon, alors tu y vas, chez Pichon, et tu joues le jeu. Tu peux dire tout ce que tu sais. C'est pas grave. De toute façon, t'es dans la boîte depuis trois semaines, tu comprends rien à rien. Donc t'es parfait pour briefer nos concurrents. »

J'ai souri. Okay, ça, c'était dans mes cordes.

« Tu ouvres les yeux et tu regardes qui il y a dans son équipe, à la Pichon. Les truffes, tu t'en fous. Mais si tu vois un mec qui a l'air d'assurer techniquement, tu me préviens. »

J'ai hoché la tête. C'était clair, l'Ancien voulait voir venir le danger. Et j'étais chargé de faire l'espion.

Donc, aujourd'hui, je me retrouve dans la réunion de Pichon.

Une réunion de faux techniciens.

Même moi, la bleusaille, je m'en rends compte au bout de cinq minutes.

La salle, c'est un carré de six mètres sur six. Dans le carré de six sur six, y a des tables formées en carré de quatre mètres sur quatre. Sur le mur blanc, y a une nénette qui fait « flèche pointant vers le bas / flèche pointant vers le haut » pour projeter des « slides » que commente Pichon.

Autour de la table, il y a :

Un quadragénaire bronzé à chevelure de cadre américain. Il est informaticien, ou quelque chose de cet ordre. Il parle beaucoup, en employant plein de termes techniques. Personne ne comprend rien à ce qu'il dit. Assez vite, ce con devient l'oracle de la réunion. Il parle d'un air si convaincu que les autres décident qu'il doit savoir ce qu'il dit.

À côté, une grognasse du marketing. C'est une moche. On m'a prévenu, à ce sujet : les canons, les commerciaux les gardent pour eux. Quand une grognasse du marketing débarque à la technique, c'est toujours une moche. Elle porte un tailleur vert pomme, un chemisier blanc et un pantalon noir. Elle a des boucles d'oreilles énormes, orange, qui tintent quand elle tourne la tête. Elle passe son temps à approuver le mec à chevelure américaine assis à côté d'elle. J'en déduis que ce mec doit être un chef ou quelque chose de cet ordre, car les grognasses, c'est notoire, ont le respect de la hiérarchie.

À côté, il y a la nénette chargée du compte-rendu. Dans la salle, c'est la seule qui bosse vraiment, puisque tous les autres, autant qu'on est, on n'a aucune obligation de résultat, aujourd'hui. On est juste là pour parler et se donner l'air de comprendre ce qu'on dit.

À côté, y a deux jeunes nénettes qui encadrent la mère Pichon. Les deux nénettes se ressemblent. Elles sont habillées genre ensemble tailleur falzar – comme leur patronne, exactement. Ce sont les sous-chefs du service de Pichon. Sa garde rapprochée. La phalange, le bataillon sacré version businesswomen.

Enfin, ce que j'en dis, j'en sais rien.

Après, y a deux ou trois clampins comme moi, des mecs qui n'y entravent que pouic et que leurs chefs ont envoyé là pour qu'on puisse pas dire qu'ils avaient envoyé personne.

Après, y une gonzesse qui a l'air de s'ennuyer ferme, et qui le montre. Tout de suite, c'est louche. Il y a anguille sous roche. Elle porte un ensemble tailleur pantalon noir, et des boucles d'oreille diamant. Elle regarde ses ongles et le plafond, alternativement.

Après, y a un quadragénaire à chevelure poivre et sel, mais pas coiffé à l'américaine. Lui aussi, c'est un technicien, mais quand il parle, on le comprend. Il parle beaucoup moins que son vis-à-vis, le mec à chevelure américaine. Je me dis : celui-là, il a l'air de savoir de quoi il parle. La preuve : on pige ce qu'il dit, donc il veut qu'on pige.

Je mets une croix à côté de son nom. C'est lui, le mec compétent que je vais signaler à l'Ancien.

À la fin de la réunion, on passe au lotissement des tâches. L'essentiel du boulot tombe sur la tronche du mec à chevelure poivre et sel. Pendant ce temps-là, l'autre technicien, le mec à crinière américaine, taille le bout de gras avec la rombière à boucles d'oreille orange. Ces deux-là, ils vont finir par coucher ensemble, vous verrez. Quoique non, la gonzesse est vraiment moche. Le mec à chevelure américaine, il doit juste la brancher pour le fun, ou bien pour qu'elle lui présente ses collègues du service commercial, les jeunes de préférence.

Et là, il se passe un truc important.

Après avoir fait la liste des lots de travail, le mec à chevelure poivre et sel se tourne vers la gonzesse qui avait l'air de s'emmerder. Il lui demande si ça va. Elle répond : « pour la date prévue, là, non, c'est pas possible. »

Le mec demande quelle date. Elle réfléchit, demande un report de deux semaines. Le mec se tourne vers la Pichon, qui dit : « D'accord. On n'aura pas de report de comité, mais on passera au comité suivant. »

Alors je pige que le mec à chevelure poivre et sel, c'est pas lui le type compétent que je dois signaler à l'Ancien. Lui, c'est juste un chef qui a été bien briefé. En fait, mon jackpot, c'est la gonzesse, celle en noir, qui lui sert de sherpa. C'est elle qui détient la vraie compétence.

Je raye la croix devant le nom de poivre et sel et je coche le nom de la gonzesse : Nadine Leperron.

*

Les meufs

Le soir même, je suis chez O'Driss avec l'Ancien, Philippe et Jean-Pascal. Carine et Véro ne sont pas là. Dans la boîte, les femmes vont pas chez O'Driss. Y a des nénettes qui bossent dans d'autres boîtes, chez O'Driss, mais pas les nénettes qui bossent chez nous. C'est logique. Elles vont dans d'autres bars, des bars où vont pas les mecs qui bossent chez nous. Comme ça, le soir, les nénettes de chez nous ne croisent pas les mecs de chez nous devant un verre de bière. Jamais mélanger la drague et le boulot, sinon c'est la fin des haricots.

Le plus drôle, c'est que cette règle n'est écrite nulle part. Y a pas de règle pour dire : mecs de la boîte, queutards chez O'Driss, donc nénettes de la boîte, tricardes chez O'Driss. Ou plutôt si : y a une règle, mais elle n'est écrite nulle part. Ça se fait pour ainsi dire tout seul, cette manière de s'organiser. Moi, par exemple, si je voyais Carine ou Véro chez O'Driss, je n'irais plus. Pas envie de m'attirer des ennuis à avoir une histoire avec une collègue de travail que je fréquente tous les jours. Faut comprendre : quand tu as vu une gonzesse faire du trampoline sur ta queue, ça devient difficile de la considérer comme un rouage impersonnel dans la grosse machine à produire du vide.

Donc, chez O'Driss, y a Philippe, Jean-Pascal, l'Ancien et moi. Point final.

Jean-Pascal est habillé comme l'Ancien, bien sûr. Blazer bleu marine, chemise blanche, pantalon gris, une tenue comme l'Ancien les aime. Si l'Ancien s'habillait à la mode papou, Jean-Pascal se ferait mettre un os dans le nez. Si l'Ancien se convertissait à l'islam, Jean-Pascal virerait mystique soufi. Et si l'Ancien était pédé, Jean-Pascal se baladerait le cul à l'air !

Bref, c'est comme ça, c'est la vie. Ainsi va le monde, et autres formules consacrées. Revenons à nos moutons.

Donc on est assis chez O'Driss, et on discute des gonzesses. La question, c'est : quelle est la gonzesse la plus canon de la boîte ?

Jean-Pascal dit que c'est une certaine Coralie, une gonzesse du service commercial. Philippe penche plutôt pour Estelle, une autre gonzesse du service commercial. L'Ancien, lui, dit que c'est Corine, une nénette du service commercial, là encore. Moi, après réflexion, je dis que j'ai pas vu tout le monde, mais que la mieux, à mon avis, c'est Stéphanie Delarue, du service commercial évidemment.

Alors là, l'Ancien lève les bras au ciel.

« Malheureux, cette fille-là, t'as pas le droit de la trouver canon. »

Je demande pourquoi. Il me dit, l'air énigmatique :

« Y a des mecs qui ont plus de pognon et de pouvoir que toi et qui veulent se la taper. »

Comme je fais une mimique d'incompréhension, Jean-Pascal se penche vers moi et me dit : « Chasse gardée. »

L'Ancien précise :

« C'est la petite préférée du directeur général adjoint. »

Je fais :

« Ah, je savais pas... »

Un ange passe. Philippe sourit, dans son coin, d'un air un peu triste.

C'est très curieux, quand on y pense. Les mecs de la boîte ne sortent jamais avec les gonzesses de la boîte, et d'ailleurs on ne se croise jamais le soir, pour le « before », elles et nous. Mais quand on est entre mecs de la boîte, de quoi on parle ? Eh bien des gonzesses de la boîte, précisément.

*

L'art d'être bureaucrate

Trois jours plus tard.

L'Ancien a remarqué que je restais le soir, après l'heure normale. Il m'a demandé, en faisant les gros yeux : « Tu cherches à me faire passer pour un con, c'est ça ? Tu veux que les gens croient que je sais pas organiser mon service ? »

J'ai plaidé ma cause du mieux que je pouvais.

« J'ai du courrier en retard, je m'en sors pas. J'ai l'impression que ça n'arrête jamais. Je réponds à des e-mails envoyés par des mecs que je connais pas, qui me pose des questions que je comprends pas au sujet de projets dont j'ai jamais entendu parler. À chaque fois, je demande des précisions, et les mecs me répondent par d'autres questions. C'est un cercle vicieux, mais je sais pas comment en sortir, puisque mon boulot, justement, c'est de répondre aux questions. »

L'Ancien a soupiré, genre « ah ces jeunots ! »

Puis il a décroché son téléphone et il a appelé Philippe.

Puis il est resté là, sans rien dire, à me regarder d'un air apitoyé.

Et là-dessus, Philippe entre dans le bureau. Il porte un pantalon de jean blanc, une chemise à motifs et une cravate fantaisie, genre pingouins qui s'enculent. En plus, son jeans blanc est trop court, on voit ses chaussettes. C'est des chaussettes Mickey. Ça s'aggrave, son trip.

L'Ancien regarde Philippe et, me désignant du pouce, il fait : « Y a le bébé qui se noie. Tu reprends son courrier de ces derniers jours et tu lui expliques la musique, sinon on en sortira pas. »

Puis il me regarde et il me sourit, genre « t'en fais pas, ma poule ».

L'Ancien dit : « Philippe est le roi de la glande. Ce mec est un génie. Ça fait trois ans qu'il m'entube à faire semblant de bosser, et j'ai jamais rien pu prouver. »

Philippe l'interrompt – il est le seul dans le service à oser couper la parole à l'Ancien.

« C'est pas vrai. Une fois de temps en temps, je bosse vraiment. »

L'Ancien hoche la tête vigoureusement.

« Justement, ce que j'apprécie chez toi, c'est ta subtilité. Tu te débrouilles toujours pour faire exactement ce qu'il faut pour pas être pris en faute. Jamais un poil de plus, jamais un poil de moins. T'es un maître, dans ton genre. »

Puis il fait un geste de la main qui veut dire : cassez-vous j'ai à faire.

On s'esbigne.

Dans le couloir, Philippe me dit : « T'en fais pas pour l'Ancien. Il a l'air méchant, comme ça, mais en fait c'est un tendre. »

Puis il me dit :

« Paye-moi un café. »

On prend un café à la machine de l'espace détente. C'est un bout de couloir au bout du couloir, avec un renfoncement et, dans le renfoncement, trois tables minuscules où on peut boire que debout. D'ailleurs, y a pas de chaises.

En buvant son café, Philippe me parle du PSG. Il est supporter et il veut que ça se sache. À mon avis, c'est un genre qu'il se donne. Ce mec adore jouer au con, c'est sa manière de pas devenir dingue. Il pense que le PSG va gagner la coupe de France. J'y connais rien mais pour lui faire plaisir, je lui dis que c'est probable. Alors cet enfoiré me répond : « T'es un petit con, tu t'es fait baiser. Le PSG est déjà éliminé, ils ont été sortis en huitième de finale par ces connards de Lensois. »

Je fais la gueule, je trouve qu'il a pas été honnête sur ce coup-là, mais il enfonce le clou.

« Règle numéro un : ne jamais répondre à une question, ne jamais donner raison ou tort à personne. Rester dans le vague. »

Je pige qu'il parle du boulot. C'est bien sa manière, ça, mélanger le boulot et la déconne.

On redevient sérieux et on file dans mon bureau.

Il me demande d'ouvrir mon répertoire courrier, ma boite mail, tout ça. Puis il parcourt un moment les dossiers.

Il fait : « Toi, t'es du genre à te noyer dans un verre d'eau. »

Je dis : « C'est pas si facile, comme boulot. »

Il rigole. Il dit qu'un mongolien parkinsonien affligé d'un Alzheimer avancé pourrait faire mon boulot les yeux fermés en se faisant tailler une pipe par une secrétaire trilingue.

Puis il me dit : « Prends un stylo, et note ce que je vais te dire. »

Il commence à parcourir mon courrier en attente.

« Pelicano, du marketing. Ce mec est une truffe, il est promis à la prochaine charrette. Pas la peine de s'emmerder à lui répondre sérieusement, il n'a aucun pouvoir de rétorsion. Tu réponds pas à son premier e-mail. Tu réponds pas au deuxième. S'il insiste une troisième fois, t'es obligé de répondre. »

Je fais : « Il m'a déjà écrit plusieurs fois, mais à chaque fois que j'essaye de lui répondre, il revient avec une autre question. »

Petit claquement de lèvres dédaigneux.

« Raison de plus pour pas lui répondre. »

Je fais remarquer que j'ai pas le droit, normalement. Je suis payé pour répondre aux questions des mecs du marketing, entre autres choses.

« Il y a répondre et répondre, mon coco. »

Et là, le Philou, il me donne ma première leçon.

« Quand un mec t'emmerde, genre Pelicano, c'est parce qu'il est sur la touche dans son service et il cherche à s'occuper pour qu'on voie pas qu'il est inutile. Donc il va s'accrocher à mort, vu que pour lui, c'est vital. Si les autres mecs de son service pige qu'il est sur la touche, là c'est sûr, il fait charrette à la prochaine purge... »

Je dis : « Ouais, c'est logique. »

Le Philou se gratte le menton, dubitatif.

« Tu peux pas l'envoyer paître franchement, mais ce que tu peux faire, c'est le router vers un chef qui aurait vocation à répondre à son chef à lui. Tu mouilles la hiérarchie, quoi. Ça, ça va le calmer direct. Ce genre de mec, ça n'ose pas trop la ramener en haut lieu, tu piges ? »

Je hoche la tête. Ouais, je pige. Je commence même à piger des tas de trucs, d'un seul coup.

Le Philou regarde l'organigramme de la boîte, affiché au mur derrière mon poste de travail.

« T'es d'accord que sa question, là, celle qu'il te pose, il aurait aussi bien pu la poser à Pichon, nan ? »

Je fais oui, forcément. T'façon Pichon et l'équipe de l'Ancien, on fait exactement la même chose. Donc par définition, s'pas, une question qu'on peut nous poser, on peut aussi leur poser.

« Okay, » qu'il fait, le Philou. « Alors voilà : on va faire le coup du mistigri. Je vais router l'e-mail de Pelicano vers le secrétariat de Pichon en expliquant qu'on souhaiterait l'associer au traitement du dossier. Et je fais copie du mail transféré à Pelicano, qu'il voie bien qu'on le met dans la merde. »

Deux clics plus loin, il se tourne vers moi, souriant :

« D'une pierre trois coups. On emmerde Pichon, on lui repasse un poil à gratter. On se débarrasse de Pelicano, vu qu'il va flipper de voir que ses conneries remontent jusqu'à une chef – et une chieuse, en plus. Et en prime, tu noteras, j'ai fait copie du transfert à l'Ancien, ça va bien le faire rigoler. »

Il s'octroie une gorgée à la bouteille d'eau minérale qu'il s'est acheté au distributeur, après avoir pris son café.

« Tu notes, l'ami : quand un emmerdeur se ramène, proposer un groupe de travail en associant une chieuse galonnée. »

Je note pieusement, ça le fait rigoler, Philou.

Retour à la liste des courriels.

« Castan, des ressources humaines. Note, please : avec la DRH, faire gaffe. Ces mecs-là sont les pires enculés de la terre, ils sont payés exprès pour ça. Des pervers. »

Je note. Il reprend : « D'accord, il te pose une question technique décomposable. Facile, on va lui faire le coup de l'agrafeur. »

Je fais : « C'est quoi, le coup de l'agrafeur ? »

Il répond pas tout de suite, il prend d'abord une gorgée d'eau.

« Un agrafeur, dans une organisation bureaucratique, c'est un mec qui se met en situation de centraliser les informations pour récupérer la plus-value des autres membres de l'organisation. La seule condition pour être un bon agrafeur, c'est de savoir repérer, parmi les demandes qu'on te fait, toutes celles qui peuvent donner lieu à une stratégie d'agrafeur... Or là, mon gaillard, t'as une demande pile du genre... Technique, donc qui demande du boulot. Et forcément, t'as pas envie de bosser... Décomposable en plusieurs petites demandes qu'on peut attribuer à divers membres de l'organisation dans divers services... Et en plus, comme ça vient de la DRH, les mecs n'oseront pas t'envoyer sur les roses, dès qu'ils voient le sigle DRH, même ces enculés de la technique se mettent à baliser... »

Il clique sur le bouton « transférer » et rédige un petit chapeau d'accompagnement : « Note interne – Demande d'info – Urgent – Suite à demande de la Direction des Ressources Humaines (voir ci-dessous), je vous remercie de bien vouloir me transmettre les informations suivantes : »

Puis il tape une première liste d'info et envoie le tout à un mec de la direction technique, service développement.

Ensuite il refait transmettre, ajoute le chapeau en copier/coller, et modifie simplement la liste des informations demandées. Et il envoie le tout à un mec de la direction technique, service maintenance.

Puis il se tourne vers moi et il demande, finaud : « Et maintenant, la dernière partie de la question, à qui je la demande ? »

Je réfléchis.

« Tu peux pas la demander à la technique, sinon tu pourrais pas expliquer pourquoi t'as pas envoyé le tout à la direction technique, niveau secrétariat général. »

Il applaudit : « Bravo, gamin ! Si les petits cochons ne te mangent pas, on fera quelque chose de toi... »

Puis il attend la suite.

Je réfléchis à haute voix : « Bon, vu la liste des données qui manquent, faudrait demander à la direction technique, service logistique. Alors on va regarder dans l'organigramme qui doublonne avec ce service-là... En général, la direction qui doublonne avec la technique, c'est l'exploitation… Ouais, y a le service Exploitation / Transport, nan ? »

Il hoche la tête, impressionné.

« Tu piges vite, dis donc… »

Il complète l'e-mail, l'envoie.

Puis il promène un moment le curseur sur la liste des courriels.

« Bon, je vois rien dans tout ça de bien compliqué. Celui-là, tu lui fais le coup de l'agrafeur… L'autre truffe, là, tu la balances sur Pichon… Celui-là, ici, tu réponds. C'est un chef qui t'a écrit, alors faut soigner. N'oublie pas : à peu près un dossier sur cinq ou six, faut que tu bosses vraiment. Sinon, les gens vont finir par se rendre compte que tu glandes… Pigé ? »

Je fais : « Pigé ! »

Il se lève, s'étire, voluptueusement. Puis il me donne une tape sur l'épaule et s'éloigne sur un dernier jappement : « Alors en avant, champion ! »

Je m'installe à mon poste de travail et commence à déblayer ces saloperies d'e-mails.

Putain, j'ai vraiment de la chance de bosser avec des pros.

*

Les comptables

Le jeudi matin, c'est l'horreur. Je suis obligé d'aller à une réunion de vrais techniciens.

Il s'agit de la présentation d'une étude effectuée chaque mois par l'équipe comptabilité analytique. À l'idée que ça va recommencer le mois prochain, et encore le mois prochain, et ainsi de suite tous les mois, j'en ai des sueurs froides. Pour les mecs qui s'occupent de ça, c'est le centre du monde, cette niaiserie. Mais pour un rigolman standard dans mon genre, deux heures à supporter leurs délires, c'est un calvaire.

Y a là toute l'équipe comptabilité analytique. La chef de service, d'abord, qui fait ce job depuis l'âge de pierre. C'est une quadra défraîchie. Elle a dû être bandante jadis, il lui reste de jolis yeux, faits pour exprimer le désir, et donc pour l'inspirer. Mais c'est vraiment tout ce qu'il en reste, de la sublime salope qu'elle a dû être, jeunette, la gorette. Maintenant, c'est un tas d'os dans un sac de peau. Le plus horrible, c'est qu'elle a l'air de s'y intéresser vraiment, à la comptabilité analytique. C'est dire si elle est frustrée.

À côté, y a son équipe.

Fine équipe ! Trois mecs et une gonzesse. Les trois mecs ont des tronches à faire de la compta ana toute leur vie. Y en a un, un vieux, en pantalon orange et chemise jaune, on dirait un rescapé des années 70. Le genre de gars qui s'imagine qu'il est resté jeune parce qu'il est resté con, je le catalogue d'entrée. Sinon, y a un taré à lunettes de myope qui a des dents en avant et un zigomar en chemise à motifs lapons ouverte sur un maillot de corps bleu ciel. J'aime autant vous dire qu'à eux trois, ils forment un tableau peu ordinaire. Le plus drôle, c'est que le taré à lunettes de myope porte des tennis cradingues et un pantalon noir impeccablement repassé, alors que le zigomar à motifs lapons exhibe une paire d'anglaises à bout fleuri sous un bluejean délavé.

Y a des musiciens nés, y a des acteurs nés, y a même des tueurs nés.

Alors peut bien y avoir des comptables analytiques nés, s'pas ?

La gonzesse à côté des trois mecs, c'est la seule du lot qu'on peut regarder sans rigoler. Elle n'est pas vraiment mignonne, plutôt le genre quelconque version bcbg cheap. Mais elle a une bouche à pipe.

C'est elle qui est chargée de faire la présentation. Elle se contente de lire les « slides » au fur et à mesure que le taré à motifs lapons fait « flèche pointant vers le bas » sur le portable relié au rétroprojecteur. Tout cela ne présente évidemment aucun intérêt. Ils pourraient se contenter de nous passer les « slides », on n'a pas besoin que quelqu'un nous les lise. Mais bon, on n'a pas le choix, faut subir, on est payés pour ça, tous tant qu'on est.

Moi, j'essaye de me concentrer sur les lèvres de la gorette pendant qu'elle parle. Je me demande si elle sait faire quelque chose avec.

Ça rend l'ennui supportable, le sexe. C'est même à ça que ça sert, comme chacun sait.

Autour de la table, sinon, y a le public. Six greluches et quatre matous. Les poilus s'emmerdent et ça se voit. Les pétasses préfèrent interrompre la conférence toutes les cinq minutes pour papoter sur des sujets qui se voudraient techniques mais qui ne sont qu'hermétiques. Quand deux d'entre elles se comprennent, ou font semblant, elles échangent un petit rire complice. Aussitôt, les autres gonzesses rigolent – sauf la plus moche de toutes, un thon absolu et sans concession, qui préfère tirer la tronche parce qu'elle croit que ça fait mystère. Les mecs, pour ne pas avoir l'air trop cons, rigolent aussi gentiment, vu que sinon, on va croire qu'ils ne comprennent pas ce qu'il y a à comprendre. Moi aussi je rigole, pour pas me singulariser surtout, mais un peu moins fort que les autres, parce que j'ai ma dignité.

À la fin de la réunion, tout le monde soupire de soulagement, même et surtout les nénettes qui faisaient semblant de pas s'emmerder. Moi, en quittant la salle, je me dis qu'Adolf Hitler a eu raison de pas devenir fonctionnaire autrichien.

*

Dossier stratégique

Aujourd'hui, exceptionnellement, j'ai un vrai travail à accomplir. L'Ancien s'est pointé dans mon box, l'air soucieux.

« Amène-toi, j'ai un dossier à te confier. »

Je le suis, bien gentil, chien-chien à son maîmaître, à travers les couloirs. Comme il a mis son costume gris cloison, tenue camouflée, j'ai l'impression qu'on va partir à la guerre.

Dans son bureau, il me tend un dossier volumineux.

« Je veux que tu m'épluches ces factures. Les bons de réception, les appels d'offre, les marchés, tu m'épluches tout ça. Tu vérifies si tout est en règle. »

Sa démarche m'intrigue. D'ordinaire, pour ce type de dossier, il se contente de passer le courrier, point final. À moi de décider si on va faire le coup du mistigri, celui de l'agrafeur, ou bien bosser le truc pour de bon. C'est la première fois qu'il semble attacher une certaine importance à mon job, l'Ancien.

Je lui demande si on cherche quelque chose de précis.

Il me regarde longuement, sans rien dire. Puis il dit oui.

Je fais : « Et on cherche quoi ? »

Il renifle, l'air dédaigneux. On dirait que ça lui fait de la peine de devoir me parler comme à un adulte.

Enfin, jugeant qu'il m'a suffisamment fait attendre pour conserver la distance qui convient entre un sur-chef à costume gris et son sous-assistant vert pomme, il détrippe :

« Le mec qui a piloté ce dossier, quelqu'un, tout là-haut, l'a dans le colimateur. Alors faut le coincer. T'es payé pour trouver la faille. On va l'enculer, ce pédé, et toi, t'es la bite. Pigé ? »

Je hoche la tête.

« Je peux savoir ce que le mec a fait pour qu'on veuille lui faire la peau ? »

L'Ancien répond du tac au tac : « Non. »

Il ne se donne même pas la peine de m'expliquer pourquoi je n'ai pas le droit de savoir, et je ne me donne même pas la peine de lui demander. J'ai le droit de me taire, de faire mon boulot de sous-flic, de sous-indic merdeux dégueulasse. Point final.

Je prends le dossier et je file dans mon bureau.

Je ne me sens pas triste, ni humilié. De toute façon, je savais que ça se passerait comme ça. On me paye trois SMIC pour ne porter aucune caisse, alors qu'on paye un SMIC des mecs qui portent des caisses. Faut bien qu'il y ait une raison, pas vrai ?

Faut passer à la *caisse*, maintenant.

*

L'après-midi, je fais le chien de chasse. Je commence le dossier au premier document, une saloperie d'appel d'offres dont les aspects techniques me dépassent complètement, et je commence à flairer, comme un chien sur la piste du gibier. Je traque l'erreur de procédure, la signature oubliée, l'anomalie dans le scoring des offres. N'importe quoi, enfin quelque chose qui me permette de frétiller de la queue sous le nez de l'Ancien, mon maître, genre chien-chien trouver pipiste susucre.

Malheureusement, j'ai beau chercher, je ne trouve rien. Cet enculé a peufiné ses dossiers comme une putain de haut vol soigne son maquillage ! Tout est en règle, pas une signature oubliée, pas un coup de tampon qui manque, pas la moindre erreur dans les calculs. Tous les marchés sont nickel chrome, les appels d'offre ont été effectués dans les temps, les bons de réception sont parfaitement renseignés.

Le soir, j'envoie un courriel à l'Ancien :

« Rien trouvé de défectueux dans le dossier cité en objet. Tout est en règle. »

Il me répond dans les minutes qui suivent :

« Rechercher liens entre fournisseurs et gestionnaire du dossier. »

Je comprends que c'est vraiment important. On me demande de chercher l'entourloupe. Putain, ça sent la poudre, la haine et le sang. Je me demande ce qui peut bien se passer, en haut lieu, pour que ça sente le brûlé comme ça, d'un seul coup.

Le lendemain, je passe ma journée à éplucher le curriculum vitae du mec que je dois enculer. C'est facile : les cv des mecs de la boîte figurent dans le trombinoscope. Il a fait telle école, il a commencé sa carrière dans telle boîte, il a bossé ici ou là, sur telle ou telle mission...

Je passe toute une journée sur le job, mais rien à faire : il n'y a aucun recoupement entre les consultants que cet enfoiré a missionnés et les boîtes où il a bossé précédemment. Soit il est honnête, ce qui expliquerait qu'il ait aujourd'hui des ennuis, soit il est très malin, ce qui me paraît quand même plus probable.

En fin de journée, je suis crevé, et pour me détendre, je parcours le trombinoscope de la boîte sur l'intranet. Au bout d'un moment, je tombe sur la fiche de la mère Pichon. Tiens, c'est vrai, qu'est-ce qu'elle a fait comme boîtes avant, cette salope ?

En lisant son cv, j'ai un putain de choc...

Toutes les boîtes où elle a bossé ont un marché en cours avec nous. Toutes les boîtes où elle a bossé ont répondu les premières aux appels d'offres figurant dans le dossier qu'on m'a demandé d'éplucher. Toutes ces boîtes ont répondu avec une pertinence étonnante, comme si elles savaient sur quels critères les marchés seraient arbitrés...

Comme si elles savaient...

Là, j'aime autant vous dire que chien-chien frétille queue-queue. Je sens gros sussucre en perspective. L'Ancien va aimer ça, c'est intéressant. En prime, il verra que j'ai vraiment creusé le dossier, que si j'ai rien trouvé concernant le mec qu'on doit enculer, c'est parce qu'il n'y avait rien à trouver...

Et donc, je fais une grosse, grosse connerie.

Je fais preuve d'initiative.

Bête, ça, de ma part. J'ai pas bien écouté les leçons de l'Ancien.

Mais c'est plus fort que moi : faut que je frétille queue-queue devant maîmaître pour avoir gros sussucre.

Et donc je fais un topo à l'Ancien sur cette bizarrerie, là, toutes ces boîtes où la Pichon a bossé, jadis, et qui répondent si bien à nos appels d'offre, aujourd'hui.

Et j'envoie mon mémo à l'Ancien. Tout fier de moi, le con.

*

Chute libre

J'envoie le mail et je m'attends à une réponse de l'Ancien, genre gros sussucre pour le bon chien-chien, mais que nibe. Plus de nouvelles. L'Ancien ne me répond même pas un « merci ». N'accuse pas réception.

Je commence à me dire que j'ai fait une connerie. J'y pense, ça me tracasse le lendemain.

Et le surlendemain.

Et le jour d'après.

Et la semaine d'après.

Et puis la semaine d'après de la semaine d'après, j'ai oublié. J'ai eu des tas de coups du mistigri à repasser, des tas de coups de l'agrafeur à mener à bien. J'ai assisté à une présentation mortelle par l'équipe des comptables analytiques en folie. J'ai traité un tas de dossiers idiots, redondants, manifestement inutiles, ne servant qu'à valoriser une ligne hiérarchique enflée, enflée d'enflures, d'enflures pleine d'enflure, avec des mecs à chevelure américaine, des pétasses qui lisent Elle et croient qu'elles pensent, des bilans comptables bidonnés par des escrocs minables pour être lus par des analystes financiers sous cocaïne, des plans marketing foireux conçus par des chefs de projet paumés, des consultants sangsues qui te suivent à la trace dans les couloirs pour te refourguer une étude qu'ils ont déjà vendue cinq fois dans la boîte et quatorze fois dehors, des réflexions fendardes du Philou qui filoute, des vannes cyniques du vieux qui demande à la secrétaire du directeur commercial pourquoi elle se met plus de rouge à lèvres l'été ou bien c'est ses lèvres qui gonflent, des gonzesses du service marketing qui m'expliquent d'un air ravi qu'elles sont de mauvaises mères parce qu'elles envoient leur gosse malade à l'école pour pouvoir venir travailler au bureau, des salopards de la direction des ressources humaines qui lancent un nouveau programme de promotion « up or out », ou tu montes en grade au bout de deux ans ou tu te fais virer, et même que c'est paraît-il un progrès social, et encore et encore de l'hypocrisie, un raz-de-marée de mensonges, un tsunami de fausseté, un ouragan étourdissant de médiocrité satisfaite.

L'enfer, c'est l'entreprise. En tout cas, la grande entreprise. Voilà le secret de l'époque.

Et moi, pauvre petit moi tout juste émoulu de ma minable sous-école de commerce, bien formaté bon petit connard au service du système, je commence à le comprendre.

Je sombre petit à petit, presque insensiblement, comme un homme happé dans les sables mouvants au centre d'un immense marécage fétide. À quoi bon me débattre ? À quoi bon m'épuiser ? Combien de pas pourrais-je faire avant de m'écrouler, à force de soulever d'immenses bottes de boue qui adhèrent à mes souliers, gangues visqueuses d'ordure gluante ? À perte de vue, tout n'est que boue.

Vous savez ce qui devait être le plus dur, pour les prisonniers du goulag ? Eh bien, à mon avis, le plus terrible, ce devait être pour ceux qu'on envoyait tout là-haut, dans le Nord, au bout du bout du bout de la Kolyma, dans le territoire du désespoir absolu. Pour ceux-là, ce devait être terrible de se lever le matin, très tôt, par une température à faire exploser les pierres, et de constater qu'autour de leur camp, autour de leur enfer, il n'y avait pas de barbelés.

Pas cons, les stals. Ils avaient compris que la meilleure prison, c'est le grand nulle part. Pas la peine de s'emmerder à encercler de barbelés, à parsemer de miradors, les camps de la mort du grand Nord. Personne ne pouvait s'évader de ces camps-là, parce qu'il était impossible de survivre dehors, par les froids inhumains, là où, l'hiver, si tu pisses dehors, ta queue gèle instantanément.

L'entreprise du troisième millénaire est au règne visqueux de l'impératif de consommation ce que la Kolyma fut au règne flamboyant de l'impératif de production. Impossible de s'échapper, et pourtant, il n'y a pas de barbelés. Ici, repliés peureusement dans nos box couleur merde d'hépatique, ou bien troupeau pitoyable des bureaux paysagers, nous sommes enfermés dans un univers qui ne se connaît aucune alternative. Impossible de penser autrement, impossible de vivre autrement. On est là pour bosser, s'acheter des cravates à pingouins qui s'enculent, pour ressembler à Philou, notre leader, et faire du gringue à des pétasses qui lisent Elle et qui ont des traces de rouge à lèvres épaisses l'été, fines l'hiver. D'abord, quand tu as passé toute ta journée dans un bureau climatisé à "travailler", comme ils disent, sur un bilan comptable bidonné qui pue la cocaïne et l'arnaque, tu ne te souviens même plus qu'un homme, un vrai, c'est autre chose qu'un pingouin qui s'encule lui-même, et qu'une femme, les lèvres d'une femme, c'est autre chose qu'une cible planté au milieu d'une silhouette qui est presque, presque, comme la tienne - rien ne ressemble plus à un mec genre pingouin qui s'encule qu'une pétasse genre rouge à lèvres d'été.

Et ça tourne, et ça tourne, et plus ça tourne, plus tout est pareil à tout.

Et je sombre, et je sombre, et plus je sombre, moins je vois la différence entre la boue et mes pattes. Je deviens la boue, je deviens le marécage. Tu vois cette branche morte à moitié noyée par la fange, là, posée à cet endroit-là parce qu'il fallait bien qu'elle fût quelque part, cette conne ? Tu la vois, cette branche morte ?

Eh bien, cette branche morte, c'est moi.

*

Kikéa mon amour

À quoi je pense, à ce moment-là ?

Ben, pour être franc, à pas grand-chose. J'ai pas grand-chose pour meubler ma vie, c'est vrai, mais elle est si petite, ma vie, que même pas grand-chose, ça suffit. C'est la première fois que j'ai du pognon – pas beaucoup, mais un petit peu. Et soudain, ça me fait tout drôle d'avoir un compte en banque avec cinq chiffres à gauche de la virgule. C'est pas grand-chose, comme je vous disais, mais ça suffit pour pas penser au reste.

Et puis pour meubler ma vie, j'ai Kikea.

J'y suis allé, un jour, à peu près au moment où j'ai commencé à piger que je crevais – enfin, à peu près au moment où j'ai commencé à piger qu'il fallait que j'arrête de penser pour pas devenir fou. C'était en banlieue, Kikea, quelque part entre un quartier pavillonnaire et un autre quartier pavillonnaire, avec une autoroute au milieu pour tracer un trait d'union entre Paname et la cambrousse. De part et d'autre de l'autoroute, à gauche et à droite, y avait des clapiers, des élevages de pauvres remplis de grands Noirs et de petits Blancs. C'était bien organisé, tout ça. Les demi-riches dans leur quartier pavillonnaire, avec un bout de terrain pour qu'ils aient bien la place de s'ébattre, et les pauvres à côté, entassés dans leurs clapiers.

Avant, naturellement, ça m'aurait mis les boules de traverser ces quartiers-là, vu que j'étais pauvre. Mais maintenant que je me faisais l'effet d'être riche, du fait que j'étais moins pauvre, ça me rendait tout joyeux. Ce quartier résidentiel à la con, je m'y voyais déjà, vous pigez ? Je me disais : « bientôt, t'auras marié une meuf mariable, tu t'achèteras une baraque achetable, tu mettras ta meuf mettable, elle te fera des chiards chiants et vous aurez en plus un chien qui aura une gamelle avec son nom marqué dessus qu'on voie bien que c'est pas celle du roquet des voisins. »

Le bonheur, quoi. Je roulais vers Kikea, youkaïdi youkaïda.

Quand t'arrives chez Kikea, mon poto, c'est là que tu comprends que les Suédois, ils ont le temps de gamberger l'hiver. Leur coup de génie, à ces marioles, c'est que chez eux, le client fait partie de la chaîne logistique. Fallait y penser : au lieu de payer des magasiniers pour amener les articles au client, ils font se baguenauder les badauds directement dans leur réserve. Comme ça, c'est toi qui fais le magasinier.

Pas si naves, les scandinaves.

Je m'en rends bien compte, moi, que je fais le boulot du magasinier, parce que je l'ai fait, ce boulot-là, dans mon jeune temps. C'était pour me faire un peu de pognon. Un été, j'ai bossé à l'arrière, dans la réserve d'un hypermarché. Je faisais jouer mes petits bras musclés pour le plus grand bonheur des actionnaires de je ne sais même plus quel groupe de grande distribution – des enculés, t'façon. Objectivement, c'était un boulot de merde. J'étais crevé le soir en rentrant, et vu que je servais à quelque chose, personne n'avait besoin de me payer cher pour montrer que lui, il était pas surpayé – bref, je marnais pour un SMIC. Franchement, ça m'a bien fait chier, mais bon, quand t'es étudiant, tu craches pas sur le flouze, pas vrai ?

Bref, l'important, c'est pas ça. L'important, c'est que là, en me baguenaudant dans leur réserve, aux pères Aquavit, je pige que je fais un boulot de magasinier. Et le pire, c'est que ça ne me met même pas en colère, vu que ce que je trimbale dans mon caddie, c'est mes biens à moi que j'ai acheté avec mon argent que j'avais, vous voyez ? Maintenant, je sais à quoi sert mon boulot que j'ai : à remplir mon appartement que j'ai.

Kikea, le capital qui vous rend l'aliénation ludique.

Donc, re-bref, je suis là, dans les rayons de Kikea, à faire le consommateur magasinier, et soudain, crac zim boum, voilà une idée que j'ai que j'avais pas eu avant ! Je me dis, d'un seul coup, comme ça, en naviguant entre les sommiers et les matelas : « Et si je me mariais, un de ces quatre, qu'est-ce que je ferai des meubles de célibataire que je vais m'acheter, là, tout de suite, pour ma vie que j'ai ? »

Est-ce que je dois m'acheter les meubles qui vont le mieux dans mon appartement de célibataire, ou bien est-ce que je dois commencer à préparer les meubles pour le jour où je me marierai ?

Vaste débat...

J'hésite. Kikea, c'est pas cher, tu te meubles pour un ou deux mois de salaire, facile, même quand t'es du bas de l'échelle. Seulement, un sou est un sou, pas vrai ?...

Reusement, Kikea, c'est pas seulement bon marché, c'est surtout pratique et modulaire. Tout est à géométrie variable, c'est ça, le truc. Ils sont vraiment malins, les vikings. Ils ont pigé que ce que les gens achetaient, chez eux, c'était pas des meubles, c'était un ameublement. Moralité, ce qu'ils vendent, c'est pas un catalogue, c'est une nomenclature. Tout s'emboîte avec tout. Alors tu peux acheter des trucs, et après les transformer, les élargir, les rapetisser. L'avenir t'appartient, c'est toi qui le fabriques.

Kikea, le marchand de meubles des futurs ex-divorcés qui pensent déjà à leur remariage.

J'achète d'abord un truc absolument génial. C'est des planches qu'on glisse entre des échelles parallèles pour fabriquer des étagères. Plus on rajoute d'échelles, plus on peut mettre de planches. Le lit, après, c'est un convertible – un lit une place qui peut se transformer en lit deux places, ou bien en deux lits jumeaux, au choix. Ça se coupe et ça se recoupe. Pareil pour la table de la cuisine et le bureau : si tu rajoutes un bloc tiroir, la table de la cuisine devient un bureau, et si t'enlèves le surmeuble du bureau, ça devient une table de cuisine. Ça se divise et ça fusionne.

C'est vraiment génial, ce futur en kit. Maintenant, t'as plus aucune question à te poser. Non seulement tu roules sur des rails, mais en plus tu choisis toi-même les aiguillages.

À nous la liberté !

Et roule, et roule, et roule le tchou-tchou miniature sur le circuit en boucle, et roule, et roule, et change d'aiguillage à chaque tour, et roule, et roule, et jamais ne s'arrête...

*

Le jour où l'Ancien m'a enculé

Bon, cela dit, maintenant, on arrive aux choses sérieuses, mine de rien. Oubliez Kikea, y a des trucs graves qui se préparent.

Je me revois encore le jour où j'ai compris de quoi il s'agissait.

Le jour où l'Ancien m'a donné les clefs pour piger, si vous voulez.

Après, je vous expliquerai le détail. Mais d'abord, faut que je vous raconte comment l'Ancien m'a présenté la chose.

On était chez O'Driss, avec l'Ancien et Jean-Pascal, et on parlait de ce qui venait de m'arriver.

Il a dit comme ça : « Ecoute, mon petit, tu m'en veux, parce que je t'ai enculé. D'accord, je comprends ça. Mais dis-toi bien que si je ne t'avais pas composté la case trésor, mon loulou, quelqu'un d'autre l'aurait fait à ma place. Quelqu'un qui n'aurait pas mis de vaseline, lui. Alors que moi, reconnais que j'ai fait ça tout en douceur. D'ailleurs, tu sens déjà plus rien. Pas de traces. Tes hémorroïdes me disent merci. »

Ce qui venait de m'arriver, c'est que, comme disait l'Ancien, j'avais enfin été « introduit » pour de bon. À présent, j'appartenais à la Grande Confréries des Enculés.

« Tu dois bien comprendre, intelligent comme tu l'es, que si on nous paye à rien foutre, y a une raison, quand même ? »

Je hochais la tête, en bon garçon obéissant. Moi, je voulais bien tout ce qu'on voulait, à condition toutefois qu'on oubliât point la vaseline. Il y a des musiciens nés, il y a des tueurs nés, il y a des comptables analytiques nés. Et puis il y a des enculés de naissance. À présent, je savais dans quelle catégorie me ranger.

Pas de problème, j'assumais.

« Voyons, qu'est-ce que nous avons, dans une boîte comme la nôtre ? Hum, je te le demande, qu'est-ce que nous avons ? »

Je levai les mains en signe d'ignorance, comme un soldat qui se rend.

« Eh bien, » reprit l'Ancien avec un petit sourire gourmand, « ce que nous avons, mon cher, c'est une formidable machine à garder les gens dangereux à l'intérieur du système. »

Jean-Pascal ne disait rien, il buvait sa Guinness à petites gorgées. Mais je sentais qu'il jouissait, l'enfoiré. Il triquait dur, le salopard. Il m'avait bien défoncé, rien à dire. Chapeau. Grosse quéquette, l'air de rien, ce pédé.

« Réfléchissons un moment à la manière dont fonctionne ce système de merde, veux-tu ? »

Je hochai la tête, à nouveau, d'un air idiot. Moi, je voulais tout ce qu'on voulait.

« Le système français est fondé sur la neutralisation de tous les individus qui pourraient proposer une alternative à la domination sans frein des castes dirigeantes, des hauts fonctionnaires, des gros richards et des politico-maffieux. Tu admettras que cela, ce que je dis là, ça n'a rien d'original. »

J'admis sans barguigner.

« Bon, alors on est qui, nous, les petits, petits, petits cadres soi-disant supérieurs ? »

Jean-Pascal murmura : « On est les mecs les plus dangereux, donc on est les mecs les mieux payés. »

L'Ancien se tourna vers le petit pédé en blazer bleu marine et chaussettes blanches.

« Tu permets, c'est moi qui explique ? »

Et l'autre, gluant comme un pot de miel renversé :

« Excusez-moi, maître. »

C'était dit sur un ton tellement vicelard que malgré moi, je ne pus m'empêcher de sourire.

« Bon, » reprit l'Ancien, tout à son affaire, « donc, nous sommes effectivement les mecs les plus dangereux. Le système nous a repérés. Nous avons réussi des études pas évidentes, avec à la clef un ou plusieurs concours pas donnés. Et maintenant, qu'est-ce qu'il va faire de nous, le système ? Hein, je te le demande : qu'est-ce qu'il va faire de nous ? »

Je risquai : « Il va utiliser notre force de travail ? »

L'Ancien secoua la tête, dépité.

« Décidément, t'as beau être intelligent, t'es très, très con quand même. »

J'en convenais volontiers, mais ça n'éclairait pas ma lanterne.

« Le système n'a que faire de notre force de travail, parce qu'il ne cherche pas réellement à maximiser ses propres performances économiques. Son objectif est de conserver la structure sociale inchangée. C'est ça, l'objectif fondamental. Si cela peut se faire en dégageant un surplus de productivité, donc une rémunération accrue pour le capital, tant mieux. Mais ce n'est qu'un à côté. Fondamentalement, le système, ce grand corps sans tête dirigé par ses tripes, ses couilles et son cul, veut ce que veulent ses tripes, ses couilles et son cul. Et ce que veulent les abats, mon ami, c'est *jouir*. »

Je ne voyais pas trop où ça nous menait, tout ça, mais je dis que oui, bien sûr, le système voulait jouir.

Du regard, l'Ancien me désigna une table derrière Jean-Pascal.

« Tu vois, la table derrière Jipé, le mecton en polo Lacoste avec la pétasse en jupe tailleur écossais ? »

J'ai fait ouais, je vois. Et après ?

« Tu la trouves bandante, la pétasse ? »

J'ai considéré l'article avec attention.

« Ouais, » dis-je. « Elle est mettable. »

L'Ancien plissa les yeux. Il me scrutait, l'air inspiré, soudain.

« Imagine-la en caissière chez Carrefour, avec leur connerie d'uniforme brun merde. »

J'imaginai.

« Elle est moins bandante, hein ? »

Je convins.

« Pourquoi ? »

J'hésitais à répondre que le tailleur, ça met en valeur. D'autant qu'à la réflexion, ça ne met pas tellement en valeur.

« Je vais te dire pourquoi : en caissière de chez Carrefour, la pétasse, c'est une salope qui suce pour pas cher. Donc si elle te suce, ça veut pas dire qu'elle suce pas pour autant un autre mec qui a moins de pognon, vu que tout le monde peut se la payer. »

Je commençais à comprendre. L'Ancien le sut, il enchaîna.

« Alors que l'autre salope en tailleur, à côté, si elle suce le mecton en face d'elle, c'est parce qu'il a du pognon. Donc en réalité, qu'est-ce qu'il achète, le mecton ? La pétasse ? Non »

Il prit une gorgée de bière. J'étais suspendu à ses lèvres.

« Je vais te dire ce qu'il achète, le mecton. Ce qu'il achète, c'est d'imaginer les connards qui ont moins de pognon que lui, et à la place desquels il se fait sucer. »

Je hochai la tête, convaincu. Décidément, l'Ancien voyait clair. C'était un sage.

« Donc jouir, c'est quoi, mon coco, en fait ? Comment on jouit ? »

Je dis : « Le pouvoir ».

« Voilà, t'as pigé. Ce que veut le système, c'est ce que veulent les abats. Et ce que veulent les abats, c'est jouir. Et pour jouir, il faut avoir le pouvoir. C'est-à-dire le pouvoir de jouir à la place des pauvres cons qui n'ont pas le pouvoir. »

Re-gorgée de bière. Il pétait la forme, l'Ancien, tout d'un coup.

« Parce que c'est ça, le pouvoir, mon petit. Le pouvoir, c'est le pouvoir de tuer symboliquement ceux qui ont moins de pouvoir que toi. Tu piges, maintenant ? »

Ouais, je pigeais. Je pigeais même très bien.

« Résumons : ce que veut le système, mon coco, c'est le pouvoir pour le pouvoir. Point barre. Donc le système n'en a rien à foutre, de ta force de travail. Ce qu'il veut, c'est ta *soumission.* »

Il se pencha en avant, l'Ancien, il s'approcha à croire qu'il voulait me rouler une pelle. Je pouvais sentir sur mon pif le souffle puissant de cet être vigoureux. Un grand moment de virilité, croyez-moi.

« C'est pour ça que je t'ai enculé, mon petit. Parce qu'on me l'a demandé. C'est pas le tout de faire des rapports sur les trucs zarbis que tu repères dans les factures de consultants, faut assumer. T'as voulu montrer que t'en avais une grosse, hein ? Eh bien, non, t'en as pas une grosse. C'est le système qui a le manche, mon lascar Et toi, si on te paye à rien foutre, c'est parce que ton cul est à la boîte. Pigé ? »

Alors je tombai à la renverse sur la banquette moelleuse. Soudain, je comprenais tout.

*

Explication des gravures

Bon, maintenant, flash-back. Je vous ai dit comment l'Ancien m'a annoncé qu'il me l'avait mise, maintenant je vais vous raconter comment il m'a niqué.

La semaine avait bien commencé. Le lundi matin, je bossais avec Philippe. On avait des ennuis avec un mec de la direction de la stratégie, un crétin surpayé, qui devait paraît-il son job au fait qu'il jouait au golf avec un membre du conseil d'administration.

Ce mec nous avait envoyé un questionnaire à la con, rempli de formules toutes plus alambiquées les unes que les autres.

« Listez vos cinq projets majeurs. »

« Définissez les trois facteurs clefs de succès de chacun de vos projets majeurs. »

« Selon une démarche progressive conforme à la méthodologie présentée au point 1, déployez l'arbre des risques et des opportunités sur chaque facteur clef de succès identifié. »

Soit disant que c'était un consultant payé caviar qui lui avait vendu une méthode clef en main, à ce con. Soit disant que ce truc allait révolutionner l'approche stratégique de la boîte.

En attendant, avec le Philou, ça nous faisait bien rigoler, j'aime autant vous le dire. C'était de la daube, ni plus ni moins. On préférait même pas savoir combien ces enfoirés de consultants s'étaient goinfré pour pondre cet enfonçage de portes ouvertes à coup de bélier pneumatique. On n'était même pas surpris, d'ailleurs, juste amusés.

Y a quand même une phrase qui nous a laissé sur le cul, je dois l'avouer.

« Définissez votre contribution à l'élaboration du socle propédeutique des logiques transverses au niveau corporate. »

Commentaire de Philou : « change pas de main, je sens que ça vient. »

Je voyais rien à ajouter. T'façon, je rigolais trop pour articuler deux syllabes.

Seulement, y avait un mais. Ce connard de golfeur strato-stratégique, il allait bel et bien falloir lui répondre. Un abruti qui joue au golf avec un gros richard de patron, c'est pas un abruti ordinaire. Le mec a le droit de te faire chier avec le socle propédeutique de ses logiques transverses, c'est comme ça. Le capitalisme à la Française, ça marche recta.

Philou m'a regardé, l'air grave.

« Celui-là, il mérite qu'on l'allume. Y a pas : le 'socle propédeutique des logiques transverses', moi, je laisse pas passer. Les 'facteurs clefs de succès', j'aurais rien dit. Même les 'projets majeurs', je veux bien – c'est te dire ma largesse d'esprit… Mais le 'socle propédeutique des logiques transverses', là, je dis que ça appelle une riposte exemplaire. »

« Tu proposes quoi ? », que je lui ai demandé.

« On va lui faire le coup du Tsunami. »

Tout de suite, j'ai biché. Le Philou m'avait déjà appris le coup du mistigri et le coup de l'agrafeur, ça avait changé ma vie.

Et voilà qu'il allait m'en apprendre une autre, de ses recettes magiques, tonton Philou !

« Et c'est quoi donc », j'ai demandé, « le coup du Tsunami ? »

« Quand un mec t'emmerde vraiment, tu lui réponds en lui fournissant tous, mais vraiment tous les détails. Ah, il veut qu'on lui explique bien tout comme on doit ? Attends, il va pas être déçu… »

Et là-dessus, mon Philou commence à explorer nos dossiers, sortant de pleines liasses de documents. Et qu'il se promène dans l'arborescence de mon disque dur, et qu'il recopie du fichier au kilomètre…

« T'imprimes tout, » qu'il me fait, « on lui enverra l'ensemble dans une ou deux caisses, par porteur spécial et tout. »

« Il va piger qu'on se fout de sa gueule, » dis-je, un peu inquiet quand même.

« C'est l'idée. Il va bien piger, mais il pourra rien dire. On n'a fait que répondre, pas vrai ? »

Je m'informe : « Et l'Ancien ? »

Philou marque une pause.

« On lui fera signer le bordereau d'accompagnement. S'il signe, c'est qu'il est d'accord pour qu'on enfume l'autre pédé. »

À partir de là, j'avais plus rien à objecter. J'ai commencé à préparer les cartons pendant que mine de rien, je me grillais un toner d'imprimante à sortir de la paperasse par pleines ramettes de conneries tartinées, tout ce qu'on avait en stock de plus rébarbatif, de plus bêtement et méchamment technique, un vrai best of.

Il allait pas être déçu, le golfeur.

*

Bon, mais passons à la suite. Ça, c'était les zakouskis.

Vous vous souvenez du taré à motifs lapons ? Le mec de la comptabilité analytique, celui qui faisait la claque, pendant que miss bouche à pipe nous les brisait avec son rapport mensuel ?

Eh bien il est là, figurez-vous. Je suis en train d'imprimer les œuvres complètes de Cassecouille premier, comme me l'a demandé le Philou, histoire qu'on enfume l'autre golfeur à la con, et voilà l'homme aux motifs lapons qui se plante devant moi, tout d'un coup, surgi de nulle part.

Je le regarde, l'air idiot. Son visage inexpressif ressort comme une grosse tâche rose sur la cloison grisâtre qui me sert d'horizon, trente-cinq heures par semaine, et j'aime autant vous dire que ça ne me fait pas plaisir.

Il me veut quoi, cet animal ? J'angoisse dès que je le vois. J'imagine une convocation personnalisée, rien que pour moi, genre groupe de travail à rallonge sur le plan comptable analytique.

J'en frissonne d'avance. Un séminaire comptable… L'horreur ! Le genre de film hâchement guilleret, un machin qui te fait regretter la nuit Bresson du fan club Tarkovski, si tu vois ce que je veux dire…

Je hais les comptables. C'est des mecs avec qui on peut pas parler : par définition, ils sont payés pour dire le vrai. Le comptable a raison, parce qu'il a raison. Point final. Un comptable dit : voilà, le résultat net, c'est tant. Et boom, tu peux tabler dessus, c'est le résultat, puisqu'il l'a dit.

D'ailleurs dans comptable, y a table, vous noterez. C'est un signe, non ?

Aujourd'hui, l'homme à tronche de compte en T, il a troqué son pull de faux Lapon pour une tenue de vrai louftingue. Chemise écossaise à carreaux, tendance pastel ou bien délavé, au choix. Et là-dessus, un nœud papillon à fleur, plus une improbable veste blanche.

Faut oser, non ?

Soudain, j'acquiers la certitude définitive que dans la garde-robe de ce mec, y a un caleçon avec des cœurs dessus et marqué bisoo-bisoo sur les fesses.

Derrière lui, mauvais signe : Jean-Pascal.

Super fayot grand sourire, genre Tyrannosaure. Je le hais, en ce moment. Je sens qu'il vient me l'annoncer, ce putain de séminaire comptable. Sinon il n'aurait pas l'air de mouiller autant, cette salope.

« Ah, » qu'il fait, « voilà l'homme de la situation ! »

Et il me jette un coup d'œil approbateur, l'enflure.

Je le considère pendant quelques secondes. Il porte un costume croisé prince-de-galles, une chemise blanche, une cravate bleue de France. Il arbore son pire visage, son visage de pleine forme, le côté bronzé clean tendance institut de beauté pour métrosexuel.

Moi, forcément, une gueule comme ça, ça me donne envie de ressusciter Staline, qu'on rigole un coup, dans ce pays. Néanmoins, je parviens à garder mon calme. Je trouve même la force de lui sourire jeune cadre dynamique, à cet empaffé.

Là-dessus, Bozo le clown me tend la paluche : « Grégoire Lemonnier, comptabilité. »

Je lui en sers cinq, sans lui faire remarquer qu'on se connaît.

Il me tend une planchette en contreplaqué, avec accroché dessus une saloperie de formulaire comptable. C'est plein de codes hermétiques, il est question de ligne d'engagement et de ligne de solde. Il est écrit que les bons de réception doivent mentionner les remarques afférentes à la certification du service fait au terme de la directive trucmuche modifiée par la note comptable pipeau tsoin-tsoin. Moi, ce truc-là serait écrit en alphabet crétois linéaire B, que ça m'avancerait autant, ni plus ni moins.

Comme dans mon école de commerce miteuse on m'a appris à penser positif pour désamorcer les conflits, je fais ce qu'on m'a appris à faire. J'y peux rien, chui pas un génie, moi, je réinvente pas le monde chaque matin.

Et donc :

« En quoi puis-je t'aider ? », que je demande à Bozo.

C'est Super Fayot qui répond.

« C'est pour toi, une histoire de ligne comptable à valider. Ton rayon, chef. C'est trop technique pour moi, ça. »

Et là-dessus, il se barre, en me faisant un petit sourire gentil. J'y fais pas gaffe à son petit sourire, et j'ai bien tort. Après coup, je me dirai : putain, t'aurais dû te douter qu'il y avait un loup…

Mais là, ça va trop vite, j'ai pas le temps de percuter. Bozo le clown me pose la planchette sur le bureau.

Voilà, qu'il me dit : « Faut que tu signes ici, et là, comme quoi t'es okay, tu demandes l'ouverture de cette ligne. »

Je regarde la zone du torcheballe qu'il me désigne d'un index adipeux. Ça dit que je demande la création d'une ligne comptable technique pour passer des écritures techniques que vont calculer des techniciens à propos de charges techniques. Y a des codes partout, c'est un truc de comptables, quoi, parfaitement imbitable.

Là, je pige d'entrée qu'à moins d'y passer les trente prochaines années, je comprendrai jamais de quoi il s'agit. Alors, comme Jean-Pascal est l'adjoint de l'Ancien, que l'Ancien est mon chef et que je suis un petit mec soumis, comme tout le monde d'ailleurs, je décide que ouais, il a raison Super Fayot, c'est trop technique pour lui, c'est mon rayon.

Et comme un con, je fais ce qu'on me dit : je signe où on me dit.

*

Après, il ne se passe plus rien jusqu'au lendemain. Je finis d'imprimer un tombereau de paperasses inutiles et redondantes, je mets tout ça dans une caisse – une vraie caisse en carton d'arbre avec une ficelle en corde autour. Je pose un bordereau d'envoi dessus, qui dit comme ça « en réponse à votre demande du tant courant, vous trouverez ci-joint l'ensemble des éléments demandés concourant au renforcement du socle propédeutique des logiques transverses ». Philou se marre comme une baleine en rut, on met la caisse et le bordereau au secrétariat de l'Ancien, qui signe comme si de rien n'était.

Et puis le soir, je rentre chez moi. Enfin, plutôt : dans les vingt mètres carrés qui me servent de chez moi, quelque part dans une tour près du périph, du côté des à moitié pauvres même pas à moitié riches.

Ce soir-là, je me souviens maintenant, j'ai buté sur un mec qui prétendait dormir dans le local poubelles, au sous-sol, à côté du box où je range ma caisse.

Je revois la scène. Lui, il m'explique qu'il est à la rue, et qu'il n'ose pas aller à l'asile de nuit, parce qu'il est blanc, et que l'asile de nuit, dans le coin, c'est une bande de Noirs qui tiennent le truc, alors les clodos pâlichons se font dépouiller. Il me demande la permission de rester dormir dans le local à poubelles, et moi, je ne sais pas quoi lui dire. C'est pas moi qui décide de toute façon. Je lui dis que je ne dirais pas aux gens que je l'ai vu. Il me dit merci, c'est déjà ça. Je lui file une piécette, histoire qu'il ne me prenne pas en grippe – j'ai peur pour ma caisse, vous comprenez ?

Voilà, c'est tout. Je ne l'ai jamais revu, ce mec.

Après, quoi ? Ben après, rien, comme tous les soirs. Je rentre chez moi, dans mon vingt mètres carrés meublé Kikéa, avec un canapé convertible, une télé coins carrés et une console playstation. J'ai peur, soudain, je ne sais pas pourquoi. C'est peut-être à cause de l'homme qui dort en bas, dans le local à poubelles. Quelque chose ne va pas dans mon monde, en ce moment. Je m'écroule sur le canapé et je zappe. À la télé, y a un reportage sur le secours catholique qui distribue des fringues et de la bouffe aux SDF, et du coup je repense au mec, en bas, dans le local poubelles. Soudain, je remarque que les SDF à qui ces cons de cathos filent de la bouffe de merde genre surplus ED l'épicier, c'est tous des Noirs et des arabes.

Je me sens mal, je frissonne. J'ai peur d'avoir attrapé quelque chose, moi.

Je branche la console de jeu et je joue à un jeu ultra violent, genre baston tous azimuts. Ça se passe dans une sorte de cave, ou plutôt dans un sous-sol. On dirait presque le parking où je remise ma caisse. Y a des mecs à latter, je les prends un par un. Soudain, j'avise un Noir, un gros Noir à la con, avec l'air méchant. Je lui pète la gueule en repensant au mec qui dort dans le local à poubelles. Je m'excite sur la commande de ma Playstation, je gueule des « prends ça dans ta gueule, sale nègre ! », à faire bander un skin.

Après m'être bien fritté le nègre, je vais sur le net je surfe sur des sites de cul. C'est facile. L'Internet est un bocson : allez sur Google et cherchez, en vrac, « buttfucked teen », « barely legal teen », voire « teen in maledom », pour les pervers. Vous allez voir, vous ne serez pas déçu. Après, y a plus qu'à surfer.

Y a des mecs qui payent, mais gratos, on trouve déjà plein de trucs salingues. En général, tous les sites proposent des samples de quelques dizaines de secondes de leurs films de cul. Y a des types qui s'achètent les films, mais c'est des perfectionnistes. Le plus simple, c'est de zapper d'un site à l'autre, d'un sample à l'autre. Les gonzesses défilent sur ton écran – « blondinettes défoncées par des nègres à grosse queue », « rouquine taillant des pipes à des gros mecs », « brunettes fouettées et enculées jusqu'à la garde ». Y en a pour tous les goûts. De la viande de femme à l'étalage, bien défoncée transpercée par des bites raides comme des canons de fusil d'assaut. Le pied.

Après, le client fait son marché, quoi. Tu passes d'une fille à l'autre, d'un fantasme à l'autre. Tu récupères ici un œil de biche, là un sein à la courbe tendre. Tu te fabriques ta femme idéale du soir, livrée en kit sur Internet. Ça se divise et ça fusionne. C'est à toi de choisir, c'est de la femme virtuelle, tu peux la décomposer et la recomposer à loisir. Ça se coupe et ça se recoupe.

Petit à petit, le kiki fait son nid. T'en as qui se branlent, à ce niveau-là. D'autres préfèrent méditer, s'exciter, avant d'aller se soulager plus loin, dans les chiottes. T'as aussi des vrais pervers dont le trip, c'est de se retenir pour la pute du vendredi soir. Tous les goûts sont dans la nature.

Un jour, vous verrez, on se mettra des casques spéciaux, et on *vivra* réellement toutes les sensations virtuelles. On éprouvera exactement ce qu'on verra à l'écran. Les sensations, tout… Y aura des sites pour fabriquer des filles idéales en kit, ils te vendront des bouts de femme artificielle et tu te fabriqueras ton fantasme sur mesure. On vivra ce qu'on voudra quand on le voudra – enfin, on aura l'impression de le vivre. Le temps sera aboli, la vie ne sera plus qu'un long fantasme sans cesse prolongé.

J'ai hâte d'y être.

Après, ça va mieux. Je prends même pas la peine d'ouvrir le convertible. Je chope juste ma couette, je me roule dedans, le nez dans le creux du canapé, en chemise et calecif, et je sombre. Je plonge dans une eau noire, très profond, là où il n'y a pas de socle propédeutique des logiques transverses à construire avec l'aide de connards prétentieux, là où il n'y a pas de local poubelle avec un sans-abri qui dort dedans, là où je suis un mec normal, un mec qui vit dans la vraie vie, pas dans un écran coin carré, un mec qui ne rêve pas de tabasser un nègre dans un sous-sol merdique.

Le lendemain matin, en partant au boulot, je ne pense même pas à vérifier s'il y a quelqu'un dans le local à poubelles.

*

C'est alors que ça se déclenche.

Je suis en train de pointer un tableau. Ça, c'est mon ordinaire au boulot, pointer des tableaux. Y a une nénette qui travaille dans le service, elle est chargée de saisir des données, toute la journée. Officiellement, son job, c'est « coordinatrice des actions ponctuelles », et il est écrit dans sa fiche de poste que son boulot demande « de grandes qualités relationnelles et un réel esprit d'initiative », mais c'est du pipeau. En réalité, elle passe la moitié de sa journée à taper des chiffres sur Excel et l'autre moitié à parcourir le catalogue de La Redoute planqué dans le tiroir de son bureau.

Et moi, qui suis supposé être plus ou moins l'adjoint de son chef, mon job, en réalité, c'est de pointer ses tableaux. J'ai sous les yeux des fiches remontées par divers services, et je parcours les listes de chiffres, à la recherche d'une erreur. Bien entendu, tout cela pourrait être à peu près complètement automatisé. Il suffirait de monter un site intranet et de demander aux services de remplir directement un formulaire dématérialisé. En termes de programmation, c'est enfantin. Seulement si on faisait ça, la « coordinatrice des actions ponctuelles » n'aurait plus rien à faire. On se rendrait compte qu'il n'y a rien à coordonner, vu que l'action, dans ce service, on n'en voit pas beaucoup.

Alors on se garde bien d'automatiser quoique ce soit. La gonzesse passe la moitié de sa journée à taper des chiffres, et moi je passe une heure par jour à repointer ses tableaux.

C'est idiot, bien sûr, mais on s'en fout, puisqu'on est payés.

Donc, je suis en train de repointer un tableau, et même que je suis plutôt content, parce que je viens justement de trouver une erreur, ce qui me donne toujours une satisfaction un peu enfantine – j'imagine que dans cinq minutes je vais lui dire, à l'autre salope : « y a un truc à changer ». Elle va soupirer, ranger son catalogue de La Redoute dans un tiroir et se remettre au boulot.

Philou prétend qu'elle doit sa planque au fait qu'elle a jadis couché avec le surchef de l'Ancien, mais j'ai un doute. Ou bien elle a mal vieilli, ou bien elle a des spécialités insoupçonnées, mais en tout cas, je vois mal en quoi ce boudin a pu faire flasher l'autre pervers au point qu'il lui offre une planque. La promotion canapé, en principe, c'est un truc du marketing, le congrès des belles fesses.

Quoique, j'en sais rien…

Bref, donc, je suis là, à me faire chier comme toujours, et je finis de pointer une colonne quand l'Ancien s'encadre entre la cloison de gauche et la cloison de droite du box qui me tient lieu d'espace vital. Pantalon noir, veste brune, chemise blanche, il s'est déguisé en Goebbels, aujourd'hui. Derrière lui, y a Jean-Pascal en costume gris cloison.

L'Ancien ne me dit ni bonjour ni merde. Il pose le torcheballe du taré lapon sur mon bureau.

« C'est toi qu'as signé ça ? »

Je hoche la tête. Ouais, c'est moi qui ai signé ce truc-là. Mon regard dit : pourquoi ?

L'Ancien, l'air grave : « T'es dans la merde. »

Je pige pas et je lui dis. Il s'esbigne en me faisant signe de le suivre.

« On va s'expliquer au calme. Ramène-toi. »

En entrant dans son bureau, il me demande pourquoi j'ai signé ce papier. Je lui réponds que c'est Jean-Pascal qui m'a dit que c'était bon. Il se tourne vers Super Fayot.

« Ah bon ? »

L'autre enfoiré récrimine.

« Pas du tout, je lui ai confié le dossier puisque techniquement, c'est de son ressort. Mais je lui ai jamais dit que c'était bon. »

Je lui réponds, sans réfléchir à ce que je dis : « Ben tu m'as dit de m'en occuper. »

L'Ancien explose.

« Eh, ducon, t'en occuper, ça veut pas forcément dire que c'est bon ! »

Sa voix est lourde de colère. Je sens que ça va barder pour mon matricule. Putain, c'est vrai que j'ai merdé, là.

Jean-Pascal sourit, l'air satisfait. Il plante dans mes yeux son regard compatissant.

« Désolé pour ce malentendu, vieux. »

Puis son sourire s'accentue. Visiblement, il a envie de se marrer.

Je demande : « On peut m'expliquer ? »

L'Ancien soupire. Jean-Pascal commente.

« Ce dossier, c'était sensible, si tu veux. En fait, c'était au grand chef de signer. Mais il voulait pas... Alors ces enfoirés de la compta m'ont envoyé Lemonnier, tu piges ? Il m'a demandé de signer, mais comme c'était pas mon rayon, je te l'ai renvoyé... Et donc, là, t'as signé un truc que le grand chef ne voulait pas signer. T'as signé à la place du grand patron, quoi. Comme si tu te prenais pour lui, en somme... »

L'Ancien conclut, sinistre : « Mon petit vieux, ça sent la charrette... »

*

Ensuite, ces enflures me laissent mariner pendant deux jours. Deux jours infernaux. J'arrive au boulot le matin, je croise Jean-Pascal devant le bureau de l'Ancien. Il me fait un bon sourire gentil, genre sourire du toubib qui doit t'apprendre que t'en as plus que pour trois mois. L'Ancien, lui, est invisible. Déplacement, réunion, son agenda est plus rempli que le cul de ta femme un vendredi soir où t'as oublié de te bourrer.

T'façon, au niveau du vieux, c'est plus de la réunionite, c'est de la frénésie. Ces mecs-là passent tellement de temps en réunion, à se tourner autour comme des chiens qui se la flairent, qu'ils n'ont pour ainsi dire plus une minute à consacrer aux vrais boulots.

Et moi, pendant ce temps-là, je me demande à quelle sauce je vais être mangé... Je flippe comme un malade. Je me dis que je vais perdre mon job. Je n'en trouverai pas d'autre, parce que le mot va courir chez les boss que je suis un mec qui veut décider à la place de son patron. Du suicide, autant dire...

Vous verrez, je finirai dans un local poubelle, pour pas me faire défoncer la gueule par les nègres à l'armée du salut.

J'y repense beaucoup, ces jours-là, à ce mec que j'ai croisé dans le sous-sol, l'autre soir, en rangeant ma caisse. Mais pas moyen de remettre la main dessus. J'ai regardé : il n'est plus là. Le concierge a dû le virer. J'imagine bien le dialogue :

« Qu'est-ce que tu fous dans *mon* local à poubelles ? »

« Pardon monsieur, c'est juste pour dormir. »

« Casse-toi tu pues. Ici c'est un immeuble de riches, on a des poubelles qui sentent la rose. »

Ouais, j'ai pas le moral.

Mais bon, je continue à bosser, avec le sourire forcément. Je pointe des tableaux, je vais dans des réunions débiles faire semblant de prendre au sérieux les connards qui s'écoutent parler, le Philou m'envoie en reconnaissance dans une réunion chez la Pichon, pour faire le con, ce genre de trucs.

Enfin, le vendredi soir, alors que je désespère d'obtenir la moindre information, l'Ancien himself se pointe dans mon box.

« Salut, l'homme qui signe à tort et à travers ! »

Je souris jaune, mais je souris quand même.

« Amène-toi, je te paye le coup. »

Je mets ma veste et je le suis chien-chien à son maîmaître. Y a Jean-Pascal dans le couloir, mais il est vêtu « casual », ça le rend presque supportable. Faut dire à ce sujet que l'Ancien a dit une fois qu'il n'avait rien contre cette manie des ricains de se fringuer relax en fin de semaine. Alors naturellement, le vendredi suivant, le JP s'est pointé en veste de velours… Ceci explique cela.

On sort. En marchant, le long du boulevard, direction O'Driss, l'Ancien me briefe. Mes bidons s'arrangent, il a vendu au grand chef qu'après tout, c'était épatant pour tout le monde, cette histoire. Il fallait bien que quelqu'un signe, pas vrai, puisque les comptables avaient ordre de créer cette ligne de compte ? Et le chef voulait pas. Et lui, l'Ancien, voulait pas non plus. Et Jean-Pascal, bien entendu, prudent cet enculé, il s'était arrangé pour pas signer.

Alors qui c'est qui porte le chapeau ? Qui c'est que les flics viendront arrêter si les comptables déconnent avec cette ligne de compte zarbi ? Ben c'est le petit jeune, qui pourra toujours se défendre en expliquant qu'il savait pas, que c'est un malentendu…

Un crime sans coupable, en somme. Tout juste ce qu'il nous faut…

Et il ajoute, l'Ancien, histoire de bien me faire piger de quoi il cause : « Tu vois, finalement, on aurait voulu signer ce papier chiotte sans que personne n'ait pris la décision, on s'y serait pas pris autrement. »

J'ai beau être un peu con comme mec, là, je pige qu'on me tend une perche. Je cherche le regard de l'Ancien. Il cligne des yeux lentement.

JP me donne une petite tape sur l'épaule.

« Bienvenue au club ! »

On entre chez O'Driss, là-dessus, et voilà, on s'installe à côté du mecton qui drague la pouffe en jupe tailleur écossais, l'Ancien me dit : « Ecoute, tu m'en veux, parce que je t'ai enculé… »

Et comme je vous disais précédemment, c'est là qu'il m'explique la vie, pour de bon cette fois.

C'est ça, l'histoire.

*

Les inquiétudes de Jean-Pascal

Après O'Driss, ce soir-là, je rentre avec JP, on habite pas très loin, tous les deux, et il est à pied. Dans ma caisse, il me dit que j'ai du pot, que l'Ancien m'aime bien. Il ajoute, avec une franchise désarmante : « T'as intérêt à te méfier, y en a beaucoup qui te voient comme un mec dangereux. »

Je fais : « Ah ouais ? »

Il hoche la tête, l'air d'en savoir long.

« T'es dans la boîte depuis même pas un an, et tu t'es déjà fait mouiller. T'as de l'avenir. »

Je tousse.

« J'ai de l'avenir parce que je me suis fait enculer ? »

Il confirme. Je lui demande de préciser.

Il me dit que c'est l'Ancien qui lui avait demandé de me passer le dossier. Je lui dis que ça, j'avais compris. Il renifle, l'air de dire que j'ai pas tout compris.

« Non, il a pris la peine de me le demander. Il s'est dévoilé, tu piges ? Je crois vraiment qu'on lui a dit qu'il fallait te mouiller. Sinon, il l'aurait pas fait. Pas aussi nettement. »

« Et après ? », que je fais.

« Et après ? Ben maintenant que t'es mouillé, t'en sais déjà trop. Ils peuvent plus te virer, donc ils vont te faire monter. Ils auraient pas pris la peine de te mouiller, si c'était juste pour t'enculer. T'étais dans la prochaine charrette et point final. »

Cette fois, c'est à mon tour de hocher la tête. Ouais, ça se tient.

Là-dessus, on arrive devant chez JP. Je le droppe et je file chez moi.

J'ai plein de trucs en tête. Je me sens en même temps très soulagé, maintenant que je sais que non, ils ne vont pas me virer avec pertes et fracas, et pourtant toujours mal à l'aise, un peu humilié pour tout dire. L'impression d'avoir traversé un bizutage brutos, si vous voulez…

En passant devant le local poubelle, toujours perdu dans mes pensées, j'oublie de regarder s'il y a quelqu'un dedans.

*

Les semaines suivantes, progressivement, le nombre de papelards qui tombent sur mon bureau, dans la corbeille « à traiter », diminue régulièrement, au même rythme que les courriels à la con, genre mistigri cherche passeur. Par contre, l'intérêt des affaires augmente en proportion. Beaucoup d'affaires signalées, beaucoup de trucs bien fumants, genre saloperies à faire, connards à baiser, naïfs à arnaquer, bref le bizness, le vrai.

À présent, je n'ai plus besoin du Philou pour conduire ma barque. D'abord les trucs qui servent à rien, maintenant, je sais les trier. Ensuite, de toute manière, je fais plus tellement de trucs inutiles. Un peu, de temps en temps, des machins pour mettre la vaseline, c'est tout. Pour le reste, j'ai plus grand-chose à faire dans le genre « socle propédeutique ».

Un jour, à la cantoche – que nous appelons « l'espace restauration » – Philou me raconte le connard golfeur. Il arrive pas à savoir si ce mec est un bouffon payé pour que les gens se prennent la tête avec des niaiseries, manière de les enfumer, ou bien un vicelard genre commissaire politique maoïste, « tu répètes mes slogans à la con ou tu prouves que t'es trop malin pour qu'on te fasse confiance ». À mon avis, c'est un bouffon qui rêve d'être commissaire politique. Philou, lui, pencherait plutôt pour l'hypothèse commissaire politique déguisé en bouffon. J'insiste pas . T'façon, on en sait rien, on fait que causer…

Philou, maintenant, me considère avec un certain respect. Fini le temps où il se la jouait paternaliste. Ça doit se savoir que je suis un enculé, et ça, niveau réputation, c'est excellent pour moi. Un mec que les boss ont enculé et qui n'a pas débandé, c'est un boss en puissance, vous pigez ? – Instinctivement, le Philou, avec sa vieille ruse de bureaucrate, il a senti le truc. Kif-kif le Sioux sur le sentier de la guerre, qui devine la force de l'ennemi à la fumée de son barbecue, le bureaucrate expérimenté devine le futur boss à la taille de sa quéquette et la taille de la quéquette à l'assurance du regard.

Pour le coup, Philou me fait même un peu de lèche, maintenant. Ça me rend triste parfois, mais pas trop. C'est agréable de sentir qu'on est craint, ça donne l'impression d'exister, d'avoir une vie à soi, là, entre les cloisons grises et la moquette couleur chiasse de piaf, comme si on était encore dans le truc, vous voyez, mais plus vraiment, comme si on survolait en somme. Ça doit être ça, l'ivresse du succès, pour un connard dans mon genre : oser porter un costume couleur cloison, moi z'aussi – manière de dire que j'ai plus besoin de singulariser, vu que c'est composté, reconnu, officiel : je suis *quelqu'un*.

J'en suis là de ma fulgurante ascension quand l'Ancien, un matin, me sonne – dong-dong téléphone. Je rapplique chien-chien, comme d'hab. Dans le bureau de mon chef vénéré, y a Carine. Tout de suite, je balise. Je lui vote mon plus beau sourire « je te lèche la chatte », réponse logique à son regard enamouré « je te suce la queue », mais ni elle ni moi, personne n'est dupe.

Les gonzesses genre Carine, moi, je me méfie. Dans une société qui promeut ses cadres en fonction de leur aptitude à se faire enfiler sans cligner des yeux, on aura beau dire, on aura beau faire, les meufs partent avec un avantage certain. D'où ma prudence à l'égard de Carine, pétasse de choc que l'Ancien envoie volontiers à ses ennemis histoire de faire chier – un pot de colle visqueux, cette Carine : le genre bourgeoise perverse à qui il manque une case, vous voyez le style ?

Bon, si vous voyez pas, c'est pas grave. T'façon, suivez le jeu de piste, vous allez piger.

*

Lancement d'une carrière

L'Ancien nous briefe fissa, Carine et moi.

« Les mecs, fini de rire ! Y a un truc dans les tuyaux, du sérieux. Notre surchef vénéré a reçu des instructions très claires, des instructions venant de notre surdieu lui-même, si vous voulez savoir : y un plan de réorganisation complet de l'outil de production, voilà ce qu'il y a ! »

Carine a l'air dubitative.

« Et ça nous concerne ? »

L'Ancien, avec une tendresse quasiment paternelle : « Carine, ma petite Carine, étant donné que notre service ne sert à rien, n'a aucune attribution précise et d'ailleurs ressemble en cela à la grande majorité des services de cette boîte si merveilleusement managée par notre vénéré surdieu, *tout* nous concerne en règle générale, attendu que *rien* ne nous concerne en particulier. »

« Ouais, donc ça nous concerne pas en particulier. »

L'Ancien me désigne Carine du pouce gauche, tandis qu'il pointe son index droit pile vers mon cœur : « Tu vois, champion, méfie-toi des gonzesses. Elles sentent plein de trucs. »

Je hoche la tête, genre t'inquiètes l'Ancien, je me méfie.

Il sourit requin. Message passé cent pourcents.

Là-dessus, il nous annonce sans transition qu'on voit le surchef t'à l'heure, direct.

« C'est vous qui avez pris rendez-vous, ou c'est lui qui nous convoque ? », qu'elle demande, la Carine, pas froid aux yeux.

L'Ancien, toujours courtois : « Si tu veux savoir, c'est lui qui nous convoque parce que je lui ai dit qu'on pouvait faire un truc pour lui. »

Elle hoche la tête, pas convaincue. Quelque chose a l'air de la déranger, et je ne vois pas quoi.

Après, en attendant l'heure d'aller chez surchef, on va bouffer. Je me dis que vais en profiter pour faire causer la Carine, mais manque de pot, elle descend avec sa grande copine, Véro. Elle lui fait un sketch « tu vois je vais chez le surchef », et l'autre de prendre un air impressionné, avant lâcher, l'air de rien : « C'est gentil de la part de l'Ancien d'associer comme ça les simples collaborateurs. »

Elle ne dit pas si elle parle de moi ou de sa « copine Carine », mais t'façon, l'autre l'a pris pour elle.

« Oui, d'ailleurs j'ai été surprise qu'il ne t'associe pas », qu'elle balance, retour à l'envoyeuse.

Après, pendant tout le repas, c'est à qui trouvera la vacherie la plus vache entre ces deux connes. Moi, je ne peux pas en placer une, et je me dis que merde, ça va être dur devant le surchef, j'aurai beau faire, je pourrai jamais avoir l'air aussi gentil petit con bien programmé que la Carine. Y a des musiciens nés, y a des tueurs nés, y a des comptables nés, y a des enculés par vocation, et puis y a aussi des pétasses de naissance, et c'est le pompon. Faut faire avec, mais c'est pas la joie.

*

Quatre heures moins cinq, avec l'Ancien et l'autre salope, direction l'ascenseur. L'Ancien fait la tronche, mais c'est juste pour se donner l'air de pas se sentir concerné à outrance. La Carine, elle, elle a la narine frémissante et une petite rougeur aux pommettes. Je suis obligé de le dire, elle a la tronche d'une gonzesse qui s'apprête à se faire fourrer princesse.

En arrivant, l'Ancien jette un petit coup d'œil à la secrétaire. En réponse, un hochement de tête négatif.

« Vous pouvez attendre un moment au salon, s'il vous plaît ? Monsieur Jordan est en communication. »

Le salon, c'est l'antichambre. Un bout du bureau au bout du bureau, avec un divan vert pomme, une table basse vert de gris et deux fauteuils vert tendre.

Carine, assise sur le canapé vert pomme. Elle me fait de plus en plus penser à une pouffe qui va se faire sauter, faut que je me calme. La secrétaire, d'une voix d'hôtesse de l'air : « Voulez-vous un café ? » L'Ancien, avec un sourire forcé : « Non merci. » Rester poli avec la secrétaire du patron, adage bien connu.

Enfin, la porte du bureau s'ouvre. Le surchef lance à sa secrétaire :

« Stéph', vous penserez à décaler mon rendez-vous avec Couperin, demain. Onze heures, plutôt, d'accord ? Nous irons au *Communautés* , juste après. »

Puis, à l'Ancien : « Bonjour Charles, excusez mon retard. »

Petit sourire amical, mauvais signe. D'entrée, je flippe.

Le bureau du surchef : grand baie vitrée, vue panoramique sur Paris, l'esplanade de la Défense à nos pieds. Tape-à-l'œil, mais ça en jette.

Sa majesté notre surchef, assis devant la table de réunion de son bureau, nous en face de lui. Et toujours Paris en arrière-plan. Le boss, très sympa, très décontracté, enchaîne gauche droite uppercut.

« Jeunes gens, j'irai droit au but. Mon ami Charles vous a désignés comme les hauts potentiels de son service, c'est pourquoi vous êtes ici en ce moment. »

Silence. Je fais la gueule, j'ose pas regarder la mère Carine, elle doit mouiller comme une pute bien graissée, je lui fait confiance pour ça.

« Nous aimerions vous donner l'occasion de vous tester par rapport à un vrai challenge. Je serai direct : il s'agit de notre implantation la plus ancienne, l'ex-usine Levasseur. Elle va fermer, il y aura un plan de reclassement assez dur, et l'actuel responsable des ressources humaines est trop proche du personnel pour gérer cette affaire en toute sérénité. »

Le surchef, regard interrogatif. Carine, en face, sourire de poupée. Et moi, à côté, pétrifié.

Le surchef, se tournant vers moi.

« Voilà, vous n'êtes pas obligé de dire oui, bien entendu, mais franchement, le job est fait pour vous. Vous pouvez prendre quelques jours pour réfléchir, si vous voulez. »

Ma pomme, idiot mais pas tant que ça. Le surchef me propose un job. Affaire personnelle, son choix. Si je dis non, je le mets dans l'embarras. Autant m'inscrire tout de suite au chômedu. Avec un joli trou dans mon CV. Un trou qui voudra dire : je n'assume pas quand on m'envoie au feu.

Bref, j'ai pas le choix. Alors je dis okay au surchef.

Je suis un mec très ordinaire, moi. Je réinvente pas le monde tous les matins.

L'après-midi non plus, d'ailleurs.

*

Allumez les boosters !

Le lendemain, réunion de crise chez l'Ancien. Objectif : définir le plan d'action, ça urge, on doit rendre notre rapport dans trois semaines. Participent Carine, l'Ancien et moi, mais aussi Jean-Pascal, que l'Ancien, pour la première fois, nous présente officiellement comme son adjoint.

L'Ancien nous demande notre avis. Carine répond ceci cela, des trucs sans intérêt. Moi, je dis que je suis « trop nouveau dans la structure » pour avoir des idées bien arrêtées. L'Ancien me regarde attentivement, comme s'il se posait soudain une question me concernant. Je crains qu'il ne s'imagine que je ne joue pas le jeu, donc je me récrie : « Je suis sincère, franchement, j'attends vos consignes. »

Il ne me répond pas, il médite.

« Vous allez faire une bonne équipe, tous les deux, » qu'il nous dit, à Carine et moi.

Puis il reprend : « Bon, maintenant, vous enregistrez. »

Carine sort son bloc-notes et son stylo Mont-Blanc de bourgeoise surpayée à faire semblant de travailler. Moi, je sors mon bloc-notes et mon stylo Waterman d'ex-pauvre surpayé aussi à faire semblant pareil.

« Vous allez voir Capelle, le connard du contrôle de gestion. C'est un branleur prétentieux et une merde gluante, je sais, n'empêche qu'il faut passer par lui, vu que c'est lui qui dira au surdieu combien le surchef doit nous dire qu'on doit dégraisser. Vous pigez ? »

Nous hochons la tête de concert, miss Mont-Blanc et mister Waterman.

« Après, vous irez voir Annabelle Villerieux, la salope de la DRH. Celle-là, c'est une vicieuse, méfiez-vous. »

Il se renverse sur sa chaise et soupire.

« J'ai un peu peur de vous lâcher tous seuls devant cet étron corseté tailleur Chanel, mais j'ai pas le choix : si je venais, ça serait pire, elle peut pas me blairer. »

Re-soupir.

« Enfin méfiez-vous, quoi. La DRH, le seul moyen de nettoyer, t'façon, ça serait le Zyklon B. »

Il regarde par la fenêtre, maintenant, d'un air las.

« Il vous faut un bon support technique, sinon vous allez vous noyer. Je pense par exemple à quelqu'un comme Nadine Leperron. »

Carine, l'air rogue.

« C'est vrai qu'elle passe pour compétente dans sa partie, mais enfin pour ce projet, là, je ne vois pas trop son rôle... »

L'Ancien me jette un coup d'œil en grommelant : « T'façon, là, ce projet est prioritaire, alors on peut récupérer qui on veut... »

Je pige illico. Il sait qu'il a un projet prioritaire en portefeuille, le vieux renard, alors il se dit : c'est l'occasion. L'autre Pichon fait bosser Leperron sur un projet concurrent, on va lui piquer sa perle, à cette pute.

Bien joué, l'Ancien.

« Nadine, c'est une référence dans sa partie. À mon avis, » dis-je, « elle nous est indispensable. »

L'Ancien me vote son clin d'œil grand format, genre t'iras loin fiston.

Carine n'insiste pas, et nous concluons que le renfort de Nadine Leperron nous est indispensable.

*

François Capelle

François Capelle, c'est un poème. Si ce genre de mec n'existait pas, les marxistes en inventeraient des tout pareils, rien que pour nous dégoûter du capitalisme.

Capelle, c'est la finance incarnée. Ses détracteurs le décrivent habituellement comme un garçon juste un peu moins amusant qu'un mémento comptable. La vérité, c'est qu'il *est* un mémento comptable. Ou alors une calculette, peut-être...

Pour l'instant, il est assis en face de nous, dans son bureau – un grand bureau, juste à côté de celui du surchef.

Costume gris, comme toujours. À mon avis, il est né dans un costume, ce mec – avec un attaché-case à la main, en plus. Chemise blanche. Cravate rayée noir et blanc et gris. Et là-dessus, il arbore une épingle de cravate métallique. Ça doit être sa note de fantaisie.

Il regarde Carine, qui porte aujourd'hui une jupette ma foi fort courte. Il la regarde, et il ne pense à rien, c'est visible. Elle a bien tenté de capter son regard, cette salope, mais elle y a vite renoncé. De toute manière, l'animal porte des verres photochromiques gris, et comme il est assis face à la fenêtre, donc face au soleil, on ne voit pas ses yeux.

Capelle dans ses œuvres. Exposé méthodique, parfaitement désincarné. Colonnes de chiffres, tableaux récapitulatifs. Verdict : pas rentable, pas compétitif, dégraissez-moi tout ça. Le tout enrobé dans les formules d'usage : « déficits de compétitivité marqués », « arbre de performance grevé par un coût horaire insupportable sur une activité de main d'œuvre », « inadaptation structurelle aux contraintes de production dans un marché mondialisé ». En clair : pas de pitié pour les canards boiteux.

Carine écoute François, sourcils froncés, lèvres pincées. Elle observe le contrôleur de gestion, la pétasse, et moi je l'observe observer. Je peux me tromper, mais je crois qu'il y a quelque chose qui l'attire, la taspé, chez ce mec. Quoi ? Mystère...

Capelle, lui, ne semble rien remarquer.

Hypothèse : les contrôleurs de gestion n'ont pas de sexe. La preuve : ils n'ont pas de pitié. Si ces types avaient un sexe, à un moment ou à un autre, ils flancheraient. Même quand on n'a pas cœur, on finit toujours par quémander un peu de chaleur humaine, tant qu'on a une bite – ou une chatte, d'ailleurs.

Capelle, lui, ne quémande rien, jamais. Il t'évoque le licenciement sec de deux cents types comme il te raconterait une partie de scrabble. Qu'est-ce qu'il a entre les cuisses, Capelle ?

Rien, sans doute. Ou alors juste un appareil, une machine qui lui sert à jouir, d'une jouissance programmée, à intervalles réguliers et sans doute très espacés.

Rien d'imprévisible, rien d'irrationnel chez Capelle. Ce mec, si on lui demandait ce qui le dérange dans l'humanité, il répondrait : l'humanité.

Carine assise à contre jour, en face de lui, en chemisier, et Capelle ne lève même pas les yeux, ne caresse pas du regard les formes féminines pourtant faciles à deviner. Il ne pense pas au sexe, Capelle. À quoi pense-t-il ? Peut-être bien tout simplement à ce qu'il dit, après tout.

À la fin, je demande : « Donc, en résumé, la fermeture est inévitable ? »

« Je crois qu'on préfère parler de reconversion et d'externalisation. »

« Vous savez, fermeture, reconversion ou externalisation bidon, de toute manière, vu les compétences sur place, ça reviendra au même en termes de plan de reclassement... »

Il hoche la tête, l'air vaguement ennuyé. D'accord, ça reviendra au même.

Après, il ne se passe plus rien. On essaye de faire dire à Capelle ce qu'il y a derrière ses chiffres, mais derrière chaque chiffre, ce con a caché un autre chiffre, et ainsi de suite, à l'infini. On finit par comprendre qu'il est beaucoup, beaucoup trop fort pour nous, et après lui avoir dit grand merci, on le quitte sans regret.

Dans le couloir, Carine, énigmatique : « Il est bizarre, ce type. »

Elle secoue la tête, l'air contrariée.

Angoisse de la pétasse qui réalise soudain que son petit capital, après tout, est vraiment un petit, petit, tout petit capital.

*

Annabelle Villerieux

Après Capelle, au programme : Annabelle Villerieux, la gonzesse de la DRH.

Y a trois choses qui frappent, quand on entre dans son bureau.

D'abord, c'est un bordel inimaginable. Vous savez ce qu'on dit sur les sacs à main des pouffes ? Eh bien vous pouvez dire la même chose du bureau de la mère Villerieux. Y a des piles de dossiers qui montent jusqu'au plafond, des tas de petits gadgets débiles sur l'appui de fenêtre, genre les machins qu'on trouve dans les Kinder surprises, vous visez le topo ? À côté de son sous-main, y a un tas de petits stylos, rouge, bleu, vert, noir, de toutes les couleurs. Ils sont posés là, en vrac, c'est un miracle qu'elle parvienne à écrire à côté de cette quincaillerie sans en foutre la moitié par terre toutes les dix secondes.

C'est très étrange, je trouve, ce bureau capharnaüm. Ça ne colle pas avec le reste de la meuf. D'abord, elle est toujours tirée à quatre épingles, la Villerieux, dans le genre bourgeoise de province. Ensuite, tout ce qui vient de DRH, c'est nickel papier glacé. Toujours. Des brochures en quadrichromie pour t'expliquer comment c'est bon de te faire mettre et qu'il suffit de se pencher en avant pour que ça fasse moins mal, t'inquiètes, ils savent faire. Y a toujours un côté esthétique dans les publications de la DRH, idem dans leurs « slides » d'ailleurs. Ces mecs-là, tu les imagines artistes, en somme, mais artistes bourgeois, beaux-arts, esquisses bien léchées, vaguement pompier dans le genre.

Du coup, quand tu débarques chez la Villerieux et que tu découvres l'envers du décor, son côté artiste maudit, crève misère en somme, forcément, t'as un choc. Penser que toute cette merde bien léchée, tout ce papier glacé, c'est fabriqué dans ce bureau qui sent le négligé, t'es surpris, et même un peu déçu, pour tout dire. Alors comme ça, les enculés de la DRH sont des êtres humains, après tout ? – Au fond, ça les rend bien plus terrifiants, à mon avis.

Cela dit, y a pas que le bordel qui surprend, chez la Villerieux. Derrière elle, au mur, elle a punaisé des papelards humoristiques. J'en reconnais d'ailleurs quelques-uns. Y a un tableau qui s'appelle « soyez dans le coup ». C'est un tableau très marrant : y a une colonne sujet, une colonne verbe, une colonne complément. Tu peux combiner n'importe quel sujet avec n'importe quel verbe et n'importe quel complément, ça marche, t'as une phrase « dans le coup », genre hâchement manager de choc, tu vois ? « Les secteurs clefs développent une croissance structurelle », « Les secteurs clefs implémentent une démarche proactive », « Les secteurs clefs implémentent une croissance structurelle », « Les secteurs clefs développent une démarche proactive », etc.

Ça marche nickel ce tableau. Philou me l'a même conseillé quand j'avais pas d'idée pour faire un coup de l'enfumeur – ce que Philou appelle un coup de l'enfumeur, ça consiste à répondre à côté d'une question emmerdante, mais de manière telle que le mec d'en face se dise que s'il pige pas, c'est parce qu'il est moins dans le coup que toi. Par exemple t'as un mec de la technique qui te demande comment il doit faire pour dépasser ses objectifs de plantage de clous alors qu'on lui a fourni un tournevis à la place du marteau, et toi, tu lui répond : « Les secteurs clefs implémentent une démarche proactive ». Tout de suite, le mec de la technique, il est sur la défensive, forcément.

C'est quand même fort de café, je trouve, ce tableau foutage de gueule épinglé en plein milieu de la DRH, dans le saint des saints de la religion managériale.

Mais y a encore mieux. Le troisième truc qui frappe, quand on entre dans le bureau de la Villerieux, c'est qu'elle a une photo sur son bureau. Sur la photo, y a quatre gosses : les siens.

Ça surprend, quatre gosses pour une taspé qui bosse douze heures par jours pour enculer le populo. Et puis à la réflexion, on se dit que pas tant que ça. Elle doit les garder sous les yeux pour se rappeler qu'elle aurait pu les avorter.

*

Bref, avec Carine, on s'installe devant la mère Villerieux, et l'autre salope commence à nous expliquer le topo.

Son topo, à Villerieux, c'est à la fois très simple et très compliqué.

Ce qui est très simple, c'est l'objectif : niquer un maximum le plus d'employés possible.

Ce qui est très compliqué, c'est la manière de procéder.

La DRH a phosphoré, ces derniers jours. Ces enfoirés ont défini une batterie de dispositifs « d'accompagnement social », comme ils disent. Et croyez-le ou pas, mais à moins d'avoir le décodeur par miss Villerieux, on croirait presque une bonne œuvre.

D'abord, un « contrat cadre » devait être signé entre la holding et les organisations syndicales, au niveau groupe. Explication officielle : faire bénéficier les salariés de Levasseur de tous les dispositifs d'accompagnement social existant au niveau groupe. Explication officieuse, dixit Villerieux : « Nous devons nous préparer à un clash avec les organisations syndicales. Inutile de louvoyer : de toute façon, on sera en frontal. Il faut nous y préparer, voilà tout. La méthode : localiser la négociation au bon niveau, c'est-à-dire au plus haut niveau. Localement, les délégués syndicaux sont en prise avec les réalités, ils seront pugnaces et veilleront au concret. Au niveau groupe, en revanche, les enjeux politiques prennent plus d'importance. Il suffit d'offrir quelques avantages aux syndicats réformistes, et ils nous aideront à circonvenir les emmerdeurs. »

Moi, curieux de tout : « Quels avantages ? »

Villerieux, haussement d'épaule, moue amusée.

Silence. J'insiste : « Nous aimerions quand même savoir de quoi il retourne… »

Elle soupire. Bon, d'accord, le petit jeune ne sait pas lire entre les lignes, alors on va sous-titrer. Elle commence par nous brosser un tableau rapide des relations entre la boîte et les organisations syndicale, *hic et nunc*, comme elle dit. Si je résume : le budget du comité d'entreprise, c'est du pognon. Le pognon, c'est ce qui fait tourner le monde. Les syndicalistes top niveau, ils font partie du monde kif-kif le reste, donc eux aussi, ils courent après le pognon. Et si on auditait les comptes du comité d'entreprise, hein ? Mauvais pour eux, ça…

« Chaque acteur », qu'elle enchaîne, la salope, « poursuit ses intérêts, comprenez-vous ? Un délégué du personnel au niveau local est sensible aux détails de l'accompagnement social, parce que son intérêt est d'abord de montrer localement qu'il agit dans le sens voulu par le personnel. À l'opposé, au niveau central, nos interlocuteurs ont une vision plus large. »

Carine abonde dans son sens.

« Je suis bien d'accord avec vous. »

Elle sourirait pas plus, la Villerieux, si l'autre pétasse venait de lui filer sa langue.

« Nous allons nous efforcer de situer la négociation sur l'accompagnement social chez Levasseur dans le cadre général de la négociation en cours de notre convention collective modernisée. »

Ouais, d'accord, j'ai pigé. On va mettre beaucoup de mousse, et comme ce qui intéresse les enculés syndiqués top niveau, c'est de *donner l'impression* qu'ils ont sauvé les meubles, ça passera. Aux prochaines élections au comité d'entreprise, ils se démerderont, les mecs – les syndicats représentatifs faisant valoir une « attitude patriotique » sous l'occupe pourront continuer à picorer dans l'assiette au beurre, ça va bien pour eux, merci.

Je hoche la tête et, après avoir jeté un coup d'œil au tableau à la con dans le dos de la mère Villerieux, je dis avec une bouche en cul de poule : « Les acteurs institutionnels identifient les facteurs clefs. »

Elle fait semblant de pas remarquer que je me fous de sa gueule et elle enchaîne.

« Cela étant, l'aspect institutionnel, c'est la partie facile de l'affaire. Le vrai problème, c'est de verrouiller les évolutions au niveau local. »

Carine et ma pomme, on fait des yeux ronds. Les évolutions au niveau local, elles nous paraissaient réglées nickel chrome : tout le monde dehors, point final.

« Justement pas, » susurre Villerieux. « Nous avons décidé de procéder en accord avec la charte des bonnes pratiques déployée par le groupe concernant la validation des parcours de compétence individuels. »

Ça, c'est du RH dans le texte, et Carine et ma pomme, on entrave que pouic. Pas grave : Villerieux nous met au parfum sans se faire prier, on sent qu'elle est toute fière de son machin. Ça doit être son projet perso, celui qui lui permet de se faire mousser devant son surchef à elle, probable.

Donc, elle nous explique que : d'abord, les ouvriers et les employés, bref la chiourme, c'est jetable. Donc on s'emmerde pas avec. Pourquoi qu'on payerait des prolos françousse avec du bon argent qu'elle peut servir, comme on dit chez moi, alors qu'il y a tant de bougnoules prêts à faire leur douze heures par jour pour un salaire versé en épluchures de grains de riz ? Exit, donc, les bougnoules ploucs blancs, plus besoin d'eux, on s'en débarrassera. Cependant, ne pas confondre : les techniciens formés, eux, ça peut servir. Le bougnoule payé en épluchures de grains de riz a en effet tendance à ne pas être familier de la technologie occidentale, raison pour laquelle, en attendant l'époque lointaine où l'on aura des techniciens d'un bon niveau prêt à bosser pour des nèfles, on va bien être obligé de garder quelques grouillots de base de fin d'organigramme – grouillots, mais grouillots qualifiés… Ceux-là se verront proposer un reclassement au sein du groupe. Mais achtunug ! Pas tous : seulement ceux qui répondront aux critères de sélection. Au menu : adhésion au « projet corporate », et encore ça suffit pas : faut qu'ils acceptent de suivre une formation complémentaire. « Apprendre à gérer le changement dans la positivité », ça s'appelle… Bref, je subodore que ça doit être le gros truc bidon, et à mots à peine couverts, je le dis.

Réponse inoubliable de la fabuleuse Annabelle Villerieux : « Mais justement ! », qu'elle me fait, la salope, « le fait que cette formation ne présente aucun avantage concret en fait un sésame indispensable pour un parcours personnel de changement positivé. »

Traduire : c'est fait exprès que ça soit du pipeau, parce que comme ça, ceux qui accepteront de gober le truc, on sera sûr qu'ils sont prêts à n'importe quoi pour garder leur job.

Ce point étant acquis, je n'insiste pas. T'façon, je savais à quoi m'en tenir.

La mère Carine, elle, continue à chercher des poils sur les œufs. Elle demande à la Villerieux si l'encadrement, au niveau local, est aussi peu digne de confiance que notre surchef vénéré semble le dire. Réponse : « Le personnel d'encadrement, au niveau de cette usine, est constitué de techniciens compétents, mais il y a un manque évident d'aptitude à la conduite du changement et au travail en équipe. Nous avons régulièrement des retours concernant la remise en cause, par les équipes, des organigrammes validés au niveau supra. C'est très mauvais signe… Ces gens-là s'organisent dans leur coin, au motif que les organigrammes types imposés par le siège créeraient des doublons…. Il est clair que certains acteurs du système entendent conserver une sphère de compétence autonome, ce qui inverse la relation à l'entreprise. »

Je tique. « Inverser, comment cela ? Je pensais que la compétence, justement… »

Villerieux me sourit sucre d'orge.

« Mon cher, vous ne raisonnez pas RH. Je ne vous le reproche pas, d'ailleurs, ce n'est pas votre métier. Mais placez-vous un instant de notre point de vue. Nous, nous sommes chargés de faire en sorte que le groupe tienne chacun de ses employés, voyez-vous ? Or, un cadre qui possède une compétence, c'est précisément quelqu'un qui pense ne rien devoir à l'entreprise… Vous admettrez que cela ne peut que nuire à la souplesse de l'intéressé. »

Après ça, j'ai plus rien à dire, forcément. Je suis même obligé de sourire, genre d'accord madame, vous en savez plus que moi.

J'ai un peu envie de gerber, mais pas trop finalement. C'est bien, le métier rentre.

*

Enculons les pauvres !

Après ça, on file en province, avec Carine et Nadine Leperron, qui vient de rejoindre l'équipe. Au programme : une série d'entretiens avec des « acteurs clefs du changement », identifiés par la DRH dans le staff des usines Levasseur. On s'est réparti les rôles. Je fais le méchant qui fronce les sourcils, Carine fait le gentil qui sourit et cligne de l'œil, et Nadine assure l'aspect technique, colonnes de chiffres et courbes en couleur, histoire qu'on ait pas l'air trop cons devant les pros, les vrais, ceux qui savent de quoi ils causent – en tout cas un peu plus que nous.

J'ai pas grand-chose à dire sur les premiers entretiens, avec les cadres moyens et les agents de maîtrise. Officiellement, pour nos interlocuteurs, on vient pour effectuer un « audit sur les dysfonctionnements organisationnels », mais en réalité, il s'agit d'étudier le terrain pour voir comment les mecs vont réagir, une fois qu'on leur aura annoncé la fermeture de l'usine. But du jeu :

détecter les « facteurs clefs de décision » qui pousseront les différents « types d'acteurs » à adhérer à un « projet positivité de mobilité physiquo-fonctionnelle ». En clair, comment faire pour que : un, les bons petits cons bien programmés acceptent de rester dans la boîte avec des salaires encore plus merdiques et un job à pétaouchnoc ; et surtout deux, les autres se cassent en demandant un minimum d'indemnités.

Les premiers jours, de toute façon, j'ai d'autres trucs en tête. Je viens de m'apercevoir que : un, Nadine Leperron est baisable ; et deux, sa chambre d'hôtel est voisine de la mienne.

On aura beau dire, on aura beau faire, un matou et deux chattes, ça fait une chatte de trop, ou une bite qui manque, si vous préférez. Et là, tout de suite, les bons vieux mécanismes s'enclenchent : s'agit de savoir qui va coucher avec qui. On serait juste en tête à tête, Carine et moi, ou Nadine et moi, je suis sûr que j'y penserais pas autant, et elles non plus, je suppose. Mais dès que t'as un déséquilibre dans le marché du cul, ça y est, la concurrence joue à plein, et tout de suite, la bite devient un objet de convoitise – vu que l'article manque, il prend de la valeur. La loi de l'offre et de la demande, ça marche à tous les coups.

Ça se goupille classique, notre affaire. Carine me fait du gringue, genre pas vraiment mais un peu quand même.

Ça m'étonne pas que ce soit une chaude, cette taspé. Dans la société européenne actuelle, il y a deux catégories de personnes qui baisent peu ou mal : les losers mâles moches et les gagneurs femelles bandantes. L'explication ? – Simple : pour qu'un loustic carambole une nénette, il faut qu'il lui offre quelque chose, sinon l'échange n'est pas équilibré. On aura beau dire, on aura beau faire, dans le sexe, l'homme donne quinze centimètres de bite, alors que la femme donne tout ce qu'elle a, tout ce qu'elle est. L'échange est déséquilibré. Alors, pour qu'il ait lieu quand même, il faut le rééquilibrer.

Donc le matou doit donner – une superbe virilité, un gros bouquet de fleurs, une liasse de biftons, peu importe : il faut qu'il ait quelque chose à donner. D'où le problème des mâles moches et pauvres, et réciproquement celui des femmes belles et riches : les premiers n'ont rien à offrir, donc ils ne trouvent pas leur place sur le marché du sexe ; les secondes n'ont rien à se faire offrir, donc elles mettent les hommes mal à l'aise. Elles peuvent toujours se faire sauter, naturellement, ça, les mecs sont toujours partants. Mais pour ce qui est d'avoir un *échange* avec leur partenaire, macache bono.

D'où, par exemple, le gringue que me fait la mère Carine, qui doit se dire que merde, elle a l'occasion de taxer un mec comestible à l'autre conne de Leperron.

Nadine, elle, fait semblant de ne rien remarquer, mais mon œil, elle est sûrement pas dupe. Et bien sûr, le fait qu'elle se la joue froide, c'est ça qui m'excite.

Surtout le soir elle me fait du rentre-dedans, la Carine, quand on bouffe ensemble au restau de l'hôtel. Ça devrait être marrant, mais ça ne l'est pas. C'est le meilleur restau de la ville, c'est le meilleur hôtel de la ville, on se tape la cloche allègrement, et j'ai deux greluches pour moi tout seul : super, non ? Eh bien, non, pas super, finalement.

C'est pas que j'ai des scrupules. Etre logé royal entre deux salopes baisables, ça me pose pas problème. Le foie gras a encore meilleur goût quand tu penses aux pauvres qui bouffent nouilles et patates, le reste, tu t'en fous. Et puis c'est bien le moins qu'on m'offre un peu de luxe, en échange de ma putain de conscience. Vu qu'en somme, on compte sur moi pour niquer les prolos, on me doit bien ça. Le deal est honnête, rien à dire. Dans ces conditions, je veux bien les niquer, moi, ces mecs de province, pas de problème – après tout, si ces cons-là l'ont mauvaise, ils n'ont qu'à faire la révolution. Et si à l'inverse, ils n'ont pas les couilles pour se révolter, alors c'est normal qu'on les encule. C'est même moral, à mon avis !

Non, ce qui me déprime, c'est que ces histoires de fesse latente, ça risque d'interférer avec le boulot, et ça, c'est pas professionnel. C'est contre mes principes. C'est dangereux pour moi, c'est dangereux pour la boîte, c'est dangereux pour la mission. Bref, ça craint.

Alors j'essaye de résister à la tentation. Le soir, je me branle en imaginant que je baise ces deux greluches à tour de rôle. Après, une fois masturbé, j'arrête d'y penser, mais pas longtemps.

*

Le dernier jour, on rencontrait le boss de l'usine Levasseur. C'est le seul entretien dont je me souvienne clairement.

Il nous attaque bille en tête : « Alors dites-moi, c'est vrai ce qu'on raconte ? »

« Qu'est-ce qu'on raconte ? »

« Un quart de l'effectif à dégager, à peu près. »

Je réfléchis à toute vitesse. Sans doute un leurre lancé par la direction générale… Mais peut-être le vieux crocodile en sait-il plus qu'il ne le dit, peut-être qu'il nous teste…

« À vrai dire, je n'ai pas de données quantitatives, pas pour l'instant. »

« Ah ! »

Il ne me croit pas, c'est visible, mais il n'insiste pas. À quoi bon ? Nous venons de la holding, il est le patron d'une filiale. Quelles que soient son expérience, sa compétence et sa position formelle dans l'organisation, c'est bel et bien nous qui sommes fort, parce que le pouvoir est avec nous.

Carine lui demande de nous briefer sur le climat social. Il fait court : ambiance lourde. Un plan social est attendu, les syndicats chauffent leurs troupes. Pour l'instant, la direction n'a rien entrepris qui puisse éveiller les soupçons – ni gel des embauches, ni vacances d'emplois planifiées. Mais la rumeur court, et on n'arrête pas une rumeur une fois qu'elle a commencé à courir.

Résultat : ça chauffe.

« Ces trois derniers mois : sabotage à l'atelier B, cent mille euros de rebus, affaire étouffée. Officiellement, on ne connaît pas le coupable. Officieusement, on sait, mais on ne peut rien prouver… Ensuite, nous avons un contremaître passé à tabac sur le parking de son domicile. Officiellement, aucun rapport avec la boîte. En réalité, on a des soupçons : le gars avait eu des mots avec un pilier de la centrale syndicale. »

Retour sur terre, atterrissage sur le ventre. Vue d'ici, la situation est très, très différente du tableau dressé par la mère Villerieux, bien au chaud dans son bureau de la holding. Son trip, au vieux croco, c'est : le capitalisme est un sport de combat, merci de ne pas l'oublier.

Okay, je prends note, mais Carine pige pas tout, visiblement.

« La centrale cautionne ? »

« C'est une petite famille, ici, madame. »

« J'espère qu'il y a eu des mesures de rétorsion, au moins ! »

Le vieux croco, petit coup d'œil amusé.

« C'est compliqué. »

J'enchaîne : « Et à part ça ? »

Le vieux croco ouvre un tiroir de son bureau, en sort un papelard glissé dans une pochette plastique.

« Après, on passe aux choses sérieuses. »

« Ah ! Parce qu'avant, c'était de la blague ? »

« Tout est relatif. Il y a quinze jours, notre responsable RH a reçu ça. »

Sous notre nez, la photocopie d'une lettre anonyme – caractères découpés dans un journal, joli collage : « Tu fais des dossiers sur qui on va virer, sale enculé, mais nous aussi on a nos renseignements. »

Sous le texte, quatre photographies. Visage d'enfant, façade d'école, jeune femme au volant d'une bagnole, villa ensoleillée.

Le vieux croco commente, sobre : « La petite fille de notre RH, l'école de la gamine, sa belle-fille, le domicile de son fils aîné. »

Ça jette un froid. Dans ma petite tête, je me dis : note pour plus tard, ne *jamais* accepter de responsabilités sur le terrain.

Et le vieux croco de conclure, hâchement sobre : « En tout état de cause, quelle que soit l'ampleur du changement à conduire, je vous mets en garde : l'encadrement ne sera pas en mesure d'assumer ses responsabilités si des mesures de protection ne sont pas prises. »

« Des mesures de protection ? »

« J'ai demandé à la DRH holding les budgets pour l'embauche d'agents de sécurité complémentaires, chargés plus particulièrement d'assurer la sécurité des personnes. Je n'ai pas obtenu de réponses. Si vous pouviez faire passer le message… »

*

Carine et Nadine

Après ça, on retourne à l'hôtel, puis direct à la gare. C'est vendredi soir, Carine retourne dans sa province. Nadine Leperron et moi, on file sur Paris.

Sur le trajet de la gare, tout en conduisant la bagnole de location, je regardais de temps en temps Carine, assise à l'arrière. Elle avait l'air contente d'elle. Y avait pourtant pas de quoi.

Pendant tout l'entretien avec le vieux croco, elle avait été puante à souhait. Elle lui avait balancé les commandes de la DRH comme si elle le prenait pour son larbin, franchement c'était nul. Elle faisait une petite moue – une petite moue qui, en d'autres circonstances, aurait pu signifier « je te suce pour trente euros », mais qui, en l'occurrence, voulait dire : « attention, je viens de Paris, j'ai les pontes derrière moi, je suis une initiée ».

Tout ça puait l'arriviste, tout ça empestait la parvenue. De temps en temps, le vieux croco concédait une petite grimace. Et là, tout de suite, Carine la salope, ça se voyait, petite goutte dans la culotte. Genre : bien fait pour ta pomme, je t'arracherai les couilles, vieux macho.

Je l'entendais encore balancer les lots de travail : « Un, la liste des éléments de trouble potentiels, avec un profil détaillé. Deux, la liste des éléments à privilégier en termes de reclassement. Trois, un plan de communication adapté au contexte local. Quatre, un scénario de continuité dans l'hypothèse d'une grève dure. »

Elle avait esquissé un petit sourire en énonçant l'intitulé de ce quatrième lot. C'est qu'il s'agissait évidemment d'une ruse. Il n'y avait pas de scénario de continuité à mettre en place, grève dure ou pas, puisque de toute façon, l'usine Levasseur allait fermer. Mais ça, le vieux croco ne le savait pas. Et il ne devait pas le savoir…

Alors l'Ancien nous avait demandé d'ajouter ce lot-là, pour donner le change. Un leurre, en somme.

Et ça la faisait bien marrer, cette salope de Carine, de leurrer le boss des établissements Levasseur. Oh, pas difficile de comprendre son raisonnement, allez…

Fallait le voir, le vieux croco, en train de gamberger sur son plan de continuité de l'exploitation. Comment qu'il allait les niquer les grévistes ! Comment qu'il allait la faire tourner sa saloperie d'usine, grève ou pas, non mais des fois !

La Carine , elle écoutait, et mine de rien, elle bichait. Je pigeais facile ce qu'il y avait dans sa petite tête à cette salope. Cet enculé de croco, il avait bossé toute sa vie dans son usine, il en connaissait chaque recoin. Une fois de plus, sa compétence ferait merveille, pas vrai ? Et donc, cette compétence, elle faisait de lui un mec dangereux, impressionnant, puissant, mine de rien... sauf que bientôt, il ne serait plus puissant du tout, ce con !

C'est pour ça qu'elle souriait, Carine. Elle savait que la compétence de ce mec ne servait plus à rien, *et que donc, il n'avait plus le pouvoir.* Carine, elle se disait que bientôt, ce serait un bougnoule quelconque, dans un pays de merde, qui ferait le travail de ce mec trop puissant. Et tout le monde s'en porterait mieux ! Carine, en tout cas, elle, elle s'en porterait mieux. Parce qu'alors, *elle n'aurait plus de raison de redouter le vieux croco.*

« Continue à faire le mariole, » qu'elle pensait en écoutant le croco expliquer son affaire. « Continue à faire le mariole », qu'elle pensait, « continue à m'écraser de toute ta compétence technique, espèce de gros macho. Je sais, moi, quelque chose que tu ne sais pas, espèce de vieux con. Moi, je suis dans le coup, et pas toi. »

Ouais, voilà ce qu'elle pensait, et ça suffisait à la faire mouiller, cette conne. Cette illusion de pouvoir, voilà ce qui la motivait, la Carine.

Elle avait pas pigé grand-chose, cette pute, mais y avait un truc qu'elle avait bien vu, je crois, dans cette histoire. Elle avait pigé que maintenant, c'était elle qui était dans le coup, et pas le vieux croco, et que c'était pas un hasard. Maintenant, pour faire bosser la chiourme, on n'avait plus besoin des plans de continuité et des ingénieurs malins, vous pigez ? On avait des bougnoules pour bosser, alors on se faisait pas chier !

Et la Carine, là, toute seule avec elle-même bien assise sur sa chaise, elle mouillait, devant le croco, et elle se disait que maintenant, vu que le croco ne servait plus à rien, c'était elle qui avait le manche.

De toute évidence, ça suffisait à sa joie. C'était ça, le secret de la Carine, en fin de comptes. Elle voulait de la bite, cette conne. Le reste, passez-moi l'expression, c'était pour la façade.

*

Dans le train pour Paris, avec Nadine Leperron.

Je l'observe du coin de l'œil, la mémère. Elle a quelque chose qui m'attire, cette fille. Un côté enfantin, si vous voulez. Quelque chose dans les attitudes de la femme qui révèle la petite fille qu'elle fut, et donc l'enfant qu'elle porte en elle. Quelque chose aussi, dans ce regard doux et paisible, qui donne envie de la connaître.

On cause de choses et d'autres. C'est une personne d'une simplicité étonnante. Elle voit le monde avec beaucoup de pragmatisme, et une bonne dose d'inconscience aussi. Par exemple, elle trouve que l'Ancien est un type vulgaire, et que la Pichon a de la classe. De la part de quelqu'un d'autre, pareil jugement serait ridicule – l'Ancien est immanquablement grossier, mais jamais vulgaire. Quant à la classe de la Pichon, parlons-en ! Cette vieille peau a des goûts de bonniche... Cependant, allez comprendre pourquoi, je n'arrive pas à la blâmer, Nadine. Elle peut penser ce qu'elle veut, elle a ses raisons et je suis obligé d'admettre que puisque ce sont les siennes, elles doivent être bonnes.

J'essaye d'en savoir plus sur elle. Elle m'explique qu'elle arrive de sa province – comme moi. Elle m'avoue qu'elle est issue d'un milieu simple, classe moyenne inférieure – comme moi. Elle aime aller au cinéma – comme moi. Elle déteste les restaus nouvelle cuisine – comme moi. En plus, elle préfère la montagne l'été et la mer l'hiver – comme moi !

Y a quelque chose chez cette fille qui m'attire irrésistiblement.

Soyons franc, j'ai envie de la caramboler.

Pendant la deuxième moitié du trajet, on se tait, les deux. On réfléchit, chacun dans notre coin. Moi, je me demande si je vais me décider à la draguer. Elle, je sais pas à quoi elle pense, mais à mon avis, ça doit être plus ou moins à moi quand même. Deux personnes assises côte à côte et qui se taisent, forcément faut qu'elles pensent l'une à l'autre, y a pas à tortiller. Surtout quand c'est deux personnes de sexes opposés.

Je regarde par la fenêtre la France qui défile. Y a des maisons et, dans les maisons, j'imagine, des couples, des familles, des parents et des enfants. Des gens qui s'aiment. Des gens qui s'en foutent de l'air qu'ils ont. Parce qu'ils ont mieux que ça, ces gens-là : ils ont de l'amour. Ils ont des gens qui les aiment, et qui s'en foutent de l'air qu'ils ont. C'est ça, l'amour : s'en foutre de l'air qu'on a.

C'est plein de vie, la campagne. Y a des bêtes, des vaches, des moutons, des chiens et même, parfois, des renards. Y de la boue par terre, de la bonne boue grasse qui colle aux godasses. On rentre à la maison avec ses souliers sales, et maman fait la gueule.

J'imagine dans ces maisons des paires de chaussures sales, des enfants rieurs et des mères qui font semblant d'être en colère.

Et soudain, je bascule loin, très loin de la boîte, très loin de l'usine Levasseur, à des années lumières de cette pouffiasse de Carine, et de tout ce qu'elle représente pour moi – elle qui a l'air d'avoir l'air, tout le temps. Je suis un gamin, à nouveau, je vis dans une maison au milieu des champs. En allant à l'école, je passe devant les vaches. En revenant de l'école, je me fais aboyer dessus par le chien des voisins, un bâtard croisé bâtard qui gueule à s'en faire péter le gosier, mais que j'aime bien quand même, avec ses bons yeux tristes et tendres.

Je pense à tout ça et soudain, je me sens tout doux et tout tendre, à l'intérieur. Je lève les yeux vers Nadine et j'essaye de l'imaginer en maman, avec nos enfants qui rentrent de l'école, de la boue plein les chaussures. Je l'imagine très bien, je l'y vois comme si j'y étais. Elle a cette douceur dans le regard qui annonce la mère, et puis elle a ce sourire fait pour dire à un bébé qu'il est le bienvenu dans le joli monde créé par Dieu rien que pour lui, le bébé…

Ouais, je pense à tout ça, je divague et, pendant quelques minutes, je me dis que je vais vraiment la draguer, la mère Leperron.

Et puis le train entre en banlieue parisienne et la petite Nadine, toujours organisée, range son sac et la valise avec le portable. Elle vérifie que les dossiers sont bien proprement glissés dans le soufflet latéral, et au passage, j'en relis les titres. Ça parle de « management tourné vers la performance », de « restructuration des processus décisionnels », que sais-je encore…

Vous me voyez parler de gamins, de vaches, de chiens et de campagne à une gonzesse habillée en costume noir, kif un mec avec un pantalon sans braguette ? Vous nous voyez causer d'amour entre le « management tourné vers la performance » et la « restructuration des processus décisionnels » ?

Laisse tomber…

On descend du train, je lui dis au revoir, poignée de main professionnelle. Puis elle s'éloigne, et je la suis des yeux un moment sur le quai, une petite silhouette sombre au milieu des silhouettes sombres, rien de plus.

J'ai les boules. J'arrive pas à comprendre quoi au juste, mais y a un truc qui me reste sur le paquetage, là. C'est peut-être ce voyage avec Leperron, que j'aurais dû draguer… Ou bien c'est l'autre salope de Carine, qui me reste en travers de la gorge… Je sais pas, mais en tout cas, ça va pas.

Je file récupérer ma caisse au parking longue durée, je vais me taper une bouffe d'enfer dans un restau du coin. Je picole pas mal, un kir, une boutanche de Bordeaux, un cognac, et puis ensuite, à la brasserie du coin, deux petits whiskys.

Quand je rentre, pour garer ma caisse, c'est la croix et la bannière. J'ai pas les yeux en face des trous. Je pleurniche vaguement, comme un con, chagrin d'ivrogne.

Putain, je me sens tellement seul !

Vous n'allez pas me croire, mais avant de monter chez moi, j'ai une inspiration de poivrot : je vais regarder dans le local à poubelles si « mon » SDF s'y trouverait pas, par hasard. Je donnerais n'importe quoi pour avoir quelqu'un à qui parler.

Mais y a personne, et je remonte chez moi tant bien que mal, histoire de cuver.

*

Chez O'Driss

On était chez O'Driss, et y avait que l'Ancien et moi, en tête à tête.

Je lui racontais ma virée chez les ploucs, je lui disais que cette usine à la con, finalement, c'était quand même un outil de production valable, même s'il était un peu coûteux.

« Bien sûr que c'est un outil de production superbe, » qu'il me dit, « mais on va les niquer quand même vu qu'ils sont coûteux. »

J'ai fait : « C'est débile. Y a des trucs à faire avec cet outil, de la qualité, des produits innovants, vous voyez ? »

« Ouais, t'as raison, mais on va les niquer quand même, parce que c'est Capelle qui décide, et que Capelle, tout ce qu'il voit, c'est le pognon demain matin. »

J'ai répété que je trouvais ça débile. L'Ancien sourit, genre indulgent.

« 'Coute, tu vas pas refaire le monde, pitchoun. Avant, je te cause d'un temps dans les années 70, t'étais même pas né, on raisonnait un peu comme toi. On pensait à long terme. En ce temps-là, c'était les ingénieurs qu'avaient la trique, tu saisis ? Les actionnaires macache, ils étaient nombreux, désunis... Alors les ingénieurs se faisaient plaisir, on augmentait les salaires des prolos, et les actionnaires patientaient pour leur pognon, voilà tout... Ils l'avaient dans le cul, les possédants. »

Il prit une gorgée de bière, ému d'avoir parlé du temps jadis.

« Maintenant, fini tout ça. Ces enculés se sont musclés. Fonds de pension, piège à cons. Les vieux ont le pouvoir, sauf qu'ils le savent pas... Et nous, on est là, à ramer comme des dingues pour ramener quelques pourcents de dividende en plus. Et pas dans cinq ans, hein ? L'an prochain, dernier délai... »

« En somme, on prépare plus l'avenir ? »

« Ouais, c'est vrai que c'est con, mais c'est comme ça. Tu vois, le but du jeu, comme je te disais, c'est pas d'être rationnel et de préparer l'avenir, genre gestion de père de famille. T'façon, des familles, y en a plus, et père de famille, ça fait ringard ! »

« Je sais, le système veut ce que veulent les tripes... »

« Ouais, tout à fait, tu sais bien ta leçon ! Le système veut t'enculer, parce qu'il veut enculer tout le monde, sauf ceux qui ont le pognon, vu que c'est eux qui font les mecs du dessus dans la partouze. »

J'ai souri. Toujours cette manie de l'Ancien de tout ramener au cul, comme si ça expliquait le monde.

« En enculant des pauvres, » qu'il a conclu sur le sujet, « t'as fait en sorte de pas faire le mec du dessous dans la partouze, et c'est la seule chose qui compte. Pour le reste, te mets pas martel en tête ! »

Après, il termina le briefing en vue de la réunion du lendemain, devant les pontes. Il mettait les petits plats dans les grands, comment je devais me comporter, le protocole et tout ça.

« À partir d'un certain niveau, les mecs ont plus rien à foutre qu'à se préoccuper de la taille de leur quéquette, alors ça vire à l'obsession. Donc le protocole, faire gaffe. Tu commences par saluer Surdieu, please, et les autres après seulement. »

« Et les gonzesses aussi, elles se préoccupent de la taille de leur clito ? »

« Les gonzesses, c'est les pires. Elles ont plus de trucs à prouver, ça les rend encore plus chiantes. Reusement qu'on a un surdieu et pas une surdéesse, sinon ça deviendrait intenable. »

Je lui parlai de Carine, à ce moment-là, vu que ça m'y avait fait penser, son trip misogyne, à l'Ancien.

« Ouais, » qu'il a dit, « elle lui a bien cassé les couilles, au dirlo de chez Levasseur, je m'en doutais… »

« Ça n'a pas l'air de vous déplaire. »

« Ben quoi ? Elle est payée pour ça, t'as pas compris ? »

Puis il prit une gorgée de bière et médita, l'air sombre.

« Dans ta génération, sauf si c'est la révolution avant, vous allez en avaler, de la surdéesse à clito surdimensionné et des pétasses casse-couilles. »

Pour avoir l'air d'avoir l'air, j'ai fait : « Que voulez-vous, c'est la féminisation… »

Lui, goguenard : « Féminisation mes choses ! Transformer une gonzesse en mec qu'a pas de couilles, juste un clito déguisé en bite, ça n'a jamais féminisé quoi que ce soit ! »

Vu ce que j'avais pigé l'autre fois, dans le train avec Nadine, je pouvais pas lui donner tort, sur ce coup-là.

Son index droit décrivit un geste circulaire rapide, comme pour désigner les banquettes d'O'Driss, tout autour de nous, et tout ce qu'il y avait au-delà sans doute, aussi – Paris, la France, le monde, et peut-être même plus loin encore.

« Tout ça, » dit-il d'un ton définitif, « c'est le triomphe du Grand Enculeur. »

J'ai pas demandé de quoi il retournait, vu qu'il allait s'expliquer, forcément.

Mais il s'est tu, pour me faire chier.

Alors j'ai dit, l'air gentil toutou demande sussucre : « C'est qui, le Grand Enculeur ? »

Réponse en forme de question : « T'es d'accord que depuis qu'on bosse ensemble, je t'encule et t'aime ça ? »

J'ai fait : « Euh, enfin, bon... »

Il a secoué la tête.

« Nan, nan, la joue pas 'ta bite à un goût', steplé. Je t'encule et t'aime ça, avoue. »

Je ne savais pas trop quoi dire.

« Disons que vous êtes en position d'autorité, mais... »

Il a tapé du plat de la main sur la table.

J'ai fait : « Bon d'accord, vous m'enculez et j'aime ça. »

Il a souri, gentil soudain.

« Ben tu vois, suffit d'assumer, et ça va mieux. »

J'ai rien dit, j'avais trop honte.

« Bon, » qu'il a continué sans faire attention, « et moi, à ton avis, est-ce que j'ai le trou de balle hermétique ? »

J'ai fermé ma gueule. Qu'est-ce que vous voulez répondre à ça ?

T'façon, maintenant, il faisait les réponses et les questions.

« Non, évidemment, j'ai pas le trou de balle hermétique. Faut bien que je chie, pas vrai ? Donc moi aussi, j'ai une paire de fesses et un intestin plein de merde, que je dois vider régulièrement. Moi aussi, je suis fait avec de la chair qu'attend même pas de crever pour pourrir. Moi aussi, je suis rempli de saloperies, physiquement et moralement. »

Il prit une gorgée de bière. Tant parler, ça donne soif.

Puis il ajouta, pensif : « Et moi aussi, j'ai honte, forcément. »

Il y eut un silence d'au moins trente secondes. J'entendais dans le lointain le bruissement sympathique du bar et, peut-être, aussi, le bourdonnement du boulevard, encore plus loin. C'est le début du happy hour, y avait que l'Ancien et moi dans l'arrière-salle.

Soudain, je me rendis compte qu'il avait les larmes aux yeux.

« Alors moi aussi, » qu'il a dit, « j'aime me faire enculer. C'est inévitable : c'est tellement dur de vivre. C'est tellement dur d'admettre qu'on est là, avec son cul plein de merde, et qu'on a reçu quand même tout l'amour d'une mère, et qu'on porte quand même tous les espoirs d'un père. Et on est là, avec son cul plein de merde, et on doit même accepter de tomber amoureux, et d'être aimé en plus. Ça fait trop honte, personne peut vivre avec tant d'amour immérité sur le dos. Personne ! »

Je souriais, pas montrer surtout que j'avais peur. Allez savoir : il m'en voudrait peut-être, un jour, de s'être laissé aller comme ça devant moi, l'Ancien. Il chialait presque, ça faisait pitié.

Il a repris : « Le seul remède, c'est de se faire enculer. Y a que ça qui guérit la honte de vivre, tu comprends ? C'est comme ça que ça marche, tout ça... »

À nouveau, petit geste circulaire de l'index.

« C'est pour ça qu'on avance les yeux fermés, c'est pour ça qu'on parcourt tout le labyrinthe, tournant après tournant, en faisant semblant de croire qu'après le prochain tournant, y aura de l'amour. C'est justement qu'on en veut pas, de l'amour, alors on fait exprès de pas le trouver là où il est, sous notre pif. On a bien trop peur, tu comprends ? Ça nous en dit trop sur nous, l'amour, ça nous rend vivant. Ça nous rappelle le dernier tournant, quand la merde retournera à la merde. »

Il sourit, il avait l'air de se remettre un petit peu. Moi aussi je souriais. Soudain, je réalisai à quel point je l'aimais, ce vieux con.

« Alors voilà, on se fait enculer pour oublier qu'on est vide, au fond. Tu te prends une bite dans le cul, et hop ! Fini la douleur. C'est tellement plus facile comme ça. T'as plus à te préoccuper de cette bite, là, que t'es supposé fourrer dans une chatte. T'as plus à t'inquiéter d'être un tas de merde. T'as plus à te demander si t'es digne de faire l'amour, puisque l'amour, on te le fait au lieu que tu le fasses ! T'as plus besoin de chercher à te remplir, t'es rempli... »

Il riait, maintenant, comme s'il trouvait très farce, au fond, cette conversation givrée. Il prit une gorgée de bière, et puis le temps de la faire tourner dans sa bouche, d'en savourer l'amertume. Y avait deux gonzesses qui s'étaient installé à l'autre bout de l'arrière-salle, il les a regardées genre j'évalue la marchandise. Moi aussi je les ai regardées, elles étaient pas mal sans plus.

« Maintenant, » qu'il a repris, « la question c'est : qui m'encule, moi ? »

J'ai fait : « C'est le surchef qui vous met. »

Il a hoché la tête.

« Ouais, naturellement. Et qui encule le surchef ? »

« Le surdieu ? »

« Ouais, logique, là encore… Maintenant, plus dur : qui c'est qui l'encule, notre surdieu ? »

J'ai réfléchi. Pas évident comme question…

« Le conseil d'administration ? »

« Pfft ! »

« Les actionnaires ? »

« T'y es presque. »

J'ai réfléchi encore, mais j'avais beau me creuser la cervelle, je voyais pas.

L'Ancien a chuchoté, genre je te confie un secret : « Notre surdieu, celui qui l'encule, c'est le Grand Enculeur. »

« Mais encore ? », que j'ai demandé, pas bien clair dans ma tête.

« Le Grand Enculeur, mon petit, c'est ce qui est à l'intérieur de nous, et autour de nous, et entre nous, et qui est le principe même de l'enculage. Ne cherche pas à connaître son nom, il en a mille ! Au temps des Romains, il s'appelait César. Il enculait l'empereur, secrètement, toutes les nuits… Plus tard, au temps des rois, il osa prendre le visage de Notre Seigneur Jésus Christ pour enculer nuitamment les souverains très pieux… À présent, il a décidé de s'incarner sous la forme du Capital – avec un grand C, s'il vous plaît… »

Il a poussé un long soupir, genre gros soulagement.

« Tu comprends, il faut bien que celui qui encule tous les autres se fasse enculer par quelqu'un, sinon forcément, le pauvre bichon, il tiendrait pas la distance. Personne peut vivre avec l'amour sur le dos, comme je te disais. Même Surdieu peut pas… Alors voilà, pour que tout ça tienne, pour que les petits médiocres comme nous puissent continuer à se faire enculer peinards, on invente toujours un visage au Grand Enculeur. Comme ça tout en haut de la partouze, Surdieu se fait mettre, et par voie de conséquence, Surchef, et puis moi, et puis toi... Ainsi, on continue à faire tourner le manège ! »

J'en revenais pas. L'Ancien marxiste ? J'ai voulu tester...

« Alors le Capital, c'est le Mal ? »

« T'as écouté ce que je te disais, ou tu pensais aux deux pétasses dans ton dos ? »

J'ai dit que je pouvais bander et réfléchir en même temps. Il a eu l'air sceptique.

« Bref, admettons... Pour en revenir à la question : non, le Capital n'est pas le Mal. C'est une forme, c'est tout. Si tu décides comme ça que le moteur du manège, c'est la vertu guerrière, le Grand Enculeur s'appelle César. Si tu décides de carburer plutôt à la vertu couilles-molles genre chrétien tourmenté, le Grand Enculeur usurpe le doux visage du gentil hippy youpin... Et puis si t'es en fin de cycle, genre fin de race même disons-le, et que tu décides qu'après tout, le but de la vie, le summum de l'accomplissement personnel, c'est de regarder la Star Academy sur une télé coins carrés super luxe avec 500 chaînes dont 20 chaînes de cul, soit en gros le programme débile proposé par cette société de tapettes... Eh bien, là, le Grand Enculeur constate tout bonnement que tu veux te faire enculer par la consommation, donc que tu as besoin du fric, et donc que le nom qu'il doit porter pour te plaire, c'est le Capital, tout simplement. »

Petits coups de l'index sur la table, genre j'insiste : « Mais ce n'est qu'un nom, t'y trompe pas ! »

Là-dessus, une des deux pétasses, dans mon dos, partit d'un grand éclat de rire, genre gorette chatouillée.

Le charme était rompu, l'Ancien s'ébroua.

« Au fait, » j'ai oublié de te prévenir, « maintenant que t'as enculé des pauvres et que t'as pas débandé, je considère que t'es un vrai haut potentiel confirmé. »

J'ai fait : « Merci, j'ai de l'ambition. »

« Rêve pas, » qu'il a dit, « le plus que tu feras, c'est mon job. T'es pas fils de riches, t'es pas franc-maçon ripou, t'es pas membre du parti socialiste, t'es même pas juif ou pédé : sous le règne du Capital, t'as aucune chance de devenir surchef, mon pote ! »

J'ai soupiré. Il avait raison, bien sûr, mais c'était dur à entendre, quand même. J'aurais bien aimé flairer d'un peu plus près la bite du Grand Enculeur, moi. J'aurais bien aimé…

« Comme Jean-Pascal devient dangereux pour moi », ajouta-t-il d'un air négligeant, « je vais t'utiliser pour le faire chier. Mise en concurrence. Pas me laisser faire, moué... »

« C'est de bonne guerre », que j'ai dit, manière de lui donner raison.

Il a levé l'index de la main droite, genre écolier qui veut parler, mais c'était juste pour dire qu'il venait d'avoir une idée.

« Tiens, je sais ce qu'on va faire ! À partir de maintenant, t'as le droit de me tutoyer. »

*

Souviens-toi

Est-ce que je dors, là ? Est-ce que je dors, ou bien est-ce que je vis ?

Peut-être qu'en réalité, c'est quand on dort qu'on vit. Peut-être que ce que nous pensons être la réalité, c'est ça le rêve. Et réciproquement. Ça se coupe et ça se recoupe. Ça se divise et ça fusionne. Comment savoir ? Je ne sais plus faire la différence entre ce que j'invente et ce que je vois, et d'ailleurs je ne sais même plus s'il y a une différence.

Tout ce que je sais, c'est que je suis en Palestine pour me procurer une ceinture d'explosifs.

Y a un type qui connaissait un type qui connaissait une meuf qui m'a donné l'adresse d'un type qui bosse avec le Mossad qui pouvait m'indiquer où trouver des mecs qui bossent avec le Hamas qui pouvaient me dire où je pouvais trouver une ceinture d'explosifs. Donc je suis en vacances, c'est les vacances de Pâques, et je cherche une ceinture d'explosifs en Palestine. Quoi de plus banal ?

Donc, je vais au rendez-vous fixé par mon contact. C'est un charpentier du coin, il bosse sur un chantier près de Jérusalem.

Quand j'arrive, il est vautré au pied d'un mur sans toit posé dessus, et il roupille. Je lui donne un petit coup de pied dans la sandale, l'air de rien – mais doucement, doucement, parce qu'un mec qui vend des ceintures d'explosifs, forcément, t'as pas envie de le secouer.

Lui, il ouvre un œil, un seulement, et il me regarde.

« C'est toi le Français qui cherche un collier de pétards ? »

Je dis oui.

« Et qu'est-ce que tu vas en faire ? »

Je dis : « Demain, j'ai rendez-vous avez une grosse bande d'enculés, et j'ai envie de les envoyer direct devant le juge. »

Il fait la moue.

« T'es pas obligé de faire sauter les couilles pour autant. »

« Non, » que je lui dis, « ça, c'est pour l'élégance du geste. Manière de dire : okay, tu ne tueras point et tout ça, mais là, on est hors concours, c'est spécial. On joue avec de nouvelles règles, s'pas ? »

Il hoche la tête et ouvre son deuxième œil.

Il me regarde attentivement, comme s'il cherchait à m'évaluer. J'ai connu des lascars, quand j'étais môme, qui te calculaient comme ça avant de te faire une tête, alors je suis sur mes gardes.

Soudain, il se lève et me tourne le dos. Il contourne le mur et s'éloigne, sans rien dire.

« Vous montez le toit ? », que je fais, manière de garder le contact.

Sa voix me parvient depuis l'autre côté du mur.

« Non, si je le terminais, j'aurais plus de raison d'attendre contre le mur. »

La minute d'après, il revient, avec un paquet à la main.

« Tiens, » me dit-il en me lançant le paquet d'un geste vif, « voilà de quoi t'éclater ! »

J'ouvre le paquet. Y a une ceinture, avec fixé dessus, des pains d'explosifs.

« Je vous dois combien ? »

« Rien, » qu'il me dit, faisant mine de s'éloigner.

Puis il se ravise et s'approche de moi. Il plante son regard dans le mien. Il a des yeux très vifs, avec quelque chose de paisible pourtant.

« Promets-moi juste un truc. »

« Dites voir. »

« Quand tu te réveilleras, tu oublieras tout, sauf une chose. »

« Laquelle ? »

Il laisse passer quelques secondes de silence, manière de bien me faire comprendre qu'il va me dire quelque chose d'important, là.

« Tu te souviendras que tu avais le choix. »

Puis il se retourne et, sans un au revoir, il s'éloigne, de son pas nonchalant.

L'instant d'après, je comprends pas pourquoi ni comment, mais je me retrouve en salle de réunion. Y a Nadine Leperron juste à côté de moi, et l'Ancien en face. Et puis Surdieu, Surchef, Pichon, Villerieu, Carine, tout le monde…

À part moi et l'Ancien, personne ne sait que j'ai une ceinture d'explosif sur moi. L'Ancien, je lui ai dit parce que c'est mon papa, dans mon rêve.

« Bonne idée, » qu'il m'a dit, « j'ai toujours rêvé d'avoir quatre-vingt-quatre pucelles à ma pogne. »

« Je crois que c'est soixante-douze, » je fais.

« J'ai négocié, » qu'il me répond, l'air d'en savoir long.

Donc, il est là, l'Ancien, avec ses quatre caleçons enfilés l'un sur l'autre. Et il me fait un clin d'œil, genre vas-y, fais-leur le coup de l'homme pétard.

Bon, c'est décidé, j'y vais…

Surdieu dit : « Et maintenant, passons aux choses sérieuses… Monsieur, » et là il se tourne vers moi et il fait : « Qu'avez-vous à dire pour votre défense ? »

Et moi, du tac au tac : « Voilà ce que j'ai à dire pour ma défense… »

Et hop ! J'appuie sur le bouton.

Je m'explose, je m'éclate. C'est la fête ! Ça fait une fleur orange, et je suis la fleur. Je me découpe, et je me recoupe pas. Je me divise, et ça fusionne plus. Ça crame dans ma tête, ça flambe et soudain, il n'y a plus aucune question, parce qu'il n'y a plus personne pour poser les questions.

Ce qui est très curieux, c'est qu'alors que le temps s'est arrêté, le visage de Nadine Leperron flotte devant moi. Et ce qui est encore plus étrange, c'est que vu que je ne suis plus rien, je suis ce visage, qui flotte devant moi – un masque, parfaitement lisse, pas une fêlure.

C'est là que je me réveille et, sans piger pourquoi, je me dis :
« Putain, t'es con, t'avais le choix. »

*

C'est si bon de se faire mettre

Ils sont venus, ils sont tous là ! La Grande Confrérie des
Enculés, au grand complet ! Neuf heures du mat, personne n'est
en retard !

Y a le surdieu, beau comme la bite d'un longue peine le jour
de sa libération, et le surchef à côté, qui s'est habillé tout pareil,
en gris blanc bleu – mais un gris un peu plus terne, cependant. Et
puis y a la Villerieux en tailleur bourge, et François Capelle,
habillé en gris, avec des lunettes grises, et qui a posé un dossier
gris devant lui, sur lequel y a écrit au feutre noir : « Données
comptables ».

Y a même Pichon.

Quand elle est arrivée tout à l'heure, l'Ancien lui a dit merci
d'avoir lâché Nadine Leperron sans barguigner. L'autre a
minaudé : « Je suis toujours contente d'aider mes petits
camarades. » Et là-dessus, l'Ancien, toujours aussi cool, à mi-
voix mais la regardant droit dans les yeux : « J'espère que ça t'a
plu autant qu'à moi. »

Putain, ils sont magnifiques, quelle belle brochette
d'enfoirés !

Maintenant, assis à côté du surchef, l'Ancien fait la gueule,
comme toujours. Mais faut pas faire attention : c'est sa manière
de pas laisser voir ses sentiments, en réunion. Je sais qu'il est fier
de nous, au fond. Fier de montrer à Surdieu comment il a bien
calibré la relève, les petits enculés qui deviendront grands !

C'est vraiment une belle journée qui commence.

La salle du conseil, c'est du spectaculaire, grand comme une
cathédrale. Y a une table immense, genre soucoupe volante, avec
dessus des micros pour se faire entendre jusqu'à l'autre bout de
la nef. Y a un système d'éclairage hâchement étudié, avec des
lampes intégrées dans une espèce de surplomb que fait la table,
devant toi. On se croirait dans un film de science-fiction, quand

le grand conseil de l'Empire va décider de l'anéantissement d'une planète rebelle. Même que le nazi pédé en casque à boulons, Dark Vador, je crois c'est son nom, on s'attendrait à le voir surgir dans le dos de Surdieu, en costume de Grand Enculeur.

Mais bon, on n'a que Surdieu comme patron, on n'est pas l'Empire, hein ? Juste une succursale...

À côté de moi, y a Carine, fringuée pétasse bcbg légèrement sexy, mais pas trop, Nadine, fringuée costume noir, comme d'hab, et Jean-Luc. Lui, c'est un petit nouveau. Il porte un costume mauve, une chemise parme et une cravate assortie à son costar de pédé. Il a l'air gentiment con, assis devant le laptop. C'est lui qui va faire « flèche pointant vers le bas », aujourd'hui, c'est ça son boulot.

Jean-Pascal n'est pas là. L'Ancien a « oublié » de le convier. Quant à Philou, il y a belle lurette que l'Ancien ne l'emmène plus aux réunions avec le gratin. Monsieur en est aux cravates toons et comme si ça suffisait pas, en prime il s'est offert une paire de lunettes roses. Dans ces conditions, il est clair pour tout le monde que le gus a opté pour une carrière peinarde, genre sous-fifre planqué, à mitonner des coups de l'agrafeur dans tous les sens. Un philosophe, ça apparaît partout, cette engeance – même dans les entreprises.

Aujourd'hui, c'est mon jour de gloire. C'est moi qui vais briefer le surdieu, expliquer comment on va bien les mettre, les connards de province, au nom du Grand Enculeur béni soit son nom. C'est moi qui récite la sourate, c'est moi qui fais le prêche, je sers la messe, je dirige la confession publique, je lis l'ordre du jour, je préside à la séance d'autocritique... Enfin choisissez l'image qui vous plaira...

Bref, j'officie. Je suis le prêtre de la religion du Grand Enculeur la bénédiction soit sur lui. Intérieurement, je me récite un mantra de circonstances : « Pognon est le seul Dieu et Surdieu est son prophète. » Puis je regarde autour de moi, et ce que je vois me rassure. Tous sont soumis, tous courbent la tête. On se fout de la gueule des musulmans, nous autres, les occidentaux adeptes du culte du Grand Enculeur déguisé en Dieu Dollar...

Ben on ferait mieux de la fermer, parce que dans le genre secte à la con, on fait très, très fort, moi je vous le dis.

Y a quelques temps, avant de recevoir l'enseignement de l'Ancien, je l'aurais eu mauvaise d'être là, à faire le pingouin costume gris, chemise blanche, cravate rayée, devant un aréopage de salauds professionnels. Je l'aurais eu mauvaise d'expliquer comment on va niquer les ouvriers, genre leur activité est externalisée, alors qu'en fait, on est de mèche avec un repreneur bidon pour organiser le dépôt de bilan – et pour tes indemnités, tiens, fume ! Je l'aurais eu mauvaise d'expliquer comment on va niquer les petits cadres moyens bien programmés bons petits cons, genre lavage de cerveau, pour qu'ils acceptent de bouger jusqu'à l'autre bout de la France. Je l'aurais eu mauvaise d'expliquer comment on va niquer les ingénieurs, genre aller faire trimer des bougnoules à pétaouchnoc. Ouais, fut un temps où je l'aurais eu mauvaise d'expliquer toutes ces saloperies, d'avoir l'air de les endosser en somme...

Mais ce temps est révolu. À présent, je ne vois plus les êtres comme je les voyais jadis. Je porte, sur la bande d'enfoirés qui m'entoure, un regard qui, sans doute, déjà, ressemble un peu au regard que l'Ancien portait sur moi, jadis, quand je faisais « flèche pointant vers le bas », dans cette même salle, assis à la place où ce petit pédé de Jean-Luc a posé ses fesses, t'à l'heure.

Maintenant, quand je regarde Surdieu, Surchef, Villerieux, Capelle, Carine, et tous leurs semblables que je vois, que je devine à travers eux, ce que je contemple, ce n'est pas l'avidité, la méchanceté et l'hypocrisie. Ce que je vois, ce sont les êtres dans leur nudité. Je vois une bande de gamins égarés, effrayés, qui se raccrochent à la bite du Grand Enculeur comme des naufragés à une bouée.

C'est que maintenant, pour avoir commencé à le payer, je connais le prix exorbitant auquel on achète l'illusion du pouvoir. Derrière l'assurance feinte de Surdieu, je discerne sans mal une immense solitude. Oh, mon petit Surdieu si peu sûr de toi, comme je te comprends ! Moi, déjà, humble petit enculé très bas dans la hiérarchie, comme j'étais seul, l'autre soir, retour de la gare, à traîner jusque dans le local poubelle pour dénicher une improbable compagnie...

Alors toi ! Toi le grand patron, toi dont l'auguste fondement héberge en permanence la vertigineuse tige du Grand Enculeur, toi qui acceptes cette monstrueuse dilatation afin que notre ordre possède l'indispensable clef de voûte de la domination, toi mon ami, quelle solitude est la tienne ! Dans quelles ténèbres erres-tu !

Et tous, chacun à leur rang, je les vois tels qu'ils sont, ces charmants petits hommes, ces pauvres petites âmes égarées dans la chair. Et vous savez ce que j'éprouve pour eux ? Je vais vous le dire. J'éprouve de la *tendresse*.

Et un peu de compassion, aussi, je le crains…

Bref, pour dire les choses simplement : j'ai une pêche *d'enfer*. L'esprit du Grand Enculeur m'habite. Je me sens poussé au cul, si vous voulez bien me passer l'expression. Quand vient mon tour de torcher mon exposé, je me lève, franc et gaillard. Je cherche le regard de l'Ancien, je lui souris. Il sent ma confiance et je sens qu'il trique. Putain ! Quel grand moment !

Je me tourne ensuite vers Jean-Luc et je plante mon regard dans le sien, en pensant très fort : « avoue que t'aimes ça, salope ! »

Lui, il rosit de plaisir et fait : « flèche pointant vers le bas ».

Alors, enfin parfaitement en accord avec moi-même, planant à des altitudes que le commun des mortels ne peut espérer atteindre, défoncé si parfaitement que la bite du Grand Enculeur me traverse de part en part et jaillit par ma bouche, j'entame ma causerie par la phrase convenue avec l'Ancien :

« Nous nous sommes appliqués, avant toute chose, à construire un socle propédeutique des logiques transverses… »

DEUXIEME PARTIE - LA GESTION DES INTERFACES RELATIONNELLES

Décollage

« En un sens, je t'envie. D'un autre côté, pas du tout. Tu comprends, tu vas jeter un coup d'œil sous le capot, avec Capelle. D'un côté, c'est bien. Tu vas piger des trucs sur le Grand Enculeur, des trucs que moi, je pourrais pas t'expliquer. D'un autre côté, tu vas devoir mettre les mains dans le cambouis, genre graisseux jusqu'au coude. J'te préviens, si t'as encore des pudeurs, tu peux les mettre de côté. »

On était à la terrasse de l'hôtel, en face de la mer caraïbe, avec l'Ancien et Jean-Pascal. C'était le séminaire du groupe Sick Dog Fucker Inc. On célébrait l'alliance stratégique entre SDF Inc. et notre propre boîte bien franchouille franchouillisante, Baiseur de Chien Malade SA. La raison ? – Je cite notre vénéré surdieu : « Pour poursuivre sa croissance à l'international dans un environnement globalisé, BCM. a besoin d'acquérir une surface qui lui manque aujourd'hui. C'est pour relever ce challenge que nous consolidons aujourd'hui notre alliance stratégique avec SDF Inc. »

Bon évidemment, dans la vraie vie, la boîte ricaine s'appelle pas Sick Dog Fucker, et nous, on est pas Baiseur de Chien Malade. Mais j'ai choisi ces noms-là parce que c'est plus drôle que Smith & Smith ou Durand-Dupont. Vous devriez me remercier, je fais un effort d'imagination, moi, pas comme ces romanciers à la con qui se contentent de vous raconter l'ordure ordinaire sans poésie. Je mets des fleurs sur le fumier, moi, les aminches. Je prends soin de mon lecteur, je suis le genre de pute qui n'oublie pas le petit coup de langue final *après* que t'aies lâché la purée.

Bref, revenons à nos moutons. Maintenant qu'on finissait de liquider notre vieil outil de production françousse avec plein de cadres pas bougnoules trop syndiqués et d'ouvriers habitués à manger à leur faim, on changeait de dimension, l'air de rien, la Grande Confrérie des Enculés. La preuve : pour notre séminaire annuel, ça se passait plus à Deauville ou à Saint-Trop, on s'offrait carrément les Caraïbes, avec du soleil, une mer chaude, du rhum et des putes de luxe à la soirée dansante.

L'idée, c'était de marier les équipes de SDF Inc. et celles de BCM. Ça marchait pas trop mal, d'ailleurs. À tout prendre, ces Ricains, c'est juste des enculés qui parlent du nez et savent pas qui est Zidane, mais sinon, ils sont aussi cons que nous. Pour un peu, vus de loin, ils auraient l'air français, ces cons. Sauf qu'ils sont plus gros et qu'ils parlent fort, pour le reste, ils ont la même merde que nous au programme. Y a pas, la mondialisation, ça marche. Eux, ils nous parlaient de Britney Spears et du Superbowl, nous on les branchait sur notre abrutissement national, exception culturelle oblige. Genre, disons, Diam's et l'équipe des Noirs en bleu, ces conneries-là.

Facile pour nous et les Ricains de nous comprendre, la merde se marie très bien avec la merde.

Bref, on était là, avec l'Ancien et Jean-Pascal, et on profitait de la douceur vespérale et du coucher de soleil sur la mer caraïbe. Surtout, on regardait bien, vu que sous ces latitudes à bamboulas, le soleil, il se couche plus vite qu'une fillette thaïlandaise devant ta queue dans un bordel de Manille. Si tu veux regarder un coucher de soleil tropical, faut te mettre devant la mer à la fin du jour et attendre que d'un seul coup, le lampion tombe dans la flotte. Et puis t'as juste le temps de réaliser qu'il se couche, qu'il est déjà couché, le soleil. Ça surprend, au début, quand c'est la nuit.

L'Ancien et moi, on avait un peu les boules, vu qu'on allait se quitter. D'un autre côté, on savait qu'on se reverrait de temps en temps, ça nous aidait à supporter.

« Capelle, cet enculé, c'est quand même le cœur du système, qu'on le veuille ou non. Tu vois, avec des mecs comme moi, tu peux piger le comment, mais il te manquera toujours le pourquoi. Avec Capelle, t'es en plein dans le mille, là où ça se décide. Le pognon, mon petit, c'est l'alpha et l'oméga, au début et au commencement. »

J'ai fait : « Moi, il me fait peur, ce mec. Il a la photo de ses enfants sur le bureau, et il en a quatre. Ça fait peur, ça. Jamais faire ièche un mec qui a quatre enfants. Ces gars-là, faut qu'ils carburent, coûte que coûte. Pas de pitié à attendre d'un père de famille. »

Jean-Pascal a hoché la tête.

« D'un autre côté, je sais pas s'il arrive à les aimer, ses gosses. J'arrive pas à l'imaginer en train d'aimer quelqu'un, Capelle. C'est une machine, il a pas de tripes. Il tuerait un enfant juif pour plaire à un actionnaire antisémite. »

L'Ancien était en verve, c'était peut-être la sangria qui faisait ça. Ou alors la douceur de l'air tropical, y a des mecs, ça leur redresse la queue.

Bref, il s'en foutait, de nos états d'âme.

« Au commencement était le Pognon, et il était avec le principe de finalité, et il était le principe de finalité. Tout ce qui est vient du Pognon, et rien de ce qui est ne peut s'éloigner de Lui sans revenir vers Lui. Amen. »

L'Ancien avait la verve biblique, mais je savais que sous la plaisanterie, un message était caché.

Le message, c'était : fais gaffe, petit. Maintenant, tu vas jouer avec les vrais méchants. Les grands prédateurs. Les requins blancs.

Jaws.

Les dents de la merde.

Swimming with sharks .

Bienvenue au sommet de l'organigramme.

*

Mon ascension, chez BCM, ça s'était fait très vite. Si vite, en fait, que je n'avais même pas eu le temps de comprendre ce qui m'arrivait. J'étais allé faire mon trip « j'encule les pauvres et je débande pas », du côté des usines Levasseur, comme je vous racontais précédemment. Et puis là-dessus, une présentation en conseil de direction, avec Surchef et Surdieu et toute la très grande, sainte et très vénérable Confrère des Enculés.

Or, donc, là, Surdieu m'avise, me flaire grosse quéquette devant Jean-Luc, notre nouveau petit connard programmé de frais, et joli petit cul bien beurré devant mon chef, l'Ancien. Et donc, il se dit comme ça, Surdieu : « Ce que nous avons là, grosse quéquette avec son subordonné, petit cul beurré avec son supérieur hiérarchique, c'est un bon petit connard super bien programmé, qui se coule dans le moule et s'emboîte pile dans la boîte. » Et donc il se dit, Surdieu : « Et comment se fait-il que je n'aie jamais entendu parler de ce garçon ? »

Et donc il pose la question à Surchef, lequel pige illico, et m'inscrit dans un programme spécial « haut potentiel », comme l'Ancien le lui avait déjà demandé. Sauf que là, Surchef, il pige que c'est du sérieux, et il m'inscrit même avec une recommandation genre prioritaire, petit enculé deviendra grand. Aussitôt, ma carrière passe la surmultipliée, que même l'Ancien en est tout ému pour moi. Maintenant, Jean-Pascal me suce quand je veux, Carine ouvre le premier bouton de son chemisier quand elle passe dans mon bureau et Philou fait les coups de l'agrafeur pour mon compte, c'est mon assistant, il est payé pour ça. Y a que Nadine Leperron qui n'a pas changé d'attitude à mon endroit, maintenant que je suis chef, mais ça m'étonne pas. Elle est la seule personne de la boîte qui ne se la joue pas lèche-bottes, même que ça m'étonne qu'elle ne se soit pas déjà fait sacquer, la pauvrette.

La suite, c'est la résistible ascension d'un petit con. J'enchaîne les dossiers, on dirait une course d'obstacles. Je bosse souvent en direct avec le surchef, mais l'Ancien se formalise pas.

« Vas-y, » qu'il me dit, « si tu deviens surchef un jour, pense à moi, j'ai toujours rêvé de devenir le chef de la Pichon. »

C'est le deal que j'ai avec l'Ancien, maintenant. Si je baise tous ces connards prétentieux qui veulent mon boulot que j'aurai dans quelques années, et que je deviens le nouveau surchef à la place de Surchef, la première chose que je demanderai à Surdieu, c'est la Pichon attachée à un pilori avec un fouet à côté pour que l'Ancien se défoule. Et là, les mecs, je suis sérieux. Entre l'Ancien et moi, c'est à la vie à la mort. Chose promise, chose due : si je deviens big boss un jour, l'Ancien pourra cogner l'autre taspé tant qu'il voudra. L'Ancien, il m'a tout appris, alors je lui dois bien ça.

En attendant, je fais porteur de mallette pour le surchef et je m'en tire pas trop mal. Disons que je fais ce que j'ai à faire, quoi.

Porteur de mallette, c'est un job spécial et hâchement important. Ça consiste en ça : quand le surchef va en réunion, faut que quelqu'un lui porte sa mallette, lui sorte les papiers qu'il y a dedans, dans l'ordre siouplé. C'est crucial comme job, parce que si tu lui tends le dossier « vasectomie caprine » lorsque le sujet de la conférence c'est « stérilisation bovine », il a pas l'air d'un con, le surchef, hein ? Boulot crucial, donc, porteur de mallette. C'est pas compliqué, mais t'as pas droit à l'erreur. Job vachement plus important qu'entubeur standard genre Philou avec ses coups du mistigri. Et super valorisant, vu que tout le monde te voit côte à côte avec Surchef en personne, genre garde du corps, t'vois ?

*

Surchef

La première fois que je lui porte sa serviette, au surchef, c'est pour la négo avec les syndicats, quand on lance l'opération « Nique Ton Prolo » pour la « relocalisation » des usines Levasseur. Rien que ça, c'est un poème. Cours particulier de capitalisme, travaux pratiques.

Ce jour-là, en face de nous, y a les syndicats soi-disant représentatifs. Juste en face de Surdieu, y a Lentier. Lentier, cet enculé, c'est un peu le surdieu des syndicalistes. Ce mec, c'est un cas. Par exemple, tenez, la convention collective prévoit qu'un détachement à temps plein pour un syndicaliste, chez nous, ne peut excéder un mois. Lentier, lui, bénéficie d'une décharge à cent pourcents sans interruption depuis dix ans. Ça se passe comme ça entre BCM et le Syndicat du Crime Social, le SCS, le syndicat de Lentier.

C'est logique, notez bien. Compte tenu du très faible taux de syndicalisation chez BCM, genre un salarié sur vingt, le SCS n'a quasiment pas de cotisants. Donc cette merde est financée, via le comité d'entreprise, par la direction de BCM. En fait, le SCS, c'est pour ainsi dire la filiale bonnes œuvres de BCM. Une fois qu'on a compris ça, on a tout compris.

Donc, ce jour-là, l'opération « Nique Ton Prolo », disons l'opération NTP pour faire court, ben ça se présente sous les meilleurs auspices. Normalement, on va jouer sur du velours.

Donc, me voilà en « réunion de concertation » - c'est comme ça que ça s'appelle.

Faut vous représenter un truc genre conclave. D'un côté de la table, une bonne dizaine de responsables syndicaux, avec leurs porte-serviettes. En face, autant de cadres de BCM, avec leurs porte-serviettes itou. Et donc ma pomme, assis juste à côté de Surchef.

La réunion commence par un long discours de Surdieu. Morceau choisi : « Les années 90 ont vu un développement sans précédent de l'actionnariat populaire. La poursuite de ce développement, à travers un dispositif novateur d'épargne salariale, sera sans nul doute l'objectif commun de la direction et du personnel, dans les années qui viennent. »

Vous notez ? Vous avez bien noté ? – Bon, d'accord, pour l'instant, vous voyez pas ce que ça vient faire dans la salade, c't'histoire-là. Z'inquiétez pas, z'allez piger, mes louveteaux. Pigerez bien assez tôt, d'ailleurs.

Après le speech de Surdieu, c'est au tour des syndicalistes. Ils se relaient pendant plus de quatre heures, chacun d'entre eux s'efforçant de parler plus longtemps que les autres. On s'emmerde comme des rats morts. Les discours de ces cons-là ont quelque chose de parodique. On dirait que les orateurs cherchent à se caricaturer mutuellement. Ils en font trop, ils me font penser à de mauvais acteurs à qui on aurait confié des rôles de composition.

Le côté fun du bidule, c'est que personne ne marque jamais le moindre étonnement, personne ne tique genre y a un bug. Je vous parie que si un des connards de service montait sur la table pour un numéro de claquettes, les autres se contenteraient de hausser un demi-sourcil pendant une demi-seconde, puis tout le monde retournerait au dodo les yeux ouverts, l'air gentiment con.

À présent, le morceau de bravoure : l'enculé qui représente les syndicats soi-disant autonomes. L'indignation l'étouffe, le bichon. Il sanglote : « Les propositions de la direction sont une insulte à l'égard des travailleurs ! L'argument financier sert de prétexte à un développement sans précédent de la précarité. » Là, on s'attend à ce que Surdieu moufte. Mais que dalle. Il se contente de noter, sans rien dire. On dirait qu'il snobe. Je m'attends à une protestation venant d'en face, mais l'autonome se rassied sans rien dire. Il a l'air content de lui. Il a poussé son coup de gueule, il a rempli son contrat. *E finita la comedia.*

Ensuite, cet enculé de Lentier nous soûle pendant une heure chrono.

Morceaux choisis. D'abord l'introduction classique, *andante cantabile* : « Je tiens à souligner l'attitude constructive que le front syndical a voulu conserver depuis le début des négociations, en vue de finaliser l'accord que nous envisageons aujourd'hui. Je pense que, sans céder à la surenchère, nous sommes parvenus à des concessions significatives de la part de la direction. » Ensuite le morceau de bravoure, *allegro moderato* : « Je regrette bien sûr que nous ne soyons pas parvenus à conclure sur le principe du coefficient de révision des prestations surcomplémentaires pour les catégories de personnel situées sous le minimal indiciaire en termes de taux de remplacement des retraites non compensées, mais je pense que nous sommes d'accord avec la direction pour constater notre désaccord sur ce point. De nouvelles négociations seront nécessaires pour faciliter le dégagement d'un consensus. Faute de quoi, la poursuite du mouvement social raisonné devra être envisagée, il faut bien que la direction en ait conscience. »

Surdieu note, sans mot dire. Juste petit sourire en coin, genre d'accord, « mouvement social raisonné », y a bon le SCS.

Pour finir, ces enculés de syndicalistes passent au vote. Comme la plupart des représentants du personnel appartiennent au SCS, il n'y a pas de suspense. L'ensemble des résolutions est adopté par une large majorité, et pour cause.

À aucun moment, il ne se passe quoi que ce soit d'imprévu. Surdieu n'a jamais besoin de Villerieux, cette salope, ni de Surchef. Et par voie de conséquence, Surchef n'a jamais besoin de moi. Je suis juste là, assis à côté de Surchef, et j'attends que ça se passe, dans mon joli costard gris sombre, que je prends un peu plus sombre que celui de Surchef, mais juste un tout petit, petit peu plus sombre. Je passe la moitié de la réunion à regarder ma cravate jaune, l'autre moitié à regarder ma chemise bleue. Je subis, comme tout le monde.

Le pire, c'est que j'ai même pas le droit de rigoler. À un moment, j'ai même une sorte de malaise, comme une overdose de foutage de gueule, si vous voulez. C'est bizarre. Autour de moi, tout devient mou. Le visage de Surchef se met à couler, comme une motte de beurre oubliée au soleil. J'ai l'impression que la substance de mon corps devient visqueuse, elle aussi. Elle se confond avec celle, pareillement molle, qui dégouline de toute chose, vivante ou morte. J'ai un peu envie de hurler, mais pas trop. C'est juste un cauchemar que je fais éveillé, c'est rien.

Et puis, c'est la fin de la réunion. Reusement que personne a remarqué que j'étais mal.

Je me dis que j'ai trop tiré sur la corde, qu'il me faut du repos, aller voir les putes, me bourrer la gueule. Et puis je n'y pense plus.

J'ai tort d'ailleurs. C'était la première alerte, j'aurais dû faire attention.

*

Ton nom dans l'annuaire

J'ai continué comme ça quelques temps à faire le porte-serviette pour Surchef. Ça m'a permis de fréquenter un peu Surdieu, de loin. J'étais toujours rattaché à l'Ancien, dans l'organigramme, mais je bossais si souvent avec Surchef qu'en pratique, c'était lui mon chef. Mine de rien, insensiblement, j'ai commencé à m'habituer à aller chercher mes consignes directement chez Surchef. D'abord, je faisais copie de nos échanges à l'Ancien, qu'il se vexe pas. Et puis, comme de toute manière il ne se vexait pas, j'ai arrêté de faire copie.

Bon, on en est là quand, je sais pas pourquoi, les mecs de la communication décident de publier annuaire interne sur papier glacé. Personne pige à quoi ça sert, sur le coup, vu que t'façon, l'annuaire est sur intranet, mais puisqu'on nous envoie un annuaire chacun, on prend et, par curiosité, on feuillette. Et c'est là qu'on pige le pourquoi du comment.

Cet annuaire de merde, il était tourné bizarre. Y avait deux présentations : par service, mais aussi par niveau hiérarchique. Or, ils avaient tourné les choses de telle manière, les enculés de la com, que dans la présentation par service, les gens n'apparaissaient pas dans le même ordre que dans la présentation par niveau hiérarchique. Par exemple, dans la présentation par niveau, l'Ancien était au-dessus de moi. Alors que dans la présentation par service, j'étais au même niveau que lui. Ce genre de détails, ça pouvait pas être un hasard. On s'est tous dit : y a de la réorg dans l'air, et j'ai repensé aux conseils de l'Ancien : rentrer la tête dans les épaules, profil bas, ni vu, ni connu. On allait bien voir ce qu'on allait bien voir. Je tirais pas de plan sur la comète.

Après, y a eu la réorganisation des instances de direction, soi-disant pour de simples « questions de commodité ». À l'occasion, tiens, tiens, tout un tas de boss de l'équipe sortante n'ont plus été conviés aux réunions. Soi-disant que le « resserrement de l'équipe de direction », c'était un « gage de cohésion et d'efficacité » - discours officiel, nature. Mais bon, personne n'était dupe, et surtout pas l'Ancien : viré des comités stratégiques, le vieux marlou. Pour lui, ça sentait la préretraite. Il s'en faisait pas trop, remarquez. Juste il m'a dit : « Gamin, va falloir que tu trouves un autre boss, moi, je pourrai plus grand-chose pour toi, t'vois ? »

Ouais, je voyais. Mais croyez-moi, ça me faisait pas plaisir, de voir. L'Ancien, il avait quoi ? - cinquante berges, pas plus. Et déjà sur le départ. Putain, bandenculés.

Après, ça a été la Grande Fureur Réorganisatrice. Toutes les semaines, un nouveau consultant en organisation débarquait dans l'immeuble. À chaque fois, ces mecs arrivaient en expliquant qu'il fallait simplifier les structures, et à chaque fois, quand ils repartaient, des « structures simplifiées » toutes nouvelles s'étaient ajoutées aux structures préexistantes. C'était plus de la réorg, c'était de la rage. Y avait une direction parallèle à côté de chaque vieille direction, et comme les vieilles directions doublonnaient déjà entre elles, ça triplonait, ça quadruplonait, ça quintuplonait dans tous les sens. Quand on voulait faire valider un dossier, on avait le choix entre trois ou quatre chefs, si bien que tu pouvais faire valider à peu près n'importe quoi, vu que tu trouvais toujours un chef prêt à te dire oui pour faire chier celui qui, la semaine d'avant, t'avait dit non.

Le but du jeu, nature, c'était de créer un bordel ingérable. Et faut reconnaître que c'est tout à fait ce qui arriva. Après, toujours nature, quand le bordel dépassa la cote d'alerte, cet enculé de Surdieu eut les mains libres pour tailler dans le gras. Révolution culturelle, nous voilà ! - on n'a jamais rien inventé depuis Mao, si les connards qui pondent des manuels de management avaient les couilles d'avouer la vérité, voilà ce qu'ils écriraient.

Les gardes rouges, dans le cas de notre somptueuse aventure collective, chez « baiseur de chien malade », ce fut un cabinet de conseil en organisation genre grand luxe, avec carte de visite 3D hologramme à la con : « Rosace conseils », ça s'appelait. Leur job : remettre à plat nos organigrammes pour « définir de nouvelles dynamiques et créer des synergies renforcées ». En langage BCM, ça veut dire : charrette à l'horizon.

C'est à ce moment-là que la direction financière a été créée en regroupant le pôle « Rentabilité et développement » de Capelle avec le pôle « Développement et participations », qui était dirigé jusque-là pour un certain Luc Vasseur. Capelle est devenu le nouveau boss de l'ensemble, et Vasseur, pour garder sa place, organisa lui-même le débarquement de la moitié de son ancienne équipe. C'était le prix à payer pour garder l'autre moitié, t'façon, et c'est comme ça qu'il a vendu l'affaire aux survivants. Dans ces cas-là, le trip, c'est « pas de pitié pour les canards boiteux ! » Et si on manque de boiteux, on casse quelques pattes pour arranger le bilan !

Quand il a fallu passer à la casserole, dans le service de l'Ancien, c'est moi qui ai été chargé de piloter les tueurs de « Rosace Conseils ». Je sais pas pourquoi c'est moi qui ai écopé du boulot, mais franchement, si c'est l'Ancien qui m'a choisi, il a été rosse sur coup-là. Putain, quelle mission de merde ! Je me revois à l'époque, errant dans les couloirs en compagnie de ces types. J'aime autant vous dire que pendant les entretiens avec l'équipe, c'est crispé. En plus, j'ai aucune marge de manœuvre. À chaque réunion, je vois rappliquer un consultant. J'ai du mal à reconnaître duquel il s'agit, parce que ces types-là se ressemblent tous entre eux. Ils sont jeunes, grands et minces, et ils portent tous un costume gris, une chemise blanche et une cravate à rayures. Je sais pas si leur contrat impose de porter aussi les mêmes calcifs, mais ça m'étonnerait qu'à moitié.

Faut les voir débarquer, ces enculés. Ils se répandent dans les salles de réunion, serrent les mains, glissent un mot ici ou là. Si tu les connais pas, ils te présentent immédiatement leur carte de visite. Ils ont pour ça des gestes vifs, presque mécaniques. À mon avis, on leur donne une formation rien que pour ça : tendre leur carte de visite. Pour un consultant, le coup de la carte de visite, c'est comme qui dirait l'équivalent du cri qui tue pour les adeptes des arts martiaux.

Le pire, c'est que ces types font aussi un dossier sur moi. Je sais que chaque vendredi, ils remettent un rapport à Surdieu. Je sais aussi que Surchef reçoit copie de ce rapport — mais pas l'Ancien, par contre. Lui, il est dans le rapport, donc il a pas le droit de le lire. C'est comme ça que ça marche.

À première vue, c'est rien d'avoir des consultants sur le dos. Mais au bout de quelques semaines, tu commences à craquer. Imagine un minuscule caillou qui se serait glissé dans ta chaussette pendant une marche. Il te cause qu'une blessure minuscule, d'accord, seulement cette blessure se répète à chacun de tes pas, t'vois ? Pendant des kilomètres et des kilomètres... À la fin, t'as le panard en sang.

Enfin, au bout de trois semaines, on nous apprend qui reste et qui se fait lourder. Chez nous, dans la petite équipe de l'Ancien, c'est assez cool. Contre toute attente, Philou est conservé à son poste — alors qu'objectivement, quand il s'est retrouvé devant les mecs de « Rosace Conseils », avec sa chemise hawaïenne et sa cravate toons, il a été infoutu de leur prouver qu'il servait à quelque chose. Nadine Leperron est mutée en province, mais ça, je m'y attendais : comme elle est hyper compétente niveau technique, elle faisait peur à plein de gens, donc ils vont la mettre sur une voie de garage où elle bossera pour de vrai, la pauvre, genre « tu sers à quelque chose alors t'es pas malheureuse donc ferme ta gueule salope ». Carine a une promotion, elle devient adjointe de la mère Pichon — ça fait plusieurs mois qu'elle se rapprochait de l'autre salope – c'est la promotion classique, « tu sers à rien alors t'obéiras toujours gentiment donc on te fait confiance pour enculer les prolos salope ». Jean-Pascal se fait placardiser, par contre — ça aussi, je sais pourquoi : l'Ancien voulait sa peau, et il a fini par l'avoir. Je sais pas tout, mais je crois que ce petit enculé de JP, il a essayé de faire déboulonner l'Ancien par Surchef, l'an dernier, et du coup, Surchef a décidé de casser un peu le mec — trop arriviste, pas assez subtil. Faut qu'il apprenne. Petit enculé deviendra grand, mais seulement s'il agrandit le cercle de ses amis, d'abord. La vaseline avant la quéquette, mon bichon.

Le pire, maintenant : l'Ancien se retrouve rattaché fonctionnellement à la mère Pichon. Hiérarchiquement, il continue à bosser avec Surchef, mais il va devoir aller demander des consignes à la mère Pichon. Ça, à mon avis, c'est pour le pousser à la démission, qu'ils ont fait ça, ces saligauds. Sans doute qu'avec son ancienneté et son niveau, ça coûterait trop cher de le virer. Donc ils l'ont rattachée à Pichon, pour le faire craquer. Classique, fallait s'y attendre.

Moi, je m'en tire bien : Surchef m'a à la bonne, j'ai toujours été un porteur de serviette serviable, et j'ai toujours choisi des costumes comme les siens, mais un peu moins classe. Tout ça fait de moi un haut potentiel hâchement confirmé, et je deviens officiellement contrôleur de gestion adjoint chez François Capelle. Nature, ça me fait un peu peur, vu que je n'ai rigoureusement aucune compétence en matière de gestion. D'un autre côté, avec toutes les daubes et les connards va de la gueule qui traînent dans cette boîte de merde, j'aurai pas trop de mal à faire illusion.

Et puis, juste dans la foulée, on nous annonce que BCM a conclu une alliance stratégique avec les ricains de SDF, et on va en séminaire aux Caraïbes. Et donc, voilà, je suis au bord de la mer, y a le soleil qui tombe dedans et l'Ancien qui philosophe :

« Je vais rester jusqu'au bout rien que pour les faire chier, tu vois ? Ils s'imaginaient me saper le moral, ces enculés, mais ils m'ont mis en rogne. Maintenant, mon pied dans la vie, c'est de le faire chier jusqu'au bout. Comme quoi, c'est une chance d'être au placard : ça motive pour saboter le système ! »

*

La direction financière

La direction financière d'un grand groupe industriel, c'est à peu près aussi vivant, aussi exubérant, aussi réjouissant que : une morgue parisienne en pleine canicule ; une permanence électorale du parti communiste bulgare ; un congrès d'anciens jeunes giscardiens ; le lit de Carla Bruni quand Nicolas est là.

Cochez la case de votre choix, t'façon vous serez pas loin du compte.

Sinon, c'est comme le reste de l'entreprise de mes deux : des connards dont l'obsession est d'être dans la boucle, tout le temps, rapport à l'obligation qu'ils se croient d'exister dans le foutoir. Paperasses, pipeau et putasserie, les trois « P » du management.

Avec Capelle, ça marchait pas comme avec l'Ancien. On allait presque jamais chez O' Driss, seulement après avoir réussi un coup fumant. Et c'était interdit de dire devant tout le monde qu'on faisait des boulots de merde. Fallait faire semblant de prendre au sérieux nos coups de l'agrafeur, c'était interdit de rigoler quand on faisait un coup du mistigri ou un coup du tsunami. Et pour les coups de l'enfumeur, on en faisait tellement que c'était quasiment devenu une seconde nature. Au bout de quelques mois dans une direction financière, t'enfumes les mecs par réflexe, t'façon ton job est tellement chiant que personne y entrave que pouic, t'as qu'à dire ce que tu fais, tout le monde baille.

On vivait dans les chiffres. Au sens propre : à la direction financière, les cloisons étaient pas recouvertes de tissu gris, comme partout ailleurs dans le building. Elles étaient carrément faites en tableau blanc, savez ? - le truc pour écrire dessus avec un marqueur effaçable. Tout était fait dans cette matière, quand on voulait écrire au tableau, y avait qu'à gribouiller le mur le plus proche. Résultat : quand on rentrait dans le bureau de Capelle, on se serait cru dans un tombeau égyptien, genre les murs couverts de hiéroglyphes. Surréaliste, comme trip.

C'était pas Capelle qu'avait eu l'idée, c'était un de ses prédécesseurs dans le job. Capelle, lui, il avait pas d'imagination, t'façon. Jamais. Lui, il appliquait la procédure, il calculait, et il souriait jamais, ou alors seulement un tout petit peu, quand il avait réussi à faire fermer une filiale, virer un mec — enfin un truc qui rapportait du pognon en faisant pleurer les gens dans une famille, quoi. C'était ça, sa conception du bonheur : ramener du pognon en faisant pleurer les gens. On s'occupe comme on peut.

Pour le reste, plutôt un brave homme. D'ailleurs, ses collaborateurs l'adoraient, parce qu'il les couvrait toujours. Un enculé, certes, mais un enculé régulier. Au final, un excellent directeur financier. Voyez, je suis honnête avec lui, pas lui rogner sa part de mérite, à cet empaffé.

Y a pas grand-chose à raconter sur les premiers mois que j'ai passé chez lui. Qu'est-ce que tu veux raconter sur un bilan comptable, toi ? Y a un actif, y a un passif, et quand l'actif dépasse le passif, t'as Capelle qui dit : « le taux de marge pourrait être amélioré grâce à une rationalisation du processus en amont et en aval. » Ou bien : « Cette filiale dégage un bénéfice avant impôt excessif compte tenu du taux d'imposition appliqué dans ce pays. » Ou encore : « Ce résultat doit s'entendre compte tenu d'une politique de provisionnement laxiste. » Et puis c'est tout. Sinon, si le passif dépasse l'actif, t'as Capelle qui dit : « Cet investissement interne justifierait un benchmarck par rapport aux solutions de croissance externe ouvertes au groupe par ses partenariats à l'international », et après, t'as plein de gens qui pleurent dans leur famille. Voilà, une fois que je vous ai raconté ça, les aminches, j'ai pas grand-chose d'autre à raconter sur les premiers mois que j'ai passé avec Capelle. Cost killer alias tueur sans âme, finalement, c'est plutôt chiant comme métier. Contrairement à ce qu'on prétend, le crime ça paie, mais c'est pas excitant du tout.

Le seul moment fun, pendant ces premiers mois, ça a été le groupe de travail sur le nom que devait prendre BCM, maintenant qu'on était SDF-Europe. Surdieu a commandé une étude de marché à la société « Hypercom ». Les consultants ont testé des noms auprès du public, en France et à l'étranger. Après ces tests, il ne restait que deux noms en piste : Niktonclebsis et Icare. La direction penchait pour Icare, mais il paraît que la désinence en « is » est courante dans presque toutes les langues. C'est pourquoi, afin que son nom soit prononçable par les Papous et les Hottentots, BCM est devenu Niktonclebsis. J'ai fait partie du groupe de travail qui pilotait le truc, j'étais chargé de l'aspect « crédibilité financière ». Capelle m'avait donné comme consigne : « Veiller à ce que la raison sociale retenue soit de nature à rassurer les marchés ». Comme les consultants disaient que « Niktonclebsis », c'était parfait pour les marchés, et comme j'avais pas d'opinion perso, ben ça a été Niktonclebsis. Voilà, telle fut ma modeste contribution au triomphe du nominalisme dans l'univers monétariste globalisé.

Après, bien entendu, il y a eu la méga campagne de com sur Niktonclebsis, que vous avez peut-être vue à la téloche, bande de glandeurs, entre une émission débile pour tarés et un show de tarés pour les débiles. Publicité à la télévision, dans les journaux, sur les murs du métro : tout l'arsenal. Partout, le même slogan à la con : « Niktonclebsis, le nom change, l'ambition demeure ». Ça veut rien dire, mais tout le monde s'en foutait. Ah, ces spots télé de merde, avec des gens « bien dans leurs baskets » — des blancs et des noirs, des hommes et des femmes, des vieux et des jeunes, tous arborant un sourire à se fendre les oreilles, l'air parfaitement, gentiment, irrémédiablement cons ! Des connards qui roulaient dans des voitures fabriquées avec les tôles Niktonclebsis. Des connards qui dormaient sous des toits construits avec des poutrelles Niktonclebsis. Et ainsi de suite, tous connards, mais tous Niktonclebsis. Moi, quand je voyais ces pubs à la téloche, ça me donnait des envies de meurtre, je sais pas pourquoi mais c'est comme ça.

Faut dire que personne pigeait à quoi ça servait, cette campagne à la con. Chez nous autres, les enculeurs de clebs sidéens, jusque-là, on s'emmerdait pas avec ces niaiseries. La pub télé, pour un groupe métallurgie, chimie, industrie lourde, ça ne rime pas à rien. Les tôles et les poutrelles, ça se vend à des grands comptes, genre des mecs sérieux qui choisissent pas leur fournisseur en fonction des pubs télé. Alors pourquoi faire, ces putains de pubs ? – Magie du management : personne ne pige, mais comme personne n'ose poser la question, ça passe.

*

Cela dit, la vie continue. Un des côtés sympas de la ma situation, par rapport à mon premier poste, y a deux ans, avec l'Ancien, c'est que maintenant, je connais la musique. Avant, je veux dire avant que l'Ancien m'explique la vie, y a des tas de trucs que j'aurais pas compris, à la direction financière. À présent, je suis un affranchi, je comprends qui est qui, qui joue quel jeu et pourquoi.

Imaginons par exemple que vous soyez moi y a deux ans. Bon, vous y êtes ? Alors voilà, je vous présente Durieu, le Jean-Pascal local. Alors voilà, vous rencontrez Durieu, et il vous explique qu'il a une voiture de fonction, lui. En fait, c'est pas vrai, il a juste le droit d'utiliser la voiture du service pour ses déplacements persos si ça dérange pas, c'est une tolérance. Mais il dit quand même qu'il a une voiture de fonction. Vous vous demandez pourquoi ? – Je veux dire : pourquoi Durieu a-t-il besoin de faire semblant d'avoir une voiture de fonction ? Vous vous posez la question, et vous ne trouvez pas la réponse, parce que vous êtes moi il y a deux ans, avant de rencontrer l'Ancien...

Moi, par contre, moi qui ai bénéficié des enseignements de l'Ancien, je sais à quoi m'en tenir. Je sais que Durieu, en réalité, il veut avoir une voiture de service pour faire comme le Grand Enculeur — c'est ça, le truc : toujours, partout, dans le dos de tous les enculés de la direction financière, comme partout ailleurs, faut garder les yeux ouverts et qui on voit, dans l'ombre ? – Le Grand Enculeur, bien sûr.

Durieu, en réalité, c'est un mec qui ne comprend pas ce qu'il fait dans cette boîte de merde. Tiens, une fois, je lui ai fait un coup de l'enfumeur, juste pour voir. C'était à propos d'un dossier que nous avait refilé Bertoni, l'enfoiré du contrôle de gestion industrielle. Ça causait comme ça qu'il fallait acheter une nouvelle machine pour un site de production qu'on avait dans un pays de bougnoules, je vous passe les détails, t'façon j'ai rien compris moi-même. Bref, Durieu me demande ce que j'en pense, et moi, je me fais pas chier, je reprends la note de Bertoni, et je me contente de reformuler les conneries de Bertoni, avec des histoires de tonne par centimètre carré, de mètre par seconde et de minute.tonne de fluide. Je comprends pas moi-même ce que je raconte, vu que Bertoni, il s'est contenté de repomper ce que lui ont dit les ingénieurs bougnoules, cet enculé, sans fournir le mode d'emploi, mais Durieu prend un air hâchement inspiré : « Ah oui, bien sûr, » qu'il fait, « ça change les termes de l'équation. »

Tu parles qu'il les connaît, ce con, les termes de l'équation ! – Pour rigoler, je continue mon délire, sauf que cette fois je mets les chiffres des tonnes par centimètre carré devant les mètres par seconde, et réciproquement. Et Durieu, ce con, sans broncher : « Ah oui, bien sûr, je te suis... »

Donc, le v'là, mon Durieu, qui comprend rien à rien. Il est toute la journée dans son bureau, il brasse du papier, il fait du vent par la bouche en réunion, par l'autre bout quand il fait un stage dans les chiottes, et le soir il retourne prendre sa fausse voiture de fonction en se disant qu'il est quelqu'un, qu'il existe, que le Grand Enculeur le connaît pas son nom et le fait participer un peu de la Grande Partouze — et pas seulement pour faire le pédé du dessous.

Durieu, c'est Jean-Pascal, le petit arriviste merdeux, mais en version comptable, rond-de-cuir. Un Jean-Pascal chafouin, même pas marrant pour tout dire. Durieu, il ne lit qu'un seul livre par an : le prix Goncourt, pour dire qu'il l'a lu. Et encore, dire qu'il l'a lu, c'est beaucoup dire : disons qu'il l'achète, qu'il le laisse traîner sur la table de son salon, et qu'il a lu la quat' de couv' pour pouvoir en parler un minimum à des mecs qui feront semblant de s'intéresser. Durieu, il a une femme, deux enfants, mais il trique pour cette salope de Steph Delarue, le super canon du service commercial. Ça se voit qu'elle le fait bander, le Durieu, cette pute. Y a qu'à voir comment il se met à saliver devant elle, franchement, c'est obscène. Et le pire, c'est qu'il sait qu'il se la fera jamais, parce que Steph Delarue, c'est évident, c'est pas une fille pour un quadra dégarni, ventripotent, avec du mou partout et même dans la pensarde.

Mais bon, c'est pas grave, Durieu, le soir, quand il prend sa « voiture de fonction », il oublie tout. Qu'il a même pas lu le dernier Goncourt parce que t'façon, il lit pas ; qu'il baisera jamais Steph Delarue ; et même que Capelle, cet enculé, passe la moitié de son temps, en réunion, à se foutre de sa gueule — genre : « Monsieur Durieu, vous qui êtes une référence... Monsieur Durieu, vous qui savez tout mieux que tout le monde... »

Alors il prend sa bagnole de fonction fictive, Durieu, et soudain, il oublie qu'il fait le mec du dessous dans la partouze, vous voyez ? – C'est ça, son fonctionnement, à ce con pathétique. C'est d'ailleurs bien pour ça que Capelle lui laisse sa vraie fausse bagnole de fonction, à ce con. D'une certaine manière, c't'une façon d'acheter la paix sociale. Si on lui enlevait, sa tuture, au père Durieu, il serait foutu de nous la jouer Richard Durn, moi je dis.

Mais bon, bref, comme je vous disais, tout ça, je comprends. Si on dit par exemple que maintenant, vous êtes moi, moi tel que je suis après avoir reçu l'enseignement quasiment mystique de l'Ancien, alors quand Durieu vient vers vous pour vous expliquer d'un air malheureux que sa « voiture de fonction » est en révision en ce moment, et qu'il est obligé de prendre le métro avec, quelle horreur, le populo ordinaire, la plèbe quoi, vous le regardez d'un air envieux et vous lui dites : « T'en as de la chance, déjà, d'avoir une voiture de fonction ! » - comme ça, lui, il vous répond : « Privilège du grade ! » - Et vous, intérieurement, vous vous marrez comme une baleine, mais pour lui faire plaisir, vous dites que « oui, oui, c'est normal, le grade, l'ancienneté... »

Slurp ! - Jamais oublié de sucer les cons. Ça coûte rien et ça évite de les avoir sur le dos. Tu donnes l'impression à ce crétin de Durieu qu'il a pris un avantage symbolique sur toi, genre quéquette plus grosse, ça suffit pour faire de ce con ton ami d'enfance pour la vie.

Y a des moments, comme ça, où tu sais enfin pourquoi tu vis, petit bureaucrate, petit connard sous-managérial. Dans ces moments-là, dans les moments où tu observes Durieu, cela devient évident le pourquoi de ta vie.

Mon poto, tu vis pour que quelqu'un raconte jusqu'où monte la merde quand elle déborde de la cuvette.

C'est-à-dire jusqu'au toit.

*

Comment devenir un top-manager

Grâce à la connaissance des choses cachées que je dois à l'Ancien, mine de rien, je fais mon petit bonhomme de chemin à l'intérieur de la direction financière. Je suis incompétent, of course, mais finalement, c'est plutôt un avantage. Comme ça, les autres ont pas peur de moi, vous comprenez ? Je fais pas de bruit, je me coule dans le moule et je m'emboîte dans la boîte. Et en plus, je sais même sucer. Que demande le peuple ?

Fort logiquement, ma très résistible ascension se poursuit…

Quo non ascendam et toutes ces conneries.

Donc, tu es moi, et tu sens tout doucement que les boosters s'allument sous ton cul. Tu es de plus en plus souvent chez Capelle, et même carrément chez Surdieu, une fois, en tête à tête, pendant un quart d'heure, pour un dossier où il faut faire un numéro de claquettes aux petits oignons.

Tu mouftes pas, jamais. Tu fais le dos rond, tu montres bien comment ton échine est souple. Tu connais les vérités cachées, l'ordre du monde est pour toi un livre dont chaque chapitre est une redite. Tu es un sage, car tu sais qu'au commencement était le mensonge, que le mensonge était avec le Grand Enculeur, et que le mensonge était le Grand Enculeur. Amen.

Tu assistes à une convention à la noix, avec Surdieu en sauveur de l'humanité et Surchef en maître de cérémonie. Tu écoutes le discours de Surdieu, et à aucun moment tu ne pouffes — même quand ton vénéré leader charismatique déclare à la foule ébahie : « Nous devons fusionner nos forces ; forger l'avenir ; sculpter le destin ; … »

Et toi, tu le revois dans son bureau, en train de mémoriser les trois conneries que tu lui as pondues, l'autre fois, les trucs qu'il devait répéter sans les comprendre, devant les commissaires aux comptes qui faisaient chier leur monde, ces enculés, parce qu'on leur a pas donné de contrat de conseil juteux pour accompagner leur mission de soi-disant contrôle. Tu le revois, Surdieu, ce jour-là, et tu le revois apprendre sa copie par cœur, kif-kif un petit collégien qui révise juste avant l'interro, et maintenant tu l'entends délirer sur les forces à fusionner, l'avenir à forger et toutes ces conneries, et tu ne ris pas, tu ne souris même pas. Tu sais comment ça marche, maintenant, ce système à la con. Quand Surdieu a fini son speech, tu sautes de ta chaise pour applaudir à tout rompre.

Petit enculé veut devenir grand, alors petit enculé fait ce qu'il faut pour ça, pas vrai ?

Tu te coules dans le moule pour t'emboîter dans la boîte, c'est bien mon petit. Tu vas en réunion. L'ordre du jour, c'est : améliorer la productivité du service comptabilité analytique. Tu as plein d'idées pour ça, vu que tu sais que plein de mecs servent à rien, c'est pas difficile de l'améliorer, la productivité, s'pas ? Mais tu te gardes bien de faire avancer le schmilblick. Tu sais bien que ce genre de réunions n'a jamais servi à faire réellement progresser la productivité. Ça sert juste à dire qu'on a essayé, donc vous voyez, si on n'a pas réussi, c'est que c'est pas possible.

Alors tu restes toute la réunion devant la gonzesse de la compta ana qui a une bouche à pipe, et pendant toute la réunion, mine de rien, tu observes le mouvement de ses lèvres. Ça occupe, puis pendant ce temps-là, t'as l'air intéressé par le sujet. Quand ça vient ton tour de parler, tu proposes deux-trois conneries sans intérêt, objectif ne pas se mouiller. Et voilà, le tour est joué : quand tu sors de la réunion, tout le monde t'a à la bonne, tout le monde pense que t'es vraiment parfaitement adapté au travail en équipe, un haut potentiel, etc.

Tu es moi trois ans après être entré dans la boîte, et ton ascension commence. Dieu sait jusqu'où tu iras, mon fils ! – Peut-être, tout là-haut, le Grand Enculeur t'attend-il ?

C'est en tout cas ce que tu espères, alors tu te coules dans le moule, jour après jour, et tu t'emboîtes dans la boîte, heure par heure.

*

Un jour, alors que tu es moi, je me réveille en sursaut parce que le téléphone posé sur mon bureau vient de sonner sans crier gare, alors que je finissais ma nuit en faisant semblant de méditer sur une connerie de compte d'exploitation de mes deux. Intérieurement, je peste. M'enfin, qu'est-ce que c'est que cette boîte où un honnête parasite ne peut même plus roupiller tranquille ? Mais bon, professionnel jusqu'au bout des ongles, je décroche et je dis mon nom, mon service, et j'ajoute, selon la formule rituelle : « Que puis-je pour vous ? »

Dans la boîte, c'est la manière de dire bonjour, « que puis-je pour vous ? » – Et le pire, c'est que quand c'est Stéphanie Delarue qui te pose la question, t'as pas le droit de répondre qu'elle peut toujours te tailler une pipe.

Bref, je suis là, je quepuijepourvous-je à tout va, et voici que j'entends la douce voix grave de mon chef vénéré, sa majesté Capelle lui-même.

« Merci de me rejoindre pièce 666, » qu'elle dit, cette voix.

Bon, en réalité, le numéro de la pièce, c'est pas 666 — là, je brode. Mais sinon, c'est bien ce que j'entends : mon chef m'appelle. Donc aussitôt, j'accours, chien-chien queue-queue frétillante truffe humide vers son maîmaître.

Quand j'arrive pièce 666, le maîmaître, il est tout seul, assis à une grande table de réunion, avec à côté de ses lunettes, posé devant lui, un dossier gris tout con — Capelle, il a un stock de dossiers gris., il en garde des centaines, dans une armoire, dans son bureau. C'est pour ça que dans l'armoire du secrétariat, tu trouves plus une seule chemise grise : il épluche les liasses, ce timbré, et il en retire toutes les chemises grises, histoire de jamais se trouver à court.

À croire qu'il fait une allergie à la couleur, Capelle. Un genre de trouble obsessionnel compulsif, ça arrive ces trucs-là.

Bref, c'est pas mon problème. Il est là, mon chef, et il m'attend, avec son dossier posé devant lui.

Je le regarde, et soudain, je pense : « crabe du Kamtchatka ».

Là, faut que je vous explique…

Quand on travaille dans le service comptabilité d'un grand groupe industriel, on n'a pas souvent l'occasion de rigoler. Alors toutes les opportunités sont bonnes pour se détendre. Donc, mon grand jeu avant d'entrer en réunion, en ce moment, c'est de parier avec moi-même que j'arriverai à placer, tout naturellement, des expressions comme « harengs pomme à l'huile », « maquereau au vin blanc » et « thon à la catalane ».

« Crabe du Kamtchatka », par contre, ça va être une première….

Capelle, pendant ce temps-là, il me regarde avec ses yeux bleu acier, et il m'observe, sans rien dire. Il attend. J'attends aussi. Il attend que je demande de qui de quoi. Et j'attends qu'il m'explique. On se regarde comme ça, tous les deux, pendant un moment.

Puis, comme c'est mon chef, cet enfoiré, je fais : « Tu souhaitais me voir ? »

Aussitôt, une lueur fugitive traverse son regard froid. Je sais ce que signifie cette lueur. Elle signifie qu'il vient de penser, en me regardant droit dans les yeux : « T'aimes ça, hein, salope, quand tu me demandes quoi faire ? »

Et moi, j'essaye de toutes mes forces de ne pas penser que oui, j'aime ça.

Mais j'y arrive pas. Tu peux pas te retrouver devant maîmaître sans frétiller de la queue, hein, mon chien ?

Bref, je bande à l'idée que son nœud vient chatouiller ma prostate, et il le sait, ce vicelard.

C'est ça, l'autorité. Le monde est une partouze, et celui qui jouit le plus, c'est le gars du dessous.

Ça dure juste une ou deux secondes, pas plus. Capelle, il est pas du genre à faire durer le plaisir. Il a eu ce qu'il voulait, il m'a bien fait sentir qui était le boss. Maintenant, il passe à la suite, direct.

« Dis-moi, » qu'il me demande, « comment vois-tu ton évolution au sein de ma direction ? »

Je ne sais pas trop quoi répondre. Après un instant d'hésitation, je bredouille : « Eh bien, il me semble que la définition actuelle de mon poste... »

Il me coupe, sec comme un coup de trique : « Ma question est la suivante : es-tu prêt à t'investir vraiment, ou bien te contentes-tu d'un gagne-pain ? »

Il a prononcé le mot « gagne-pain » avec une petite moue genre pimbêche qui minaude. À mon avis, pour ce mec, le monde se divise en deux catégories : ceux qui travaillent pour gagner leur pain et ceux qui s'investissent dans la grande aventure du management. Je connais la mentalité d'un Capelle : pour un mec comme ça, gagner son pain est une tare, un aveu de faiblesse. C'est les herbivores qui gagnent leur pain, les prédateurs, eux, ils taillent leur bifteck. Nuance.

Bref, quoi lui répondre, à cet enculé ?

Pas facile de dire à son patron : « Je bosse pour le fric. La boîte je m'en balance. » Alors je récite ma leçon : « Je me suis toujours investi à fond dans tous les postes qu'on m'a confiés, » blabla-tsoin-tsoin.

Il esquisse un truc qui doit correspondre plus ou moins au concept de sourire, chez lui. « Tu iras loin, » qu'il me dit.

Après, sans transition, il part dans un délire. Il paraît que nous allons bientôt toucher un nouveau Surdieu, un enculé de Cainri. Il paraît que ça va chier grave pour les « petits salariés », pour les « petits actionnaires », pour les « petits joueurs » et même pour les « petites filiales ».

Dans ces conditions, il faudra faire de gros efforts pour « conduire le changement ».

Telle est la mission qui sera confiée à notre pôle, incessamment sous peu.

Moi, j'écoute, je note, j'attends la suite.

Surtout, je me demande pourquoi Capelle me prend à part pour me dire ce que, de toute manière, tout le monde sait dans la boîte.

Alors j'attends.

La suite, c'est du grandiose. Comme quoi le marché mondial est mondialisé, c'est global globalisant, faut arrêter de penser en termes surannés, finalement la plus forte rentabilité est celle obtenue par les placements mobiles, qui bougent avec l'économie dématérialisée nani-nanère, bref on va saucissonner la boîte à donf, vendre tout ce qui a de la valeur et s'en mettre plein les fouilles. C'est ça, la stratégie des Cainris : vendre tout ce qui a de la valeur à long terme, investir le pognon dans des placements à court terme, faire gonfler le cours de l'action illico presto, se goinfrer à mort et sortir du jeu avant que faute de dividendes, la bulle implose. C'est plus de la gestion, c'est du poker.

Enfin, bref, comme d'hab : la partie de monopoly.

Allez à la case « je vais faire sauter la banque et ça me fait triquer ». Passez par la case « je vends les actifs pour amorcer une bulle spéculative ». Passez par la case « je nique les connards assez cons pour me suivre ». Passez par la case « je tire un trait sur mes scrupules ». Ne passez pas par la case « je réfléchis à long terme ».

La partie de monopoly, quoi.

Ni plus, ni moins.

Bon, moi, je continue à noter, rien dire, gentil chien-chien soumis. Si les Cainris veulent découper Niktonclebsis en rondelles, c'est pas mon problème.

J'attends que Capelle me dise pourquoi il prend la peine de m'expliquer tout ça à moi, entre quat'z'yeux.

Quand Capelle a fini de parler, y a un silence.

Prolongé.

Cette fois, j'ai décidé que je ne demanderai pas : « Et en quoi puis-je contribuer à l'atteinte de ces objectifs ? »

Donc je me tais.

Ça dure.

Et comme ça dure, je finis par demander : « Et en quoi puis-je contribuer à l'atteinte de ces objectifs ? »

Ce qui, en clair, veut dire que j'entre dans la partie de Monopoly. « Passez par la case 'Je suis un petit connard soumis'. Ne passez pas par la case prison. Passez par la case chance et encaissez vos 30 deniers. »

La réponse de Capelle, c'est tout en finesse.

Il sait mettre la vaseline, cet enculé.

Je vous le fais verbatim, vu que ça vaut son pesant de cacahouètes salées.

« Je vais te dire pourquoi j'ai un challenge à te proposer : nous devons lancer très vite le programme de croissance externe, le marché n'attend pas. Il faut trouver des liquidités, et il faut les trouver vite. Et cela, ce ne sera pas possible si on attend d'avoir l'accord de tout le monde au sein du conseil d'administration. Donc il va falloir faire de l'ingénierie financière, et de l'ingénierie financière de haut vol. Donc, il me faut, pour m'épauler dans cette histoire, un vrai potentiel, avec des nerfs solides et une véritable attirance pour le risque. C'est là que tu interviens. »

Slurp !

Avouez qu'on vous a jamais beurré le cul comme ça avant de vous enfiler, bande de pauvres !

Étonnés, hein ?

Eh oui, c'est comme ça que ça se passe, dans la Haute, quand on t'introduit. On y met les formes…

Faut dire que vu le calibre du godemiché…

Enfin bref.

Dans tout ça, moué, y a qu'un truc qui m'étonne. Ce qui m'étonne, c'est qu'on s'inquiète du conseil d'administration. Normalement, c'est le dernier endroit où ça risque de coincer. Ce n'est qu'une chambre d'enregistrement, cette merde. Les séances durent deux heures et en gros, pour les vieux kroums qui posent leurs culs flasques sur les fauteuils moelleux, ça consiste à voter oui sans poser de questions. Pour vous donner une idée du machin, le règlement prévoit que les administrateurs touchent leurs jetons de présence même s'ils ont été absents !

Pour qu'on craigne ce congrès de béni-oui-oui, il faut vraiment qu'on ait des choses à cacher…

À mots couverts, sur le ton du brave mec qui ne demande au fond qu'à être rassuré, j'avoue mes inquiétudes au père Capelle. Il me garantit, d'un air hâchement viril super-compétent, que les Cainris comptent bien maintenir le ratio d'endettement « en dessous d'un chiffre très raisonnable ». Il avance même des données à ce sujet, et je suis très étonné, car son ratio cible est inférieur à notre ratio d'endettement actuel.

J'en fais la remarque. Alors avec Capelle, on cause, puis nous comprenons l'origine de notre malentendu : je parle du rapport des dettes aux fonds propres, tandis qu'il parle du rapport des dettes à la capitalisation boursière.

Je refais les calculs dans ma petite tête.

« Ah, » je fais, manière de dire quelque chose.

En gros, vu que notre capitalisation est égale à peu près à trois fois notre actif net, les Cainris vont nous endetter au-dessus de nos fonds propres, et même, pour tout dire, bien au-dessus de nos capacités de remboursement, même en supposant qu'on carbure du feu de Dieu.

Tout ça de loin. De très, très loin.

Donc, n'est-ce pas, c'est tout bête : c'est une gestion de faillite, appuyée sur l'illusion d'une capitalisation boursière shootée à la prévision genre trader sous cocaïne.

M'kay, que je pense. Au moins, les choses sont claires.

Alors, moi aussi, je décide d'être clair.

Je demande, genre petit écolier sage : « À ton avis, ce job justifie des stock-options ? »

Il me regarde, étonné.

« Tu veux dire : ton job ? »

Je fais : » Oui ».

Il fait : « Sans doute. Tu intègres le comité de direction, tu deviens mon suppléant. »

Je le regarde.

Il me regarde.

Il y a un silence.

Je pense : « Pas vu, pas pris. »

Je fais : « Okay. »

Trente deniers, moi, je crache pas dessus.

Merde, j'ai pas réussi à placer « crabe du Kamtchatka ».

*

Surchefesse

J'en suis là de mes pérégrinations quand advient un très prévisible évènement, annonciateur du grand chambardement par Capelle : Surchef est muté à la tête d'une division de Niktonclebsis Asia. Il va faire trimer les niaks, cet enculé, maintenant. Moralité : on touche une surcheffesse à la place, féminisation des connards oblige.

En l'occurrence, notre surcheffesse, c'est une taspé cent pourcents françousse, mais qui a fait un MBA aux states, le genre jeune fille de bonne famille retravaillée business woman. Je sens qu'on va déguster rien qu'à voir sa gueule de tordue, à cette pute.

Je me revois encore, ô mes frères, ce jour-là, quand c'est qu'on récupère l'autre pouffiasse. Y a un grand raout qu'est organisé pour la passation de pouvoir, avec un buffet, des hôtesses genre petit cul qui te servent du champ, toute la merde ordinaire de l'entreprise qui se fait belle pour faire croire qu'elle a pas la ménopause qui lui revient dans le bas-ventre, la salope.

Ouais, moué, je suis là, j'ai encore en tête tout ce que m'a expliqué le Capelle des Familles sur le joli métier qu'on fait, et là-dessus, donc, j'encaisse le discours de l'autre enflure, also known as le Capital en jupon.

Je suis là, dans la foule. Imagine que t'es moi pour capter le contexte, mon zami. Autour de toi, y a des mecs qui parlent de sujet hâchement intéressants, genre dans le brouhaha, tu captes vaguement qu'un mec parle de promotion, que deux mecs genre bronzés sportifs discutent des sports d'hiver, ces enculés, t'as une grosse moche qui rigole ostensiblement devant une mignonne genre sa chef parce qu'elle suce, toute la merde ordinaire de ton petit monde pourri d'enculés pathétiques, cette raclure de chiotte que franchement, tu vois ça plein dans les mirettes, tu trouves que Staline était encore trop humaniste, faudrait Pol Pot avec l'arme nucléaire, c'est ça qui serait bien.

T'es là, donc, tu regardes autour de toi, tu remarques à peine qu'il y a surtout des Blancs, des Jaunes, et comme Noirs ou comme Arabes, des mecs qui sont là pour faire les larbins en réunion. Tu fais même plus attention, ni à ça ni au reste. Sur le mur, y a une affiche genre propaganda staffel nique-ton-clebs dans toutes les langues, ça montre des cadres et des cadrettes qui ont en gros la même silhouette de femme sans nibards, ou de pédés si tu préfères, et qui disent en cœur comme quoi ils sont si heureux de bosser pour les baiseurs de chien malade. T'es là, tu regardes tout ça, et tu fais même plus attention à rien. Quand tu vis dans un cimetière tombes ouvertes grande chaleur, tu remarques plus l'odeur au bout d'un moment.

Ça se passe en deux temps, la passation de pouvoir. Y a d'abord Surchef qui fait un discours sur l'année d'avant, comment qu'on a bien bossé, tous; comment que grâce à nous, les actionnaires s'en sont mis plein les fouilles. Tout le monde écoute religieusement, sauf un petit groupe de belles fesses du marketing, qui s'en foutent les salopes, elles sont pas payées pour être sérieuses, t'façon. Le surchef se paluche publiquement comme quoi on a bien réussi ceci-cela, comme quoi on a un système de pilotage réactif à l'échelle worldwide, comme quoi nous devons grossir pour atteindre la taille critique, t'vois. Il embraye sur quelques mots en rosbif, faire plaisir aux Ricains qui sont là. Eux, ils mordent le topo sans broncher, ça doit être la même merde chez eux, t'façon. La seule chose qu'a eu l'air de les étonner, c'est la qualité du champ et le fait qu'on le serve dans des vrais verres en verre, et pas dans des coupes en plastoc. Pour le reste, ils sont pas dépaysés, les pères pèlerins. En pays de connaissance, qu'ils sont, chez mes enculés de collègues.

Après, y a le discours de notre nouvelle surcheffesse. Elle explique qu'il faut applaudir encore un coup son prédécesseur, alors on s'exécute, tous, pendant que les enfoirés de la direction du personnel sont là à nous regarder, l'œil suspicieux, bien repérer ceux qu'applaudiraient pas. Après, y a la surcheffesse qui cause. On est pas dépaysés non plus, là encore, tous autant qu'on est. C'est la copie conforme du discours habituel de Surchef aux vœux de début d'année. Comme quoi l'année d'avant, c'était bien, mais l'année qui vient, faudra que ça soit encore mieux, « parce que l'excellence est un idéal qu'on n'atteint jamais, qu'on poursuit toujours. » Blabla, etc. Il est question que « sur un marché mondialisé », ce sont désormais les « plus rapides, les plus réactifs » qui bouffent les « plus lents », et que donc, n'est-ce pas, notre taille ne nous protège pas — là, on pourrait croire que certains vont tiquer, parmi les zombies qui me servent de collègues, vu que c'est tout le contraire de ce que nous a expliqué Surchef l'instant d'avant, mais tu parles, Charles : ces connards sont autant capables d'esprit critique que toi de lever Charlize Théron et Nicole Kidman le même soir.

Cependant que je m'esbaudis intérieurement de la capacité des boss à assumer leurs contradictions, la mère Pipotage continue son délire. La fusion qu'on nous cause entre nous et les ricains, qu'on se le dise, ne sert pas à fabriquer un gros diplodocus mollasson, mais doit au contraire nous pousser à développer des « synergies compétitives » pour « finaliser nos process ». Ce blabla vous est hermétique, chers amis ? Pas grave, je vous traduis facile, les doigts dans le nez : en bon Français, ça veut dire qu'on va mettre en concurrence les équipes et les sites, partout à travers le monde, à l'intérieur de Niktonclabsis, manière de faire en sorte que seuls les meilleurs survivent, et que comme ça, n'est-ce pas, ça va se gérer tout seul – les mecs d'en bas, y aura même plus besoin de les fliquer, ils se fliqueront les uns les autres. Voilà, les synergies compétitives, ça veut dire ça.

Moyennant quoi, après nous avoir déballé son plan « le darwinisme social expliqué aux nourrissons », Surcheffesse, pas froid aux yeux, conclut contre toute logique que nous devons « apprendre à toujours mieux travailler ensemble », qu'elle n'acceptera pas qu'on ne joue pas « l'esprit d'équipe ». La contradiction ne lui fait même pas plisser les yeux, à cette enflure. C'est à ça qu'on reconnaît les chefs, cette capacité à se foutre de la gueule du monde sans même s'en rendre compte, parce que t'façon, ces mecs-là pensent pas beaucoup, et quand ça leur arrive, ils pensent qu'à eux-mêmes. Elles concluent, Surcheffesse, que « les ennemis sont aux portes! Alors, tous dans le rang… euh, je veux dire : tous dans le mouvement ! »

On fait tous semblant de pas avoir remarqué le lapsus et on applaudit tous, bien polis, que la direction des ressources humaines nous classe pas mauvais esprits, surtout.

C'était notre série : l'Entreprise, mythe du XXI° siècle.

*

Débandade

Bon, la suite, c'est que je prends du galon.

Capelle fait de moi son suppléant pour les conseils de direction.

Le lendemain, à la machine à café, Durieu se précipite vers moi, me paye le coup, me prend par le bras. Au départ, comme c'est neuf heures du mat et que j'ai la tronche dans le cul, je pige pas bien son sketch. Puis, au fur et à mesure, ça se précise, je capte la manœuvre. En fait, ce petit pédé regarde du coin de l'œil qui glande dans le coin et, mine de rien, il vérifie que les autres tapettes l'ont bien vu, ce con, avec sa grosse pogne de tantouze huileuse posée sur mon avant-bras, genre familiarité quand tu nous tiens.

Je le laisse faire, toujours ménager les cons comme je vous disais. Mais intérieurement, je note : à l'occasion, allumer Durieu, parce qu'il me fait chier, maintenant, ce con, à force. Faut pas pousser, non plus.

L'après-midi, je vais à une réunion où y a des salopes du service marketing. Normalement, ce genre de taspés se la joue prétentiardes, ça fait partie du jeu. C'est toujours pareil, le genre : « l'air de rien, j'oublie de fermer le premier bouton de mon chemisier, voire le deuxième, mais ne va pas t'aviser de me draguer, petit mec, sinon je te rembarre. Pour que je suce, faut que tu sois plein de pognon et de pouvoir ».

Désolé si ce résumé vous choque, je cause pour dire le vrai, là. Le marketing, c'est tout simplement l'extension à la sphère productive des méthodes de gouvernement par la captation de la figure féminine, méthodes issues directement de la perversion de l'idéal chevaleresque à l'époque d'Aliénor d'Aquitaine, m'enfin peu importe. Ce que les connards appellent l'amour courtois, quoi, et que les gens informés appellent la pétasserie.

Entre « je vends le package et pas le produit » et « je suis une pute sans enfants qui rentabilise son cul », même combat. Entre « je me rends indispensable à mes clients en leur promettant une prestation parfaite par nature irréalisable » et « je mate les mecs en leur promettant de les sucer mais sans jamais le faire », même programme. Si vous n'aviez pas remarqué, bandecons, c'est parce qu'un homme qui bande marche derrière ses couilles, et vous bandez tout le temps, pauvres truffes, donc vous marcherez toujours dans la combine. Bref.

Donc, quand je vais à cette réunion et que je me retrouve pile en face de Stephanie Delarue, à mon avis le plus canon des canons de ce service à belles fesses, je m'attends à ce qu'elle se la joue à moitié charmeuse, à moitié méprisante, comme toujours ces putes du marketing. Aucune surprise à attendre de ce côté-là.

Et à vrai dire, cela ne me dérange absolument pas, car je vais vous confier un petit secret : je ne bande pas pour ces truies, y a en elles quelque chose de radicalement artificiel, pour ne pas dire de franchement inhumain — bref un truc qui me coince, et qui fait que je ne peux pas les imaginer assises sur ma queue. Vous savez, l'impression qu'on éprouve quand on flâne dans un sex-shop, histoire de s'encanailler, et qu'on passe devant le rayon des poupées gonflables ? On est là, devant le latex et les cheveux plaquées sur des visages de poupées, bouche ouverte pour tailler les pipes, et on se dit : « ça devrait être excitant, mais mon Dieu, que c'est laid ! » – Eh bien cette impression, ne me demandez pas pourquoi, mais c'est tout à fait ce que j'éprouve devant une taspé comme la Delarue. Excès de lucidité, peut-être.

Donc, ce jour-là, je m'installe en réunion et le hasard fait que je suis assis en face de Steph Delarue et à côté d'un mignon petit lot, une sous-fifre du marketing, une certaine Chantal Pécot, et à vrai dire, je m'en fous comme de l'an quarante.

Sauf que…

Sauf qu'en plein milieu de la réunion, je m'aperçois que le genou de la dénommée Chantal est plaqué contre le mien, et vu que je ne fais rien pour m'écarter, je peux constater qu'elle non plus, elle ne s'écarte pas.

Ceci mérite réflexion, me dis-je.

Donc, histoire de vérifier, je tourne la tête vers la meuf et la regarde attentivement.

Elle se passe la langue sur les lèvres et me sourit.

Ceci mérite réflexion, me dis-je encore.

Là-dessus, c'est la fin de la réunion. Logiquement, je devrais brancher la Chantal, lui proposer qu'on se voie quelque part mais pas chez O'Driss, et avec un minimum de savoir-faire, je la composte à couilles rabattues le soir même. C'est du moins ce à quoi m'autorise mon tout nouveau statut de jeune homme qui monte au royaume des enculés.

Voilà, logiquement, ce que je devrais faire.

Seulement, y a un problème.

Le problème, c'est que je n'ai pas envie de troncher cette petite pute.

Ne me demandez pas pourquoi, je n'en sais rien moi-même.

Mais c'est comme ça : j'ai pas envie.

Ça fait peut-être trop longtemps que je suis le trou qu'on enfile au nom du Grand Enculeur, j'avais fini par oublier qu'étant doté d'une bite, je pouvais, moi aussi, me trouver un jour du côté du manche. Ou bien c'est juste que je suis trop surpris pour bander. Ou alors c'est le contraste entre d'une part cette salle de réunion grise avec une table grise et des sièges gris, cet univers gris merdique entreprise bilan comptable, et d'autre part cette petite suceuse perverse en jupe tailleur mauve.

Je sais pas, peut-être tout cela en même temps.

En tout cas, j'ai pas envie.

Je me lève, je dis au revoir aux autres participants de cette réunion à la con, y compris la Chantal, à qui je ne fais ni grand sourire, ni la tronche, ni rien, puis je m'esbigne. Il me semble bien que la mère Chantal échange un coup d'œil avec Stephanie Delarue, mais peut-être que je me fais des idées.

Je regagne mon bureau – à présent, j'ai un vrai bureau à moi, avec une porte qui ferme et une petite table de réunion, même, c'est le luxe, je suis devenu quelqu'un. Y a mon nom sur la porte, et écrit en dessous : « responsable gestion des interfaces relationnelles marché ».

Ouais, ça devrait être super, et je devrais avoir la trique genre acteur de film porno, étalon grand format.

Sauf que ça n'est pas super du tout.

Je bande pas, les mecs.

Je bande pas pour le Pouvoir.

*

La bite du Grand Enculeur

« L'idéologie contemporaine repose entièrement sur la dématérialisation symbolique de la marchandise, et cette dématérialisation symbolique n'est que la traduction d'un mécanisme plus profond, qui est la désincarnation du principe d'humanité. »

On était chez O'Driss, et j'étais en tête à tête avec l'Ancien. Je lui avais raconté mon problème d'érection.

« L'Ancien, toi qui sais tout, toi qui as tout compris sur tout, viens à mon secours. »

« Je t'écoute, mon petit. »

« Je suis devenu un chef, les petites stagiaires veulent me sucer. Mais j'arrive pas à bander. Putain, c'est grave : si ça se sait que je bande plus, les chefs vont croire que j'en ai marre d'être du côté du manche, et ils m'enculeront encore plus fort, pour la peine. »

« Tu n'as rien compris, » me dit-il, souriant. « Ne dramatise pas : c'est une phase par laquelle tu dois passer. »

L'Ancien était un roc, aucun malheur ne pouvait l'atteindre, aucune nouvelle ne pouvait l'ébranler. Il est l'ami fidèle des jours sombres, il est le compagnon sûr des âmes égarées, celui qui guide son frère à travers la vallée de larmes. Béni soit-il, car il n'abandonne pas la brebis à l'heure du festin des loups. Amen.

« Tu dois comprendre avant toutes choses que si tu es devenu chef, ce n'est pas parce que tu as une grosse bite, mais parce que tu t'es laissé enculer avec complaisance. Par conséquent, sache qu'il n'est pas du tout grave que tu ne montres pas grand appétit à troncher les meufs, maintenant que t'as les moyens de t'en acheter des belles, bien lavées et qui sentent la rose. »

Il prit une gorgée de bière, téta voluptueusement son cigare cubain. Ça allait mieux, déjà. En trois phrases, il m'avait remis les idées en place.

« C'est au contraire tout à ton avantage. Il faut comprendre que si les petites putes commencent à te tourner autour, ce n'est pas parce qu'elles t'aiment, concept passablement surévalué, mais parce que comme toutes les femmes, elles sont fascinées par le phallus. »

Sa voix rocailleuse et puissante avait sur moi un effet apaisant. Ça allait de mieux en mieux.

« Tu es désormais dépositaire d'une petite partie de la puissance symbolique du phallus. Le Grand Enculeur est avec toi, fils. Tu as franchi les premiers degrés de l'initiation dans l'ordre du Mal mâle, tu as dépassé les grades inférieurs dans l'ordre satanique, la puissance virile artificielle et fantasmatique est en toi, la domination qui est tienne fait de toi un roi – prêtre investi de pouvoirs surnaturels. »

Il parlait bien, l'Ancien. Une catharsis.

« Ce phallus symbolique, qui vit en toi, les petites putes le sentent. Or, elles sont programmées pour s'y soumettre. Leur féminine faiblesse est naturellement attirée par ta virilité d'emprunt. En se soumettant à toi, en se laissant dominer, elles s'abandonnent à l'extase mystique par le corps. Pour la plupart des femmes, c'est ce qui s'approche le plus de la compréhension de l'Etre, de la prise de conscience cosmique, de la *religion*. »

Il fit tomber la cendre de son cigare d'un petit geste précis. Je buvais ses paroles.

« Le fait que tu ne leur accordes pas ce qu'elles demandent ne va pas du tout diminuer la part de la puissance phallique qu'elles sentent en toi, au contraire. Cette puissance symbolique est d'autant plus forte qu'elle n'est pas réalisée. C'est même par son absence de réalisation qu'elle acquiert une présence invincible. »

J'écarquillais les yeux. L'Ancien me révélait une page de plus dans le Grand Livre de la Création. Béni soit-il, béni soit-il au plus haut des cieux !

« Il y a plusieurs façons d'incarner la toute puissance du Grand Enculeur. Au temps jadis où les hommes bandaient dru, Il était dans Sa splendeur grâce à la puissance virile des phallus immenses dressés au centre des villes, obélisque godemiché géant pour pharaon décomplexé, colonne de Trajan pour César décomplexé, et même les clochers des cathédrales pour surmonter la croix au pauvre petit youtre. Ça triquait dur en ce temps-là, et le Grand Enculeur régnait par sa présence, sa visibilité, sa matérialité. »

Nouveau geste de la main, fumée de cigare plein la poire, comme un coup d'encensoir dans la tronche.

« Fini tout ça ! Les nouvelles formes du pouvoir sont mutantes et paradoxales. La grosse quéquette du Grand Enculeur ne s'exhibe plus comme au bon vieux temps des aigles impériales et des drapeaux à pointe doigt d'honneur. Désormais, la grosse quéquette vise à l'omniprésence, et cette omniprésence, vois-tu mon garçon, on ne peut l'obtenir que par une éternelle absence. »

Il croise les deux mains l'une sur l'autre, puis les retourne, comme pour dire : chassé-croisé.

« Le secret du capitalisme contemporain, c'est qu'il est l'organisation de cette éternelle absence, qui est aussi une éternelle promesse et une parfaite omniprésence. Regarde attentivement autour de toi, et tu verras des bites partout. »

Je dis : « Je regarde autour de moi, et j'ai plutôt tendance à voir des femmes à poils partout. Sur les affiches dans le métro, à la télé, tout le temps de la meuf à poils, genre achète-moi et tu pourras me troncher. »

L'Ancien me posa la main sur l'épaule, genre confidence d'homme à homme.

« Décidément, tu ne comprends pas grand-chose au marketing, tu as raison de faire de la finance. Dis-moi : qui c'est qui tient les cordons de la bourse ? Les pétasses ou les connards ? »

« Les pétasses, » admis-je.

« Environ les trois quarts des achats quotidiens sont faits par les meufs, » reprit-il. « Alors dis-moi : à qui s'adresse prioritairement les campagnes marketing ? »

« Aux meufs, » admis-je.

« Et qu'est-ce qui intéresse les meufs ? D'autres meufs à poils, ou bien une grosse bite ? »

Je n'eus pas besoin de réfléchir beaucoup pour répondre : « Une grosse bite, forcément. »

« Bien, » fit l'Ancien, tout à son affaire. « Alors quel est le principe dissimulé derrière le différentiel entre valeur d'usage et valeur d'échange, dans notre société à la con ? »

« La grosse bite, » fis-je, tout penaud.

« La bite est la marchandise en tant qu'elle se distingue de son support matériel, » philosophait mon vieil ami ce soir-là, me tenant fraternellement par le bras, comme un homme qui tire un naufragé de l'eau pour le ramener sur la rive. « La bite est l'alpha et l'oméga du système capitaliste contemporain. Ce que les femmes à poils promettent sur les affiches, ce n'est pas de la chatte, parce que la chatte est terriblement dévaluée, en fait. »

Il renifla. Visiblement, il cherchait ses mots.

« La chatte, c'est la capacité de procréer, c'est l'humain qui se fait transpercer par l'être pour l'incarner. Et la bite, c'est la capacité de jouir, c'est l'humain qui transperce l'être pour se l'approprier. »

Je hochai la tête. Ça me paraissait relativement clair, jusque-là.

« Les sociétés patriarcales, rudes, où la vie c'est la survie, ce sont des sociétés qui organisent l'inexistence visible de la chatte. Cette inexistence dans l'ordre matériel garantit son omniprésence paradoxale dans l'univers mental. Tu ne la vois pas, alors tu en rêves tout le temps. La présence permanente par l'absence permanente. Par exemple la société arabe jusqu'à très récemment, ça marchait comme ça. »

Il s'animait, maintenant. Il avait trouvé le biais par lequel m'attaquer, la sociologie de bistrot, c'est son truc.

« La bite, c'est la capacité de jouissance. Notre société féministe, vaguement matriarcale, a besoin de voir de la bite partout, parce que tu vois, la femme pense à ce qui lui manque. Donc si c'est le type féminin qui prédomine, alors on va penser tout le temps à la bite, c'est logique. »

À nouveau, je hochai la tête. Ouais, c'est logique. On pense tout le temps à la bite, parce que c'est maman qui nous a conditionnés, et maman, elle pensait à la bite. CQFD, l'Ancien, une fois de plus, a raison.

« La marchandise comme principe, telle qu'elle règne aujourd'hui complètement sur l'ensemble de nos processus sociaux, n'est que la traduction dans l'ordre économique de cette réalité psychosociologique structurante. Le consommateur, c'est d'abord la femme qui se laisse baiser, transpercer, posséder, par la grosse bite symbolique de l'appareil productif, c'est-à-dire, par le Capital. La bite est partout dans l'ordre symbolique, parce qu'elle n'est nulle part visible, même la chatte des femmes est bitifiée, elle est devenue la bite par laquelle la femme jouit, une femme qui ne serait pas clitoridienne, ça n'intéresse pas la pub. »

Il s'excitait, maintenant, comme un homme qui met le doigt sur une vérité restée longtemps cachée.

« La jouissance éprouvée par le consommateur est toujours, d'une manière ou d'une autre, une forme mutante du même mécanisme : la bite symbolique, omniprésente dans l'ordre intellectuel car éternellement absente dans l'ordre corporel, se matérialise enfin, au plan symbolique, à l'instant de la consommation. La consommation, c'est ça : la matérialisation symbolique de la bite en creux, comme un trou dans le réel où la bite, enfin, peut apparaître comme en antimatière. »

Je soupirai : « Il y a quand même un moment où elle doit se matérialiser pour de bon, la bite… »

Il secoua la tête. Il me regardait avec une infinie tendresse, et une légère exaspération aussi.

« Quand comprendras-tu que tout est symbole, et que l'attente de la bite est nécessaire pour qu'en creux dans le réel, elle prenne forme, comme une absence incarnée ? »

Il secoua le doigt, genre non non non.

« Jamais elle ne se matérialise totalement. Les pauvres qui consomment des produits bas de gamme jouissent analement d'être possédés par le principe de jouissance à l'état pur, qui les remplit. Mais ce principe n'est qu'esquissé sur le plan matériel, sinon il cesserait d'être un principe. L'orgasme consumériste consiste à rechercher l'éjaculation faussement précoce par des préliminaires indéfiniment prolongés. »

Soudain, il darda ses deux index à l'horizontal, droit vers mon cœur.

« Pour les enculés dans ton genre, qui ont démontré les qualités de soumission et de corruption requises pour intégrer l'élite de notre société inversée car invertie, la jouissance cesse d'être anale, elle prend une autre forme. Elle consiste à jouir non de la bite matérielle inaccessible et fantasmée, mais de la possession imaginaire de la bite en creux, de la bite symbolique qui n'existe que par son absence. Tu es l'absence, tu es l'absence de bite en réalité, l'absence qui permet à la bite d'être partout présente en promesse. »

Il me sourit, je lui souris. Mon Dieu, que ce génie puissant me revigore, puisse-t-il à jamais se tenir à mes côtés, et me guider dans les ténèbres.

« À partir de là, tu vois bien que le fait de ne pas pouvoir bander pour les petites stagiaires, ça ne peut que renforcer ton pouvoir. En ne bandant pas pour cette meuf, là, qui t'a fait le coup de la pute au bureau, tu lui as prouvé que ta capacité à abstraire la bite était supérieure à sa capacité à la concrétiser. Tu es encore plus pédé dégénéré qu'elle n'est pute dégénérée. Dans la course à la déchéance, à l'émasculation, à la régression sadique-anale, bref à tout ce qui fait la dynamique contemporaine de notre société exténuée, tu t'es placé résolument à l'avant-garde. Les pédés purs et durs sont échappés, mais c'est toi qui mène la poursuite, et le peloton des hétéros déclassés dans l'ordre de la jouissance vaine et désespérée te file le train, compte sur toi, tu es un modèle ! »

Il leva le poing en signe de victoire.

« Dans la course à l'incarnation du principe de domination, course qui depuis toujours détermine la localisation du pouvoir dans les sociétés humaines, tu es en train, sale petit pédé visqueux, de prendre une sacrée avance sur le bon vieux mâle dominant grosse bite couilles poilues. Ne crois pas que les putes du marketing vont moins t'aimer parce que tu ne les baises pas, bien au contraire. Ne crois pas que les mâles de la direction financière auront moins envie de t'écouter en réunion parce que tu n'en as pas une grosse. Là encore, bien au contraire, ton peu de virilité réelle fera de toi le symbole phallique parfait, en un temps où le phallus règne par son absence. »

Je buvais ses paroles. Mon estime de moi-même personnellement tout seul, comme disent les connards de psychologues d'entreprise payés par le Capital pour réparer les cons, ben elle remontait à toute vitesse, pente verticale, fusée carrément !

« Je suis d'accord que tu es objectivement tout, sauf un spécimen supérieur d'humanité. Tu as des capacités assez médiocres, un physique assez quelconque, une libido en berne. C'est quoi ton but dans la vie ? »

Je soupirai et levai les bras au ciel en signe d'ignorance.

« Tu vois, tu n'en sais rien, » fit l'Ancien, paisible. « Ta vie n'est pas un récit, parce que tu n'as rien à faire sur terre, rien à construire, rien à détruire. Ta vie est une longue suite de jouissances anales, ce qui fait de toi le pur produit d'un système qui a organisé l'omniprésence symbolique de la bite du Grand Enculeur. Eh bien justement, pour cette raison, tu as un avenir, et même un grand avenir. Tu es l'incarnation du principe de domination contemporain, mon garçon : c'est pourquoi les âmes féminines, ou féminisées si tu préfères, vont t'aimer profondément. Tu es l'incarnation du principe de domination par l'absence, par la promesse du désir. Tu es à l'image d'un temps où le seul moyen de s'occuper pour les classes supérieures, c'est de retarder l'instant de la jouissance. »

Il parlait d'une voix presque douce, maintenant. Son côté bon maître ressortait tout à fait. Il me faisait un peu penser à Sarastro, dans la Flûte Enchantée. Un Sarastro bouffon, pour un Papageno dépressif.

« Tu as toutes les qualités requises pour devenir un grand prêtre de la marchandise régnante. Il suffit que tu suives Capelle à la trace, et je te prédis un grand avenir. Tu monteras beaucoup plus haut que je ne le pensais au départ. Tu es au fasciste d'aujourd'hui. »

« Fasciste ? », dis-je, intrigué.

« Le fascisme, » répondit-il d'une voix égale, « est un système totalitaire visant à la préservation des structures du capitalisme. C'est sa meilleure définition, la plus large, celle qui permet de balayer toutes les formes du phénomène. Or, le fascisme contemporain ne repose plus sur l'exaltation du phallus visible, puisque le capitalisme ne repose plus sur la matérialisation du phallus. Maintenant que le pouvoir s'organise autour de l'absence de la bite, le fascisme repose sur l'exaltation de cette absence, et le type humain qui renvoie spontanément à cette exigence, c'est le tien : l'homme sans bite. Avec les pétasses vicieuses et dézinguées comme Carine, tu es l'avenir. La chiffe molle et la castratrice, vous faites la paire. »

J'allais protester, mais il leva la main comme pour dire : paix ! – Il n'avait pas envie de discuter de cet aspect des choses, visiblement, ça le mettait mal à l'aise.

« Oh, » reprit-il, « tu n'arriveras pas tout en haut. Tu n'as pas assez de perversité en toi pour atteindre l'étape suivante, c'est-à-dire l'incarnation de la bite du Grand Enculeur, la bite qui existe à la place de toutes les autres… Mais tu iras loin quand même. Tu es un homme sans qualité, presque sans corps en fait. Tu existes aussi peu qu'il est possible : bravo. »

Il délirait complètement, maintenant. Je compris qu'il se parlait à lui-même.

« C'était écrit, tout cela... L'idéologie contemporaine repose entièrement sur la dématérialisation symbolique de la marchandise, et cette dématérialisation symbolique n'est que la traduction d'un mécanisme plus profond, qui est la désincarnation du principe d'humanité. »

Il finit sa chope de bière, puis il conclut, d'une voix ferme : « Et toi, mon petit, parce que tu es ce que tu es, tu as toutes les qualités requises pour intégrer le Nouveau Peuple Élu de cette religion antireligieuse. Tu feras partie de l'avant-garde de cette révolution antihumaine. Tu appartiens, définitivement, corps et âme, à la Grande Confrère des Enculés. »

Je hochai la tête, pour lui faire comprendre qu'il m'avait requinqué, que j'avais compris, que je savais où j'en étais.

Mais lui, il me regardait, sans rien dire, comme un homme qui sait quelque chose qu'il préfère garder pour lui.

*

Au royaume des putes

L'Ancien m'avait fait comprendre des trucs, mine de rien. Je commençais à sentir que j'avais une vraie carte à jouer. Le matin suivant, en arrivant au bureau, je me suis regardé dans les glaces – y en a partout dans Paris, à La Défense, la capitale est un bordel on se voit sous tous les angles. Je me regardais passer dans les miroirs, dans les vitres qui font miroir, partout, comme une femme qui s'admire dis-moi que je suis la plus belle, et je me disais : c'est vrai que tu présentes bien, coco.

« Ouais, coco, » que je me suis dit en me regardant, « ouais tu présentes hâchement bien. T'es mince, t'as un costume gris pantalon pli rasoir veste bien coupée, t'as une chemise blanche avec de fines rayures grises claires, t'as une cravate rouge unie, t'as une coupe de cheveux sobre et nette, t'as des chaussures Weston cirée sobres et nettes, t'as tout de la petite bite sobre et nette, t'es tout à fait une promesse de petite bite sobre et nette, sauf qu'on sait dès le départ qu'on la verra jamais ta bite, t'es une promesse qui finira jamais. Ouais, coco, t'es une bonne gagneuse, t'es une bonne petite pute. Ouais, y a pas, y a un avenir pour toi, comme porte-serviette de luxe, et peut-être même un peu plus. T'es dans le vent, coco. Tu vas faire fureur, et peut-être même Führer. »

Ce matin-là, je me sentais parfaitement en phase avec mon époque, parfaitement en phase avec le lieu, avec tout en fait, je suis un homme de mon temps, un médiocre intégral en un temps intégralement médiocre. Y avait des pubs qui promettait de la bite en creux sur les murs du métro, genre femme à poils et pétasse habillée bourgeoise perverse. Et moi, je passais devant ces affiches, avec ma démarche de métrosexuel que j'avais pompé sur Jean-Pascal, au début de ma carrière, quand j'avais compris que la manière dont tu rentres en réunion, c'est plus important que ce que tu vas y faire réellement. Je passais devant ces affiches avec ma démarche de métrosexuel, et je pensais : je me coule dans le moule et je m'emboîte dans la boîte, tout va bien.

Ce jour-là, j'avais école. Un groupe de travail à la con, avec des consultants ricains que les ricains de SDF nous avaient refilés depuis la fusion. Au départ, je prenais ça à la légère, c'était à propos de la signalétique BCM, un truc de la dircom. Mais Capelle m'avait briefé : « Au-delà des badges individuels et du papier à en-tête, il s'agira des visuels de la communication financière. »

Je demande des explications. Mon adorable directeur financier en sucre rose m'apprend que les graphiques financiers sont des « visuels », et que ces « visuels » représentent un « enjeu de communication ». Il ajoute, mon roudoudou cost-killer mignon tout plein, que nos « visuels » doivent induire un « esprit positif » chez les « cibles de la communication ».

Moi, il m'impressionne de plus en plus, le Capelle. Comment il fait pour prendre au sérieux le boulot de merde qu'on fait ? Comment il fait, le mec, pour avoir l'air grave, concerné, genre un pasteur calviniste un jour d'enterrement, alors qu'il raconte des trucs qui feraient rire mon chien si on lui racontait ? C'est quoi, putain, ton secret, François Capelle ? Comment fais-tu pour *croire* en l'économie financiarisée, alors que c'est incroyable ? Y a un truc quasiment religieux dans son trip, à ce mec.

Histoire de piger un peu plus, je lui demande ce qu'il faut comprendre par « esprit positif ». Il me répond que cela dépend du contexte, mais qu'en général, « l'esprit positif », c'est comme qui dirait « l'ensemble des attitudes débouchant sur la validation des décisions proposées ». Après quelques secondes de réflexion, je pige qu'il est en train de m'expliquer qu'il s'agit de bourrer le mou au pékin pour lui vendre du vent, et que tout ce jargon blabla sur le « window-dressing » que les consultants ricains vont nous apprendre à faire, ça veut dire qu'on va devenir des escrocs, quoi.

Il aurait pu le dire directement, on aurait gagné du temps.

Je lui certifie que j'ai bien compris le message. J'ai bien envie de lui citer le code de commerce, le bon vieux plan sur la comptabilité qui n'est pas une affaire de communication, mais une obligation juridique soumise à des règles strictes, nani-nanère. Y a écrit dans la loi un truc genre : « Les comptes doivent donner une image fidèle du patrimoine, de la situation financière ainsi que des résultats des sociétés. »

Je répète : « image fidèle ». Et lui, là, mon chef, il dit : « on va faire de la com », pour « induire un esprit positif ». Cherchez l'erreur.

Bref, je dis d'accord. Puisque j'ai vendu mon cul, je vais pas tortiller, faut que ça rentre droit.

*

Donc, me voilà au groupe de travail avec les connards de consultants à qui je mettrais bien une balle dans la nuque mais pour l'instant je leur fais des sourires gentils tout plein. On bosse sur les maquettes des documents de synthèse, des tableaux de bord, ces conneries.

Au bout de quinze jours, on présente notre copie au chef de groupe, une enculée de la dircom. Sur le coup, cette pute a l'air satisfaite, mais trois jours plus tard, elle nous convoque pour une mise au point. Elle nous briefe : Surdieu a trouvé notre travail insuffisant, même que Surcheffesse a dit qu'on déconnait, là, ça va pas du tout, le « window-dressing » n'est pas assez « innovant ». Notre présentation « centrée sur le résultat net », ça fait ringard. Faut insister davantage sur l'''EBITDA dans toutes les communications vers le marché.

L'Ebitda, pour vous expliquer un peu, c'est un truc zarbi que les ricains ont introduit dans la com boursière à partir des années 90 pour cacher que leur économie ressemblait plus à une pyramide d'arnaques qu'à un arc de triomphe. D'ailleurs, ce machin n'existait même pas, jusqu'à très récemment, dans les manuels de compta. Ebitda, en bon Français, connais pas.

Ebitda c'est du ricain. Ça veut dire e*arnings before interests, taxes, depreciation and amortisation*. C'est-à-dire « gains avant intérêts, impôts, dépréciations et amortissements ». Dans la comptabilité américaine, c'est en gros l'équivalent de notre excédent brut d'exploitation, en compta françousse.

Normalement, ce truc ne doit pas figurer dans la com boursière. C'est un solde intermédiaire de gestion, c'est-à-dire un truc qui parle aux mecs qui sont dans la boîte, pas à ceux qui sont dehors. Ça prend pas tout en compte, si vous voulez. Ce machin, normalement, on l'utilise surtout pour donner un objectif de marge à une filiale, et puis on garde les décisions d'investissement au niveau de la holding. Bref, je vous passe les détails, c'est du pipeau, quoi. L'Ebitda pour l'information des marchés, c'est la soupe à la fourchette.

Alors pourquoi c'est-y qu'on nous demande d'utiliser ce truc-là, hein ?

On le sait tous, autour de la table, pourquoi. Mais on fait comme si on savait pas.

L'Ebitda, ça permet de dire que tout va bien parce qu'on fait du chiffre, même si on n'investit plus et si on s'endette à mort. C'est le truc qui a fait que dans les années 90, des boîtes comme Enron ou WorldCom ont pu donner le change longtemps, enfumer plein de mecs, des millions de connards entubés jusqu'à l'os, et puis un jour bye-bye, la bulle implose et t'as plus que les yeux pour pleurer. Toutes ces boîtes, Enron, WorldCom, elles utilisaient cette notion-là pour « communiquer » vers les marchés.

Et ça, nous tous, autour de la table, on le sait bien.

Et donc on voit bien que ce qu'on nous demande de faire, là, c'est juste de recommencer les conneries d'Enron, ni plus ni moins.

Et vous savez ce qu'on fait ?

Vous savez ce qu'on dit ?

On fait là où on nous dit de faire, et on ferme nos gueules.

Vous savez pourquoi on ferme nos gueules ? Vous savez pourquoi on ferme nos gueules quand cette pute de Surcheffesse nous demande de refaire Enron puisqu'on a niqué les pauvres une fois on peut le refaire bordel c'est pas dur ?

Je vais vous dire pourquoi.

C'est parce qu'on a peur.

Avec nous, là, dans le groupe de travail, y a cette salope d'Annabelle Villerieux, cette sale pute ignoble qui mériterait qu'on lui ferme la chatte avec de la soude. Là, dans le groupe, elle s'occupe des supports de com de la DRH, cette ordure. Seulement au passage, elle nous observe, la carne. Et on sait tous que la « polyvalence » est la plus importante des « compétences comportementales » dans nos supports d'évaluation mensuelle, et on sait tous ce que ça implique. Notre salope de cheffesse de groupe nous notera, à la fin des travaux, et forcément Villerieux va lui glisser quelques mots à l'oreille, c'est forcé. Et là, mon zami, si tu te retrouves avec une appréciation du genre « manque de polyvalence », t'es bon pour la prochaine charrette. Garanti.

Donc on est là, Surcheffesse nous demande de refaire Enron pour que le pognon rentre dans les caisses en attendant la faillite, on le sait, on sait ce que ça implique, et on dit : oui, m'dame la cheffesse, comme tu veux. Comme tu veux, puisque la pute Villerieux et l'autre enculée de la dircom, elles peuvent nous baiser quand elles veulent.

Pouvoir féminin, bite abstraite et omniprésente.

Pour la prochaine révolution, faut s'entraîner à tirer des balles dans la tête aux femmes, et sans hésiter je vous préviens.

Je suis pour la féminisation du carnage.

Bref.

Faut nous voir, là, autour de la table. Les imbéciles à lunettes de la comptabilité analytique, les belles fesses du marketing en tailleurs roses, les ingénieurs en débardeur gris avec des cravates noires sur des chemises brunes, les financiers en costume camouflé gris cloison avec des dossiers gris certifiés méthode Capelle. Tous, assis autour de la table, comme pour une communion merdeuse.

« Mangez ma merde, » dit Surcheffesse, « car je suis venue au monde pour rendre témoignage au mensonge. »

Et on bouffe.

« Mangez ma merde, » dit Surcheffesse, « car celui qui me voit, voit le Grand Enculeur. »

Et on bouffe.

Personne ne recrache un morceau.

Personne.

Et surtout pas moi.

*

Gros malaise

Une nuit, quelques temps plus tard, j'ai fait un rêve étrange.

Le soir, je m'étais fait une pute, une call-girl. Maintenant que j'ai du pognon, je fais ça de temps en temps. C'est des Moldaves, des Bulgares ou des Ukrainiennes, et elles ont des macs albanais qui leur cassent les jambes si elles veulent arrêter de sucer, mais c'est pas mon problème.

On s'était d'abord fait une ligne, vu que j'ai les moyens pour la coke, aussi, maintenant, l'air de rien. Ensuite elle m'a sucé, bien gentiment. Une jolie fille, elle m'a dit qu'elle était roumaine et c'était ma première Roumaine. Je m'en fous, de toute façon, je l'ai oubliée à l'instant où elle est sortie de mon appartement.

Je n'habite plus chez les pauvres, maintenant, et j'ai plus besoin de traverser Paris pour venir bosser. Je loue un cinquante mètres carrés à Boulogne, l'air de rien. J'ai fait le calcul : si j'arrive à me goinfrer un max de stock-options l'an prochain, je pourrai même aller m'installer à Neuilly, et alors je me paierai carrément des putes de grand luxe. Voilà, j'ai réussi dans la vie, comme on dit.

Ce qu'il y a de bien, dans ma nouvelle vie, c'est que je ne risque plus de trouver des clochards qui dorment dans le local à poubelles, comme au bon vieux temps qu'était pas si bon. C'est vachement mieux sécurisé comme immeuble, faut dire qu'il y a des vrais riches qui y habitent, et même un type qui a été ministre des affaires sociales ou un truc comme ça. C'est un mec de gauche, je l'ai lu dans le journal.

Je suis là comme dans un cocon protecteur. Y a des putes qui me sucent et je connais pas leur mac, y a des vigiles qui pètent la gueule aux clodos qui veulent dormir dans mes poubelles et je le sais même pas. Je fais plein de mal et en plus, on m'évite l'inconfort de le savoir. Depuis le temps que je rêvais d'être riche, maintenant que c'est fait, je me rends même plus compte qu'il y a des pauvres qui m'envient, c'est ça qui me gâte un peu le plaisir. La vie, c'est jamais tout rose.

Ce qui est drôle, c'est que mes parents croient que je suis quelqu'un de bien. Mon père, il a bossé toute sa vie pour gagner un peu d'argent, alors quand il voit tout ce que je gagne, il croit que je travaille beaucoup. Ma mère, pareil, mais en plus c'est une femme qui n'a jamais travaillé, alors elle comprend encore moins, elle pense que je dois mon succès à mon intelligence, elle roucoule quand elle me voit. Moi, je dis rien, je la laisse croire.

En un sens, ma vie va mieux. Je vais plus jamais sur Internet pour regarder des clips pornos, j'ai des putes pour me sucer. Je joue plus jamais à des jeux de baston sur ma console vidéo où je rêve que je défonce un Noir à coups de battes de base-ball, non plus. J'ai l'impression que je n'ai plus besoin de tuer les Noirs en rêve, depuis que je sais qu'il n'y a pas de clodo qui dort dans mes poubelles. C'est bizarre, hein ?

Bref.

Je vous disais que j'avais fait un rêve, c'est de ça que je voulais vous parler.

J'ai rêvé de Surcheffesse et du Grand Enculeur.

D'abord, dans mon rêve, y avait l'Ancien qui me disait : « Toute ta vie, tu as été un homme en trop. Toute ta vie, le système t'a prouvé qu'il n'avait pas besoin de toi. Que tu ne servais à rien. Que tu ne pouvais pas servir.

« Alors tu as décidé de te servir toi-même.

« Tu as eu raison.

« Maintenant, c'est toi qui expliques au système que lui, il est en trop. Que ceux qui vivent par lui et pour lui, vivent en trop. Ça te fait jouir de les tuer. Dans ta vie, tu as enlevé le superflu, et le superflu, c'est les autres.

« Je suis fier de toi. Tu seras un jour le Grand Initié à Double cape dorée et Triple épée argentée de l'Ordre Suprême de la Grande Confrérie des Enculés.

« Honneur à toi ! »

Après, l'Ancien s'est effacé, et je sais pas comment, je me suis retrouvé au volant d'une Porsche sur une route de la Côte d'Azur. Je roulais à toute vitesse au volant de ma Porsche, et soudain j'ai fait une sortie de route. Mais la bagnole n'est pas tombée dans la mer comme elle aurait dû. Je suis passé par-dessus la falaise, et la voiture s'est mise à léviter au-dessus de la mer, et une voix m'a dit dans l'oreille : « Une fois que tu es sorti des limites de la route, la pesanteur est abolie. »

J'ai tourné la tête de côté et j'ai vu que Surcheffesse était assise à côté de moi dans la voiture.

Elle m'a souri, et j'ai remarqué qu'elle avait des crocs, comme un loup.

« Nous sommes faits pour nous entendre, mon amour, » qu'elle m'a dit.

Et elle s'est passé la langue sur les lèvres.

Sa langue était fourchue.

J'ai fait : « Pourquoi ta langue est fourchue, ô divine Kali ? »

Je savais pas moi-même pourquoi je disais ça, je comprenais pas ce qui m'arrivait.

« Ma langue est fourchue, » qu'elle m'a répondu avec sa voix bizarrement éraillée, comme si y avait plusieurs personnes qui parlaient en même temps dans sa bouche, « parce que ce qui est double est ce qui est bon. »

Puis elle a fait des tas de gestes bizarres avec ses quatre bras, et soudain j'ai remarqué qu'elle avait un sabre au bout d'un des deux bras droits. J'ai fait : « Pourquoi portes-tu un sabre, ô divine Kali ? »

« Parce qu'il est temps de te rendre double, homme. »

Alors elle fit un autre mouvement du bras, et soudain, je compris qu'elle venait de me couper la tête. Elle emporta ma tête en sortant de la voiture et en volant au-dessus de la mer, jusqu'à la limite de l'horizon, et je restais là, comme un con, à me demander pourquoi j'étais enfermé dans mon corps alors que ma tête était partie, au lieu d'être enfermée dans ma tête alors que mon corps resterait dans cette voiture. Heureusement il me restait ma bite, voilà ce que j'ai pensé.

On en était là et je me disais que je rêvais et que c'était un rêve vraiment bizarre quand soudain, le Grand Enculeur est venu s'asseoir sur la banquette arrière, déguisé en Dark Vador, Pampam-papam, pam-papam, avec la marche de l'empire qui contre-attaque et tout et tout.

« Je suis Shiva, » m'a-t-il dit, « et c'est ta faute si l'autre salope me pose un pied dessus. C'est quoi ces conneries ? Tu t'imagines que je suis un sado-maso adepte du trampling, tu confonds ton cas avec le mien, spèce de pédé ? »

Là, j'étais un peu perdu.

« Bonjour monsieur, » que j'ai fait, tout con et vraiment terrifié, au fond, vu que j'avais encore jamais rencontré quelqu'un d'aussi important.

Il m'a rien répondu, mais j'ai senti qu'il était vraiment contrarié.

« C'est qui l'autre salope ? », j'ai demandé.

« À ton avis connard ? C'est Kali, enfoiré. Aucune culture, ces occidentaux. »

J'ai plaidé ma cause : « C'est pas ma faute, à l'école on m'a appris que la comptabilité. »

Il a soupiré et dit : « Bon, en attendant tu vas immédiatement partir à la recherche de ta tête, parce que franchement, à mon âge, les trips SM, ça me fait plus rire. »

Putain, mais d'un seul coup j'ai réalisé qu'il avait tout à fait la voix de l'Ancien.

Il a dit : « T'es vraiment trop con... »

« Dîtes, » que j'ai dit, « monsieur le Grand Enculeur... Vous ne seriez pas l'Ancien, des fois ? »

Il a haussé les épaules et répété : « T'es vraiment trop con. »

Puis il est parti, comme ça, sans rien ajouter.

Je me suis réveillé et je me suis rendu compte que j'avais pissé au lit.

La frayeur, probablement.

*

Je suis un Mozart de la finance

Après un rêve comme ça, je savais à quoi m'en tenir sur mon état de santé mentale. Mais bon, ce qu'il y a de terrible quand tu commences à dérailler, c'est que t'y peux rien. T'assistes à ta sortie de route comme si t'étais spectateur. À la limite, c'est fun. Une expérience, comme qui dirait.

Le lendemain, je me souviens qu'il y avait un comité des investissements. Y avait des mecs de Rosace Conseils qu'étaient là. Ils ont présenté un rapport, et ce qui est marrant, c'est que sur leurs slides, y avait le logo d'un de nos concurrents. Ils s'étaient emmêlé les pinceaux dans leurs fichiers, et donc ils nous ont passé une étude faite pour les mecs qu'on devait baiser, et que même soi-disant ils devaient nous aider pour ça. Marrant.

Le capitalisme de haut vol, c'est un jeu d'acteurs. Y a qu'une seule compagnie, c'est celle des enculés. Juste, ça se dédouble pour décider qui fait la femme.

Ensuite : les présentations de projet. À tour de rôle, les maîtrises d'ouvrage prennent place en face de Surcheffesse. Aujourd'hui, elle a que deux bras, mais elle sabre à mort, la salope. Le défilé en face, on dirait des mecs qui viennent lui proposer leur bite, et elle, elle leur coupe. Faut dire que c'est vraiment rapide, comme comité. Toutes les dix minutes, on passe à un autre projet. Le mec qui présente son truc, il y a bossé six mois, et il vient à la holding une fois tous les dix ans, alors pour lui c'est vital. En face, l'autre pute regarde, juge, et tranche – c'est le cas de le dire. Suffit de voir la manière qu'elle s'y prend pour capter la connerie des féministes, ces putes qui croyaient qu'en mettant des meufs au pouvoir, ça bitifierait moins dans notre pauvre monde. Raté, les poulettes : la meuf pense à la bite autant sinon plus que le mec. Elle y pense différemment, mais elle y pense aussi.

Surcheffesse cause beaucoup, plus que Surchef en son temps. Elle sort des bourdes à faire péter un mort. Bien entendu, personne moufte. Au contraire, les lèche-culs de service jouent les béni-oui-oui — « d'autant plus que le potentiel de croissance du marché est évalué de manière très prudente... », « le développement de ces activités est naturellement convergent... », et autres exégèses de la même eau. Moi, je me contente de dormir les yeux ouverts, vu que j'ai passé une mauvaise nuit. En plus, j'ose pas trop regarder Surcheffesse, je risquerais d'éclater de rire si je me souviens d'elle la nuit dernière, avec sa langue fourchue tout ça.

Après une dizaine de dossiers, je distingue une méthode derrière les discours de cette pute. Ses commentaires procèdent toujours en trois temps. D'abord des considérations générales qui ne veulent pas dire grand-chose, mais qui permettent à la meuf de s'échauffer. Puis elle reformule rapido ce qui est écrit dans le dossier, mais avec ses mots à elle – « board » pour « conseil d'administration », « partenaires privilégiés » pour « clients captifs », « croisement fertilisant » pour « échange d'expérience », « droite de support » pour « hypothèse de prudence ». Après, elle annonce sa décision, sur un ton sans réplique.

Elle a des critères de choix précis. Elle préfère les projets qui accroissent l'Ebitda rapidement, voyez l'idée ? Du coup, elle valide les projets de croissance et refuse les projets d'investissement structurel, systématiquement.

Gestion de gribouille.

Elle parle beaucoup, Surcheffesse. Elle me fait un peu penser à une maîtresse d'école, par moment. À d'autres moments, je me dis qu'elle est juste conne. « Si nous ne voulons pas courir derrière la croissance, il faut l'accompagner. C'est pourquoi nous ferons ce qu'il faut. Avec nous pour le soutenir, le principal client de cette filiale ne lui fera pas défaut. » Traduction : on va payer nos clients pour qu'ils gonflent artificiellement le chiffre d'affaires, et en plus on le dit, publiquement, devant tout le monde.

Ça dure un bout de temps, ce comité à la noix, mais à mi-parcours, un collègue vient me relever. J'ai un autre truc à faire, aujourd'hui. Il faut intégrer les nouvelles filiales dans nos comptes, et y a plein de nouvelles filiales. C'est triste à dire, mais figurez-vous que maintenant qu'on a commencé le tronçonnage et la recomposition de BCM, j'ai plein de boulot. C'est plus du tout comme à l'époque où on glandait dans l'équipe de l'Ancien, maintenant que je travaille directement avec les pontes, ça bosse dur.

Là, aujourd'hui, justement, je me tape les commissaires aux comptes, avec François Capelle. J'arrive en retard, because le collègue qui me relevait était en retard, et quand j'entre dans la salle de réunion, cet enfoiré de Capelle, l'air de rien, il tapote doucement le cadran de sa montre. Je réponds pas, je m'assieds.

Il est question d'une augmentation de capital, surtout. Faut lever des fonds pour financer nos conneries, tant qu'à s'offrir une faillite, on la veut grosse. Même ça, la faillite, c'est l'occasion de dessiner une grosse bite en creux, une grosse promesse de bite. Je le sens, je le pressens, la faillite, elle le fascine, François Capelle. Il la veut majeure, une vraie de vraie, une qui le fera entrer dans l'Histoire comme un mec qui en avait une grosse, la preuve regarde le trou qu'il a fait avec.

Comme on veut survaloriser à mort notre actif, histoire de rafler le max de pognon avec l'augmentation de capital, on présente cette année un compte de résultat plus pourri qu'un œuf de six mois. Problème : ces cons de commissaires aux comptes ont pigé qu'on allait enfumer le marché, et ils renâclent. Ils glosent comme quoi on a planqué dans le hors bilan les risques sur les cautions qu'on donne à des banques des îles Cayman pour qu'ils nous rachètent des filiales au-dessus de leur valorisation de référence, on dirait bien qu'il y a une arnaque, là, nan ?

Capelle, en face, tout en gris avec sa cravate noire et un dossier gris posé devant lui, il répond comme quoi le prix situé au-dessus du marché pour telle filiale inclut la plus-value apportée par la « convergence groupe », des conneries comme ça. Les commissaires font la gueule. La comptabilisation des plus-values hâchement latentes parce que totalement imaginaires, ça figure pas dans leur manuel. Ils sentent venir l'averse, les mecs, alors ils ouvrent le parapluie.

Au bout d'un moment, la conversation vire au surréalisme intégral. On parle d'argent qui n'existe pas pour compenser des dettes qu'on a planquées dans un hors-bilan plus gros que le bilan. C'est plus de la comptabilité, c'est du surréalisme. Y a des histoires horriblement compliquées avec la compta américaine de SDF et les quelques deux cents filiales que ces cons de Ricains ont ouvert dans une vingtaine de paradis fiscaux. Tu montres nos comptes à Al Capone, il demande à travailler chez nous comme stagiaire.

Les commissaires aux comptes, y en a un qui est français pur jus, l'autre c'est une boîte américaine. Celui-là, le Ricain, il est plus coulant. C'est surtout le Françousse qui fait chier.

Le Ricain, il est prêt à valoriser la recherche interne au prix qu'on lui dira, ça compenserait si on provisionnait les risques de caution. Ça devient hâchement technique. On sodomise les diptères, tout ça pour pas dire : bon, alors, combien vous voulez qu'on raque pour que vous signiez, là, en bas à droite ?

Enfin, bon, finalement on trouve un accord. C'est moi qui ai l'idée qui débloque tout. On va provisionner les risques de caution, mais on va comptabiliser la recherche interne au prix qu'on veut, comme ça, ça compense. Et pour que le commissaire françousse flippe pas, on va vendre la recherche interne aux Ricains, comme ça, ça sera un vrai produit, et le trou noir aura traversé l'Atlantique. Bang, l'antimatière financière voyage à la vitesse de la connerie, c'est-à-dire plus vite que la lumière. Einstein l'a dans le cul.

Tout le monde est content, suffit que les Ricains disent oui, mais on sait déjà qu'ils diront oui. C'est pas des mecs qui s'emmerdent avec la comptabilité, de toute façon. Chez eux, la seule différence entre la compta et le marc de café des voyantes, c'est que le marc de café, ça laisse des traces.

En sortant de la salle de réunion, Capelle me dit : « Bien joué ! »

J'ai la cote, les mecs.

*

Où l'on pige de quoi il retourne

Après, ça s'enchaîne. J'ai la tronche décalquée, je sais plus où je suis, j'arrive pas à remettre la main sur cette salope de Kali pour qu'elle me rende ma tête, y a le Grand Enculeur qui me visite en rêve pour me montrer les traces de talon aiguille qu'il a partout sur le corps à cause des séances de trampling avec Kali, il m'accuse d'être un sado-maso pervers qui lui a volé sa bite, franchement ça va mal. Mais sinon, ça s'enchaîne.

Je me coule dans le moule et je m'emboîte dans la boîte.

Je vais à une réunion pour l'augmentation de capital. C'est une réunion téléphonique avec des mecs de la bourse, des Français et des Ricains. Je peux pas dire comment s'appellent les mecs, on m'accuserait d'antisémitisme.

Y a aussi un des mecs qui bossaient comme commissaires aux comptes chez nous l'an dernier. Seulement aujourd'hui, il est là pour la branche conseils de sa boîte. Apparemment, ça dérange personne. Moi, je dis rien, je trouve ça marrant en fait. Prennent même pas la peine de séparer les équipes entre la branche audit et la branche conseils, les mecs. C'est vous dire la déontologie. Dans consultant, il y a sultan.

Officiellement, les agences de rating connaissent parfaitement l'état de nos comptes — du moins les comptes publiés, donc pas les vrais. À partir de là, tous les investisseurs ont tous à peu près le même niveau d'information, du moins c'est ce qu'on prétend. Dans information, il y a… Ah non, merde, on va encore m'accuser d'antisémitisme. Peux pas dire le nom. C'est vachement dur de dire du mal des mecs de Wall Street, en fait.

Capelle demande leurs questions aux mecs.

Question : « Le cours d'introduction est de trente euros. Quel est votre objectif de cours ? » Capelle : « Nous estimons que l'action peut monter jusqu'à cinquante euros sans que le rapport cours sur Ebitda ne sorte des normes du secteur ».

Triplement de notre capitalisation boursière en un an, voilà le programme. Absurde. Quelle est l'entreprise qui peut tripler de valeur du jour au lendemain ?

Personne ne proteste. Donc tout le monde approuve, on dirait ?

Une autre question : « Le ratio cours sur Ebitda est excellent, c'est vrai. Mais quel est le price earning ratio ? »

Réponse : « Le résultat net a fortement augmenté cette année. C'est le début d'une dynamique : nous avons doublé notre résultat en un an, et la croissance va se poursuivre sur un rythme soutenu. »

Tout ça, c'est du pipeau, et tout le monde le sait. Moi, ce que je vois, en arrière-plan, pendant cette réunion, c'est le Grand Enculeur exhibant sa bite, et me faisant un clin d'œil.

Ouais.

Un mec enfonce le clou, quand même, histoire de foutre un peu le souk, doit y avoir un tordu qu'a pas touché autant que les autres, l'argent sale t'en as jamais assez : « Cependant, la croissance de votre résultat est nettement moins valorisante que celle de votre Ebitda. »

Réponse de Capelle, onctueux comme un plat de merde un jour de festin scatophage : « C'est vrai, et c'est le signe d'une entreprise qui avance. Un Ebitda aujourd'hui, c'est un résultat demain. »

Une voix au téléphone : « Il y aura consensus sur le marché dans la tendance actuelle. La question, c'est le niveau de cours qu'il faut viser. Êtes-vous vraiment certain que le marché soit prêt à monter jusqu'à cinquante euros ? » Capelle fait son chat fourré : « Personne ne sait exactement jusqu'où le marché va nous suivre. » Mais il ajoute : « Ce qui est sûr, en tout cas, c'est qu'en ce moment le marché est franchement haussier. »

Ça s'appelle parler pour ne rien dire, et faire du pied peut-être bien à quelqu'un, quelque part, on dirait.

Ça continue comme ça pendant un moment. Moi, ce qui me fait marrer, c'est qu'on ne parle absolument pas de ce qu'il y a dans nos comptes. S'en foutent, les mecs. Sont dans leur bulle. S'agit de savoir jusqu'à quel point va se dilater l'énorme quéquette du Grand Enculeur. Quant à la réalité économique et ces trucs-là, ils s'en tamponnent. 98 % des flux financiers mondiaux ne traduisent aucune réalité physique. Les 2 % restants sont calculés à partir de comptes faux. L'économie contemporaine, c'est comme toi et miss Monde dans le même lit : un montage photo, même la bite c'est un trucage.

Quelqu'un : « Si tous les investisseurs de référence visent cinquante euros, le marché suivra. » Quelqu'un d'autre : « On court tout de même le risque d'une inflexion de tendance à quarante, quarante-cinq euros. » Une troisième personne : « Je ne vois pas ce qui te permet d'être bear. Nous sommes bull depuis des mois, et ça fait des mois que tu nous prédis un retournement de tendance. » Une voix inconnue : « Pour moi, l'analyse graphique ne laisse aucun doute : nous sommes dans un tunnel haussier qui converge vers des indices plus vingt pour cent. » Le troisième homme : « Possible, mais peut-être pas. Les analyses graphiques n'avaient pas prévu l'effet booster qu'on a observé le mois dernier. » Une voix que j'ai déjà entendue : « Et puis de toute façon, je répète ce que je disais : si tous les investisseurs de référence suivent à cinquante euros, le marché suivra. »

Capelle reprend la direction des débats : « Quoiqu'il en soit, sans m'inscrire en faux contre votre consensus, je vous informe que le fonds d'investissement BCM Pensions rachètera jusqu'à cinquante. Je dis ça juste pour que vous ne soyez pas surpris. » Au téléphone, on entend une voix inquiète : « Je croyais qu'il y avait des conditions assez strictes au niveau des arbitrages de BCM Pensions, non ? » Capelle, fier comme s'il se sentait la bite du Grand Enculeur entre les cuisses, je pressens qu'il joue sa carte maîtresse : « BCM Pensions a été créé dans le cadre des accords sur la réduction du temps de travail et sur le financement des retraites. C'est un fonds cogéré par les syndicats et une agence de certification sociale et environnementale. La seule condition pour investir, c'est l'accord des syndicats et la certification en termes de responsabilité sociale et environnementale. Nous avons l'accord des syndicats pour le rachat des actions jusqu'à un objectif de cours de cinquante euros, et BCM a bien évidemment été l'une des premières entreprises certifiées. Nous n'avons aucune condition supplémentaire à remplir. »

Une autre voix, au téléphone, demande une « fourchette » concernant le volume de transaction de BCM pensions. Capelle consulte ses notes. On entend le bruit des pages qu'il tourne, ça fait sérieux. Puis il déclare : « Le volume de transaction exact, c'est off. Mais je peux vous garantir le rachat de quinze pour cent des actions émises. » Au téléphone, quelqu'un maugrée : « Évidemment, ça peut changer l'objectif de cours ». Quelqu'un d'autre dit : « Moi, dans ces conditions, je parie sur cinquante. » Une autre voix : « Oui, cinquante avec quinze pour cent de rachat garantis, je suis. » Une autre voix encore : « Oui, pour moi aussi, c'est jouable. » D'autres voix confirment leur accord.

Capelle m'offre ce qui ressemble le plus à un sourire, chez lui. On dirait un peu la grimace d'un babouin à fesses rouges qui vient de s'asseoir en haut d'un rocher en forme de pal…

Moi, je ne dis rien, mais je jouis. Je viens de piger pourquoi, l'autre fois, y avait eu tout ce cirque à la réunion avec les syndicats, pour décider du fond de pension et tout ça. Putain, bien joué ! Bandenculés, ils ont acheté la paix sociale en interne en faisant croire au personnel qu'ils allaient l'enrichir avec des actions, et ils ont acheté le consensus des mecs qui peuvent niquer les petits actionnaires en promettant de leur racheter le bouzin avec le fric du personnel. Oh, chapeau. Le Grand Enculeur vient d'éjaculer cinquante mille litres de foutre putride à la gueule de l'humanité souffrante, là, l'air de rien.

Je suis quand même hâchement fier de travailler avec un pro comme François Capelle. Un mec qui dit jamais un gros mot. Un mec qui parle jamais de bite. Un mec qui parle jamais de couilles. Un mec qui porte toujours des pantalons plis rasoirs et des vestes super bien coupées. Un mec qui as un petit aspirateur de bureau dans son tiroir pour nettoyer le clavier de son ordinateur.

Un mec qui creuse un trou de plusieurs milliards d'euros, qui va ruiner des milliers de petits épargnants, et tout ça pour la plus radicalement vulgaire des motivations : se sentir en creux la bite du Grand Enculeur, qui le ramone bien profond.

Zéro pour cent grossier, cent pour cent vulgaire.

Un maître, dans son genre.

*

L'Amérique, je la voulais et je l'ai eue dans le cul !

Après ça, le cours de bourse monte, monte, monte. Cinquante euros, comme prévu. Mais encore plus haut. Soixante, soixante-dix. *The sky is the limit*, disent les connards de SDF quand on s'esbaudit. On finirait presque par les croire, ces cons de Ricains.

C'est un moment très particulier, un moment où tout devient possible. La distance entre notre situation financière réelle et sa perception par le marché est devenue telle qu'à la limite la question du réel ne se pose plus. On dirait que nos affichages boursiers créent une sorte de réalité autonome, parallèle. Les mecs, je ne suis plus payé pour mentir, mais pour créer une vérité distincte. Ce qui est vrai, c'est ce que j'écris dans nos plaquettes de présentation, pour les augmentations de capital qu'on fait et qu'on refait, tout le temps. Sans déconner, j'écrirais qu'il fait jour à minuit, je suis sûr que tu te baladerais avec des lunettes de soleil jusqu'à l'aube.

Ah, il est loin le temps où le petit enculé mignon fignolait des coups de l'agrafeur avec tonton Philou. Il est loin le temps où je buvais les paroles de l'Ancien, petit empaffé novice. À présent, ma carrière, c'est plus une carrière, c'est carrément la fusée Ariane, la navette Columbia trois secondes avant l'explosion.

Ouh là là, comme me le disent nos collègues ricains en singeant l'accent frenchy, je suis le sexy boy qui monte, chez BCM. Même Surcheffesse m'a à la bonne, depuis qu'elle a compris que le suis prêt à tout pour qu'elle me rende ma tête. Le Grand Enculeur m'a transmis une partie du pouvoir symbolique de la Sublime Bite en Creux, comprenez-vous ? C'est comme dans ces conneries de romans d'heroic fantasy que je lisais, gamin : y a un mage très puissant, le GE, qui m'a confié une mission, et il m'a donné un talisman magique, plus puissant que l'anneau de Sauron, pour que je surmonte les épreuves.

Tu serais moi, et tu ne sentirais plus rien. Plus rien du tout. Transformé en pure mécanique, robotisé pour ainsi dire, tu irais à un séminaire en Floride, avec Surdieu qui va jouer les Ricains chez les Cainris. Tu serais moi, et tu serais parfaitement à ta place, un modèle sans défaut, tout frais sorti du moule où ça se coule, bien emboîté dans la boîte.

Tu serais moi, tu regarderais la bouteille d'eau minérale Bling customisée à soixante dollars sur la table au séminaire en Floride, tu saurais qu'un quart de l'humanité n'a pas accès à l'eau potable en quantité suffisante, et tu t'en foutrais. Tu prendrais juste la bouteille dans ta main, tu sentirais le poids de la bite en creux du Grand Enculeur, tu sentirais la promesse de bite bien lourde, bien pesante, dans ta main, et puis tu boirais, tout bonnement, vu que t'as soif.

Tu serais moi et tu regarderais les pubs à la télé ricaine, dans ta chambre d'hôtel avec vue sur Miami Beach, et tu penserais : tiens, cette pub-là, qui montre un gamin qui mange une tranche de pain de mie trop sucré, ça parle d'une histoire, une histoire où la bite du Grand Enculeur s'est incarnée dans le vagin de la meuf pour lui donner un fils, une histoire où la bite reste figée là, bien matérialisée, dans le vagin de la meuf. Tu regarderais le plateau repas posé à côté de ton plumard, avec des tranches de pain de mie trop sucré, et tu sais quoi ? Tu mangerais, tout bonnement, vu que t'as faim.

Tu serais moi et tu aurais des joggers à compteur de pas incorporé qui te calcule même automatiquement le nombre de calories que t'as brûlées, et tu saurais qu'avant la fin de la prochaine décennie, plusieurs centaines de millions d'être humains vont mourir de faim en Afrique et en Inde. Et tu sais quoi ? T'irais courir sur Miami Beach, tout bonnement, parce que Surdieu lui-même t'a invité à partager son jogging matinal, et que putain là c'est carrément la gloire niveau carrière, quand on t'aura vu en train de courir à côté de Surdieu sur Miami Beach, quand on saura que t'en profites même pas pour niquer les salopes de stagiaires du marketing, alors tu seras la bite du Grand Enculeur, omniprésente et désincarnée, tu en seras l'incarnation, le pasteur du culte phallique, mécanique transférentielle toutes voiles dehors, quo non ascendam et toutes ces conneries, comme je disais précédemment.

Ouais, tu serais moi et tu serais devenu, indiscutablement, évidemment, irrémédiablement, un sale connard.

*

J'étais parmi les premiers à arriver à l'hôtel, la veille au soir, avant le premier jour du séminaire. À la réception, on m'a remis la clé magnétique de ma chambre et une mallette.

Dans la mallette, y avait le programme du séminaire, et puis un polo blanc à revêtir le lendemain — comme signe de ralliement, précisait la notice jointe. Sur le polo étaient gravés côte à côte les logos de SDF et de BCM, avec en dessous notre nouvelle devise : « Demain commence aujourd'hui » - en Anglais. Sous cette devise, l'intitulé de notre séminaire : « Deux entreprises, deux équipes, un projet ».

C'est beau, hein ?

Au programme : une dizaine de conférences toutes plus chiantes les unes que les autres. Deux seulement seront importantes, le reste c'est du pipeau. Y aura un discours du Surdieu ricain et un autre de notre Surdieu à nous. L'intitulé me fait marrer : « l'esprit corporate, une histoire à construire ». En Français ça fait con, en Anglais moins. Le Ricain, c'est une langue faite pour dire des conneries d'un air d'y croire. L'accent tonique, sans doute.

L'ambiance est pas bonne. Y a du pognon partout, ça coule dans tous les sens, mais l'ambiance est pas bonne. Les ricains ont peur qu'on leur prenne leur fromage, on a peur itou. Y a plein de pognon, dix fois plus qu'au séminaire aux Antilles l'an dernier, ouais, mais l'important, voyez, c'est pas la quantité de pognon, c'est juste de savoir qui c'est qu'en aura le plus. Les mecs qui gagnent le SMIC, quand ils sortent en boîte draguer des putes bas de gamme, la question c'est : qui c'est qu'a les moyens de payer la tournée de bières pour montrer qu'il a la bite en creux du Grand Enculeur. Bon, eh ben entre mecs qui gagnent des millions, la question, c'est : qui c'est qui va payer les blinis au caviar à la pute haut-de-gamme. Niveau pognon, l'ordre de grandeur est pas le même, mais pour le reste, c'est kif-kif.

Donc : on a dix fois plus de pognon, et on est dix fois plus flippés. Tout ça pour ça.

Mise en scène bien réglée. Dans le genre célébration collective du culte du Grand Enculeur béni soit son nom, ça vaut pas Nuremberg, mais, ça en jette. Imaginez un amphithéâtre rempli de dos blancs. On fait bloc, la Grande Confrérie des Enculés, c'en est beau à voir. Au départ, y en avait qu'avaient pas mis le polo. Et puis, au petit-déjeuner, Surdieu et Overgod soi-même : en polo, les maîtres du monde. Et hop ! Une heure plus tard, everybody en polo.

Sans déconner, Surdieu mettrait un brassard à croix gammée et une chemise brune, z'iraient tous s'habiller pareil dans l'heure. Surdieu mettrait une casquette SS Totenkopf, y aurait rupture de stock sur le Zyklon B deux heures plus tard. C'est beau, l'esprit d'entreprise.

De part et d'autre du mur du fond, deux rideaux aux couleurs fusionnées de nos deux entreprises, la françousse et la ricaine. Enculés de tous les pays, unissez-vous. Au-dessus, y a une banderole électronique. Dessus, en lettres scintillantes, défilent les slogans de motivation à la con. De temps en temps, la devise du groupe apparaît en lettres de feu : « Demain commence aujourd'hui ». Leni Rieffenstahl voit ça, elle mouille sa culotte.

Au milieu de l'estrade, il y a un pupitre. C'est de là que les maîtres du monde vont causer à la Très Sainte Confrère des

Endoffés. Derrière le pupitre, y a un écran maousse. Sur cet écran apparaîtra le visage de l'orateur, en gros plan. Goebbels verrait ça, il postulerait à la dircom.

Vlà d'abord Overgod.

Il nous cause en borborygme guttural nasillard avec des diphtongues traînantes, cet enculé est texan, à ce qu'on m'a dit.

Ce qu'il y a de bien avec les Cainris, c'est qu'ils s'emmerdent pas avec la langue de bois. Un patron français nous casserait les bonbons genre sculpter l'avenir et toutes les conneries de Surdieu. Mais Overgod, lui, il va droit au but. Si je résume : « on va niquer la concurrence, leur prendre leur marché, se faire un max de pognon et en plus, y en aura beaucoup pour les cadres méritants. » Point final. Pognon, pognon, pognon. Au moins, c'est clair. Y a bon le « package de motivation » pour les « hauts potentiels ». Bandenculés.

À la fin du discours, vague d'applaudissement qui part du premier rang, là où les super enculés de la dircom ont posé leurs culs. Super sourire de notre overgod en grand écran. Il a des dents très blanches et régulières, refaites sûrement. Au premier rang, maintenant, c'est carrément le concert pour savoir qui applaudira le plus fort. J'ai furieusement envie de gueuler « Sieg ! » pour voir combien y en a qui vont répondre « Heil ! », mais je m'abstiens, faut pas avoir raison trop tôt, c'est bien connu.

Après y a Surdieu qui succède à Overgod. Il monte sur l'estrade, y a l'image sur l'écran. Il est filmé d'en haut et de face — la caméra doit se trouver juste au-dessus de la banderole. C'est vraiment de la belle mise en scène. On voit Overgod s'approcher et lui serrer la main. Gros plan sur la poignée de main. Nouveaux applaudissements. Amitié franco-américaine, les enculés aiment les motherfuckers, et réciproquement. Si toutes les putes du monde, refrain connu.

Surdieu, il répète le discours d'Overgod, en Anglais meilleur objectivement, vu qu'il a eu une nurse anglaise, Surdieu. Il vient de la Haute, notre vénéré Grand Initié de la Loge de la Très Profonde Défonce. Cause Oxford. Rare pour un Français. Ça doit être pour ça qu'il est notre chef : parce qu'il parle bien la langue de l'Empire. Classique, en temps d'occupation.

Enfin, après les discours, on va grailler.

C'est là que ça se passe.

Ce matin, j'ai joggé avec Surdieu. Déjà, c'était la gloire.

Mais là, au repas, il se passe un truc incroyable.

On se retrouve au restaurant du machin genre palais des congrès où les Cainris nous ont parqués. Y a des petits cartons posés à côté de chaque assiette. Je cherche ma place, comme tout le monde.

Je suis à la table de Surdieu, entre Surcheffesse et François Capelle.

Putain, si je suis pas en train d'être coopté dans les grades supérieurs de la Grande Confrérie, je me demande vraiment ce que ça veut dire.

Petit enculé est devenu grand.

*

Dîner de têtes de con

Ce repas est affreux. On dirait une sauterie au musée Grévin. Ça devrait être super, vu que je me retrouve avec les maîtres du monde, mais c'est horrible. Surcheffesse parle Anglais comme une vache espagnole, comment elle a fait pour avoir un diplôme ricain ?

On parle de pognon, de pub, de marketing, d'augmentation de capital, de plan de rationalisation de la production, de conquête de nouveaux marchés, de pub, de marketing, de pognon, etc. On tourne en rond, comme des Indiens autour d'un feu de camp, sauf que le feu, c'est le fric.

Money or not money, that is the question.

Oseille ou pas, telle est la question.

Flouze or not flouze.

Yen Yuan Pound.

Le monde est tissé par le réseau invisible des signes dont on recouvre l'absence omniprésente de la bite du Grand Enculeur, aucune idée ne préexiste à ces noms car les noms sont la bite et la bite est le réel.

Le repas, c'est cainri. Y a de la Caesar Salad et des espèces de chaussons fourrés à quelque chose de bizarre, et pis bien sûr, y a de l'eau minérale hors de prix à boire.

Voilà, ça continue comme ça, jusqu'au dessert, c'est du cheese cake, un tout petit morceau.

Étouffe chrétien, le cheese cake. Faut être ricain ou maso pour bouffer un truc pareil.

Bref. J'avale bouchée par bouchée, manière de pas me singulariser.

Je suis en train de finir de manger mon cake tout blanc qui a un goût de plâtre sucré quand Overgod se tourne vers moi et me demande : « And what do you do ? »

Jusque-là, j'ai rien articulé de clair, j'ai juste hoché la tête quand Surdieu, Surcheffesse ou Capelle parlaient, manière de dire que oui, oui, j'approuve, j'approuve tout, merci pour la vaseline, un peu plus profond s'il vous plaît.

Et là, d'un seul coup, Overgod himself : « And what do you do ? »

Putain, pour la première fois de ma jeune vie, je me sens un fragment de la bite du Grand Enculeur entre les cuisses. Putain, la bite, elle est plus dans mon cul, elle pend devant mon bide. Ça fait drôle, d'un seul coup.

« What do you do ? »

Donc, je fais quelque chose, hein ? Overgod lui-même le dit.

Je fais.

J'agis.

Chui du côté de la bite.

En un éclair, toute ma carrière repasse devant mes petits yeux porcins de petit enculé devenu grand. Je me revois chez O'Driss, avec l'Ancien, en train de prendre des cours de dégueulasserie assumée. Je me revois avec Carine aux usines Levasseur, en train d'enculer les pauvres sans complexe. Je me revois dans le TGV, le jour où j'étais à côté de Nadine, et où j'ai failli lui parler, et où j'ai fermé ma gueule. Je me revois dans mon petit appart de petit cadre moyen avec mes meubles Kikéa et le pauvre type qui dormait dans les poubelles et ma peur quand j'ai compris qu'on m'avait mouillé dans une combine, la première fois.

Je me revois la première fois que j'ai présenté un dossier devant Surdieu. Je me revois la première fois que j'ai été briefé par Capelle. Je me revois devant les représentants syndicaux et ne comprenant pas pourquoi on faisait des fonds de pension à la

Française. Je me revois avec Capelle et les mecs que je peux pas dire leur nom sinon je vais passer pour antifeuj, en train de gonfler les cours avec le pognon taxé aux salariés pour goinfrer nos stock-options. Je me revois sur la plage de Miami en train de courir avec Surdieu et des chaussures à podomètre incorporé qui mesurent même les calories que j'ai brûlées. Je me revois minute par minute, toute une vie depuis que j'étais tout petit, la fierté dans les yeux de ma mère quand j'ai décroché mon bac avec mention, et mon père qui parlait avec moi quand on allait à la pêche ensemble.

Je revois tout, absolument tout. En un éclair, toute ma vie est là.

La bite du Grand Enculeur se matérialise entre mes cuisses.

Elle est là, je la sens.

Capelle m'observe, je pressens qu'il me calcule.

Surcheffesse tient sa tête dans ma main.

Le Grand Enculeur me la montre, cette putain de tête.

Je hoche la tête.

Je prends ma tête entre les mains de Surcheffesse-Kali et je la pose sur mon cou, sous le regard satisfait du Grand Enculeur-Shiva.

Puis, ayant pour une fois toute ma tête, bien à l'aise dans mon monde, je me tourne vers Overgod. Alors, dans un Anglais presque impeccable, parfait petit colonisé impeccablement super extra soumis, j'avoue, enfin, j'assume, jusqu'au bout.

Je dis : « Je suis chargé de la gestion des interfaces relationnelles avec le marché… »

TROISIEME PARTIE - LA GOUVERNANCE DU CHANGEMENT

La Dixième porte de l'Enfer

J'étais dans l'avion, quelque part au-dessus de l'océan. À côté de moi, y avait François Capelle qui lisait le rapport d'activité d'une filiale indienne. Il s'était habillé relax : cravate gris perle, chemise blanche, costume gris neutre, chaussures Weston à bouts fleuris. C'était la première fois que je le voyais autrement qu'en gris sombre avec une cravate gris sombre. Ça devait être pour fêter sa promotion, cette débauche de clair, d'un coup d'un seul, comme un rayon de soleil sur son uniforme d'Eichmann managérieux.

Je l'observais du coin de l'œil depuis le début du vol, Françounet l'empaffé. Il mouftait pas, il lisait le rapport d'activité, et de temps en temps, il prenait une note à la volée. Concentré, il écrivait, de sa petite main précise, sèche, nerveuse. « Objectif atteint sur ligne Macheprot, mais coût unitaire excessif sur ligne Duguidon ». « Unité de production Machin en sous-activité chronique depuis six mois ». « Equipe commerciale Trucmuche n'a pas atteint ses objectifs pour le deuxième trimestre, prévoir coaching par service commercial Holding. »

Moi, tu me demandes de passer tout un vol transatlantique à lire un rapport d'activité, je saute en parachute au-dessus des Açores. Lui, tu lui demandes la même chose, il te répond juste que c'était prévu. Faut reconnaître une chose à ce genre de mec : ce qu'ils font, ils le font *vraiment*. Avec Capelle & compagnie, les trains arrivent à l'heure. Tu lui aurais confié Auschwitz, au père Capelle, t'explosais les objectifs, l'affaire était bouclée fin 44.

L'hôtesse était super-mignonne. Toujours, j'ai remarqué, sur les vols transatlantiques, surtout en classe affaires. Regarde et tu verras : plus le vol est long, plus l'hôtesse est bandante. Dans l'avion de Bordeaux, quand je retourne chez mes vieux, c'est toujours des quadras, avec les heures de vol qui se voient et des valoches sous les yeux, à les faire voler en soute. Par contre, dans l'avion de Miami, que de la belle fesse. C'est mathématique :

plus le vol est long, plus l'hôtesse est canon. Doit y avoir une règle, un calcul marketing, là, derrière.

Bref. T'façon, l'hôtesse, Capelle, il s'en foutait. Fallait qu'il s'occupe de faire trimer la chiourme sous les tropiques, ça lui laissait pas le temps de triquer. On peut pas tout faire dans la vie. Trimer ou triquer, telle est la question.

Capelle, pour moi, c'est une énigme.

La veille, quand Surdieu et Overgod ont présenté l'organigramme, il a rien dit, il a même pas souri. Le voilà directeur financier zone Europe-Asie, le mec, sur la même ligne que Surchéfesse, trente-troisième degré dans la Grande Confrérie des Enculés. Et lui : même pas un sourire, rien.

Une énigme, je vous dis.

Le sphinx en moins causant.

Tout à l'heure, pendant l'embarquement, il m'a dit qu'il souhaitait me confier le contrôle de gestion. Il m'a dit : « Prends le temps d'y réfléchir, c'est une grosse responsabilité. » J'ai dit : « Je vais y réfléchir. » Il a fait : « Tu ne passeras pas longtemps en famille. » J'ai dit : « Je sais. »

Avec Capelle, la conversation, c'est toujours comme ça. Pas un mot de trop. Ça doit être pour ça qu'il m'a à la bonne. Il doit prendre mon jmenfoutisme pour une sorte d'austérité. Je me tais parce que je m'en fous, et lui, il croit que je la boucle parce que je parle pas à la légère. C'est comme ça qu'on marche, tous les deux.

Ah, j'aime autant vous dire que je regrette l'Ancien, le Philou, les bibines chez O'Driss et les coups de l'agrafeur.

Les bibines chez O'driss, c'est un truc pas pour Capelle.

*

J'ai dit oui, pour le contrôle de gestion, bien sûr. J'avais besoin de pognon : les putes ukrainiennes, l'air de rien, ça coûte cher. Faut monter dans la hiérarchie pour se taper Natacha plus d'une fois par semaine. Pour cent briques, t'as plus rien, refrain connu. Les prolos peuvent pas imaginer à quel point t'as besoin de fric, une fois tout seul dans ton costar avec Capelle pour mettre de l'ambiance dans ta vie de con. Quand t'arrives en haut de l'organigramme, dix mille euros par mois, c'est pour ainsi dire comme si tu gagnais le SMIC.

J'ai annoncé ma promo à l'Ancien. Il m'a dit trois trucs.

D'abord, il a fait : « Je pensais pas que t'irais aussi haut. C'est louche. Méfie-toi. »

J'ai répondu : « Je me méfie. »

Il m'a regardé un moment, sans rien dire. Puis il m'a souri.

J'ai eu l'impression que je venais de passer un cap, là, d'un coup.

Après, il a fait : « Je veux la Pichon attachée à un poteau, avec un fouet à côté. »

J'ai répondu : « Laisse-moi trois mois. »

Il a hoché la tête, heureux, ça fait plaisir à voir. Je lui ai rendu son sourire.

Je croyais qu'on allait en rester, là, mais il avait encore un truc à me dire.

« Je vais crever bientôt, » qu'il a fait.

« T'as pas soixante berges, » j'ai répondu.

« Y a pas d'âge pour ça, » qu'il a dit. « J'ai le crabe, j'en ai pour deux ans, max. »

Je savais pas quoi dire. J'ai fait : « C'est con. »

« Ouais, » qu'il a dit. « Ouais, » juste ça.

Après, on est allé chez O'Driss, pour se faire une bibine, comme au bon vieux temps.

On est resté comme ça, à boire en silence, pendant quelques instants. Puis j'ai repensé à ce qu'il m'avait dit la première fois qu'on s'était causé, les deux.

J'ai dit : « Le dernier tournant du labyrinthe. »

Il a soupiré : « Ouais. »

On avait rien de particulier à dire. Moi, j'avais rien à lui apprendre. Lui, il m'avait tout appris. On était juste là, à boire sans rien faire, sans bouger. Et c'était très bien comme ça.

Après, on s'est levé pour aller voir si dehors était toujours là. J'ai fait, en quittant le vieux kroum : « Je crois pas que j'irai jusqu'au bout du labyrinthe, l'Ancien. J'ai envie de foutre le bronx. »

Il m'a regardé d'un air un peu étonné.

« C'est un choix, » qu'il a fait, prudent. « Essaye de faire ça avant que je calanche, en tout cas. Je voudrais pas rater le spectacle. »

Je lui ai rien répondu.

J'avais trente-deux ans, l'âge de raison, et l'aval tacite de la seule personne qui aurait pu me retenir.

Allez, en piste, les gars.

Let's twist again !...

*

Bon, mais avant de vous raconter, faut que je vous dise un truc, les mecs. Faut que je vous explique de quoi il parle, mon bouquin que j'ai écrit. Manière qu'il n'y ait pas maldonne.

L'air de rien, à parler de bite et d'enculage, mes agneaux, ce dont je cause, c'est de la philosophie. J'ai l'air d'écrire comme Frédéric Dard qu'aurait oublié son talent au vestiaire, mais en fait, en toute modestie, je suis Platon qu'aurait eu plus de temps pour gamberger.

Mordez le topo.

Le monde dans lequel vous croyez vivre n'est pas le monde réel, les bichons. Le monde matériel n'est pas le monde réel. Vous croyez que c'est le monde réel, parce qu'il a une odeur et parce que vous ne voyez pas plus loin que le bout de votre pif. Vous croyez que c'est le monde réel, parce que vous le prenez dans la gueule et parce que ça vous fait mal. Mais c'est une illusion. Vos sentiments, vos émotions, votre petite sensibilité de petit connard programmé, tout ça, c'est du vent. Ça n'a pas plus de réalité que les émissions de télé. En fait, ça en a même moins, parce qu'au moins à la téloche, on sait que c'est du flan.

Ce que veux dire, c'est ça : Dante a écrit que l'Enfer avait neuf portes parce qu'il a neuf cercles. Mais Dante s'est planté. Il était trop catho pour piger certains trucs. C'est pour ça qu'ils ont inventé le Purgatoire, les cathos : ils ont senti qu'ils avaient raté quelque chose, mais ils ont pas bien vu quoi.

Je vais vous dire ce qu'ils ont raté : ils ont raté un bout de l'Enfer.

Parce que l'Enfer, mes potos, eh ben, il a dix portes, pas neuf. Il a dix portes, parce qu'il a dix cercles.

Et le monde, mes louloutes, votre cher petit monde adoré, c'est pas Disneyland. C'est pas la Cité des Anges. C'est pas le Jardin des Enfants.

Le monde, *c'est le cercle zéro de l'Enfer.*

Le monde réel fait partie de l'Enfer. Nous sommes dupes de lui, parce qu'entre le réel et nous, il y a la matière. Mais croyez-moi : c'est qu'un rideau de fumée. La vérité du monde, c'est pas la matière.

Faut bosser au contrôle de gestion d'un grand groupe mondialisé pour s'en rendre compte. Les autres, les curetons, ils parlent mais ils savent pas. On peut pas leur en vouloir, d'ailleurs : leur rayon, c'est le Paradis. Le Diable, ils le fréquentent pas. Ils en cause sans savoir.

Nous, dans la finance, on connaît le monsieur. On a des tuyaux. On sait des trucs sur lui. On le fréquente, on le tutoie, on boit des coups avec lui. Ça crée des liens, on recueille des confidences.

Et moi, tel que je suis là, dans la confidence, ben je vais commettre un petit délit d'initié.

Je vais vous expliquer comment ça marche, le cercle zéro. De quoi c'est fait. D'où ça vient, et où ça va.

C'est ça le sujet de ce petit bouquin, mes louloutes.

La dixième porte de l'Enfer.

Et vu qu'on approche de la conclusion, mes cocos, cette dixième porte, ben maintenant on va la passer.

*

En haut

Quand on arrive en haut de l'échelle, mes louloutes, tout change. C'est plus le même problème. T'as pas des heures à glander en réunion, parce que c'est toi qui es chargé de réveiller les autres, en réunion. T'es plus planqué dans un coin au comité des investissements, à te marrer en loucedé pendant que surchefesse déconne à plein tube. Là, maintenant, t'es assis à côté de surchefesse, et c'est toi qui représente Capelle, donc t'es pour ainsi dire à son niveau le temps du comité, et c'est toi qui donnes ton avis, et les mecs t'écoutent.

Là, faut reconnaître que t'es moins poussé à te foutre de la gueule de surchefesse, vu que d'un seul coup, c'est toi qui dois décider en dix secondes chrono sur la base d'un dossier, tu voudrais le piger, faudrait que tu bosses dix ans.

Alors tu fais comme surchefesse, eh ben oui mon vieux, t'as pas tellement le choix. Tu fais comme elle : tu tailles dans le gras. Pas rentable ? Vendez. Rentable ? Achetez. Ramenez de l'oseille, coûte que coûte.

Y a un consultant qui présente un audit sur une filiale polonaise. Ça dit comme ça, cet audit, que les Polaks ont des revendications salariales. Tu dis : délocalisation. Voilà, on ferme l'usine aux Polaks du fin fond de la Poméranie, z'avaient qu'à pas être poméraniens, ces cons. On ouvre une usine en Chine, tiens, les niaks sont bon marché, profitons-en.

Avant, quand tu voyais surchefesse prendre ce genre de décisions, tu rigolais. Maintenant, tu rigoles plus : t'as un algorithme qui dit de baisser les coûts, pour baisser les coûts faut déménager l'usine, alors tu déménages l'usine.

En fait, quand t'as le pouvoir, tu te rends compte que tu ne peux plus rien faire.

Tout le monde t'obéit, mais en fait, t'es le mec le plus soumis du lot. Les autres, ils t'obéissent parce qu'ils sont passifs, et toi, tu obéis en étant actif. *Tu obéis à la loi du profit.* Révélation : le mec qui fait le pédé du dessus dans la partouze, il n'est actif que par réaction. C'est pour ainsi dire la vibration de l'ensemble qui le fait sauter en l'air rythmiquement. Han, han, han, j'ai l'air de bouger, mais en fait, c'est le tas du dessous qui me fait rebondir.

Faut entrer un peu dans les beautés du capitalisme mondialisé, pour piger comment ça marche. Scusez, ça va être un peu technique.

Nous, à Baiseur de Chien Malade, BCM si vous préférez, on a fusionné avec Sick Dog Fucker, SDF comme on dit, pour former Niktonklebsis international, NTK, comme qui dirait. Bien. Mais qui a fusionné quoi avec qui, en fait ?

Le capital de BCM appartenait à un peu plus de quinze mille actionnaires, mais 54 % revenait à un pool de huit de gros requins et autres investisseurs institutionnels – les zinzins, qu'on appelle ça, et c'est pas par hasard d'ailleurs, z'allez voir.

Ces huit actionnaires possédaient en fait BCM, tant qu'ils s'entendaient entre eux, vu qu'avec 54 % des actions, ils étaient majoritaires. Dans le lot, y avait six banques d'affaires, nommément Salomon Sisters, Goldsaxman, Mazarin Pognon, Oncle Lazard, Union des Banques Montagnardes, Edmonde Reautechilde. Ça nous faisait deux banques ricaines, deux françaises, une d'un pays de montagne connu pour son fromage à trous, une d'un peu partout à la fois. Pour des raisons historiques complexes sur lesquelles nous ne nous appesantirons pas, c'était dans l'ensemble des mecs qui bossaient pas le samedi et qu'avaient pas été baptisés par un curé, mais ceci est un détail sans importance, z'allez voir tout de suite pourquoi. On avait aussi, parmi nos zinzins, deux concurrents : Dirty Cat Licker, DCL, un groupe ricain avec lequel on avait failli fusionner quelques années plus tôt, et Schwein Fresser AG, SFAG, des boches qui étaient entrés dans notre capital par effraction, un jour que comme d'habitude, ils nous avaient piqué des parts de marché qu'on leur a rachetées contre un peu de notre capital, aux Teutons. Enfin, y avait un obscur machin basé aux Cayman, Fuck Da World Investments, FWI. Ce truc possédait 6 % que lui avaient revendus en sous-main les enfoirés d'Oncle Lazard, quelques années plus tôt, sans prévenir personne vu qu'ils étaient en délicatesse de trésorerie, pour une fois. Quant aux actionnaires de SDF, voilà, vous avez tout le monde, les 46 % restant, c'était des petits joueurs qui ne pouvaient que suivre la danse, sans contester le tempo.

Et encore, on avait un actionnariat clair et simple. En général, c'est plus compliqué, les zinzins n'ont qu'une minorité de blocage et ils dominent grâce à l'éparpillement des autres. Bref, passons.

Du côté de SDF, chez les Ricains, l'actionnariat était le suivant.

Un pool majoritaire constitué par : Salomon Sisters, Goldsaxman, Oncle Lazard, Union des Banques Montagnardes, Rockfellas, DCL, FWI. Donc à part que chez eux, c'était Rockfellas qui remplaçait Edmonde Reautechilde, ça revenait au même. Pis ils avaient pas SFAG et l'Union des Banques

Montagnardes dans le capital, aussi, vu que les Teutons et autres Helvètes, avisés toujours, vont pas trop investir aux US, savent trop bien faire les comptes pour ça, les mecs.

Or, donc, les petits gars, quand SDF et BCM fusionnent, en réalité, *il se passe rien*.

Oncle Lazard, Salomon sisters, FWI et tutti quanti réorganisent leur portefeuille, c'est tout. Nous autres, à l'intérieur de BCM, on a eu l'impression qu'il se passait quelque chose, mais on s'est gouré. En fait, le pool d'actionnaires a décidé de recomposer ses avoirs, voilà tout. À la clef : rationalisation des processus de production, compressions d'effectifs, partage des tâches entre les US et l'Europe, et pis entre l'Occident et les pays à pauvres prêts à bosser pour deux fifrelins. Mais quant à la fusion, c'est un mot, et ce n'est que cela. Un mot donné à une opération qui n'existe pas, sauf comme jeu d'écriture.

Moralité : y a un truc qui s'appelle le pool d'actionnaires, ce truc décide de tout, et nous autres, surchefesse, moi, Surdieu lui-même aussi, d'ailleurs, ben on n'a que le droit d'obéir à la Loi d'airain que ce pool a édicté.

Loi extrêmement simple, comme nous allons le voir tout de suite.

*

Avant de devenir contrôleur de gestion pour Niktonkbsis, j'avais jamais assisté aux vraies réunions, là où se prennent les vraies décisions. Je veux dire : je ne voyais que le décor, le comité des investissements avec surchefesse. Des mecs viennent, présentent un dossier, passent des slides avec des jolies couleurs, surchefesse pose deux questions idiotes, reformule et puis en reformulant, elle fait semblant d'avoir pris la décision.

Un jour, devenu l'adjoint de Capelle, j'ai vu l'envers du décor.

Eh ben je vais vous dire, c'est pas beau à voir.

C'était une réunion avec les représentants du pool d'actionnaires. Pas les mecs du conseil d'administration, qui sont payés à user des fauteuils en disant oui à tout. Nan, nan, les mecs des banques. En face d'eux, y avait Surdieu, Surchefesse, Capelle et moi. Moi, j'étais là parce que Capelle m'avait vraiment à la bonne, il voulait me former, un truc comme ça.

Donc on est en réunion, et voici les représentants du pool d'actionnaires. Ils sont venus, ils sont tous là ! Les trente-troisième degré grand-maître quatorze étoiles de la Grande Confrérie des Enculés. Les gars qui tutoient le Grand Enculeur, béni soit son nom.

Et moi, en face, tout seul dans mon petit costar, que je prends gris, comme Capelle, mais juste un petit peu plus sombre.

Au centre, présidant la réunion, y avait monsieur Jack, un gusse de Salomon sisters déguisé en caricature antisémite, un mec huileux avec un gros nez tordu, une vraie caricature je vous dis. À sa gauche, y avait monsieur Will, un gusse de Rockfellas, déguisé en caricature de Ricain, avec trente kilos de surcharge pondérale, déduction faite du muscle tendance gonflette. À sa droite, y avait Herr Stumbi, de l'Union des Banques Montagnardes, un petit mec déguisé en caricature de Suisse, une tronche toute rose rasée nickel, posée sur un col tout blanc avec une cravate gris perle nouée serrée, et puis des yeux bleus tout ronds, des vrais yeux de poupée. Mafia puriotano-juive ? Présente ! Mafia judéo-puritaine ? Présente ! Mafia teutono-suisse ? Présente !

L'envers du décor, mes agneaux, ça rappelle Cosa Nostra – sauf que ces mecs-là, ils tuent pas des gens au revolver, ils ont d'autres méthodes. C'est pas des amateurs éclairés, c'est des industriels. Ils travaillent en gros, z'allez voir pourquoi je dis ça avant la fin du bouquin, promis.

Après, autour, y avait d'autres représentants des autres zinzins et grands requins blancs des marchés mondialisés. Je vous les passe, c'est le mêmes en moins beaux, sauf le représentant de FWI, un pur celui-là. Genre rital, cheveux gominés, bien bronzé, dents blanches. Le mec à faire des UV, ou alors il vit sous les tropiques. Ce mec-là, je le sens bizarre, d'entrée de jeu, mais au début, je pige pas pourquoi. Il signor Rossati, qu'il s'appelle.

L'objet de la réunion, c'est les choix d'investissement de Niktonklebsis Europe.

Y a d'abord Surdieu qui présente un rapport. Ici, c'est lui qui commente les slides, et c'est Surchefesse qui fait « flèche pointant vers le bas ». Jusque-là, ça me rappelle ce que j'ai déjà vu. Même cirque.

Jack, Will et Herr Stumbi écoutent poliment. Ils n'ont pas l'air d'en penser quoi que ce soit.

Le reporting de Surdieu est simple, faut dire. Ici, on s'embarrasse pas des détails opérationnels. Telle filiale, tel objectif, atteint, pas atteint. Unique sujet : le pognon. Personne ne parle des produits, à croire que ça n'existe pas. Moi qui connais la complexité de certains dossiers, genre implantation industrielle, nouveau réseau logistique, j'en reste baba. Ici, tout tient en deux chiffres : actif, passif. Point barre.

Après, Surdieu présente les projets d'investissement. Là encore, c'est très simple. Il dit : telle opération, tant de pognon, retour sur investissement attendu, tant d'oseille. Jack, Will et Herr Stumbi notent, sans rien dire. Les autres aussi, ils notent. Personne moufte.

Fin du slide show de mes deux : tableau récap. On a dégagé tant de fric, ça a rapporté tant, on s'attend à dégager tant de fric, ça rapportera tant. Bilan : objectif de cours de l'action, objectif de dividende pour le trimestre prochain.

Alors à ce moment-là, seulement, y a Herr Stumbi qui dit : « L'objectif de cours doit être revu à la hausse. Nous voulons une croissance CAC + 4 points, soit 153 euros. Les dividendes peuvent être révisés à la baisse. Incorporez + 10 % en réserves. Dans l'immédiat, il est préférable de gonfler la trésorerie du groupe. »

C'est tout. Il ne dit pas ni pourquoi, ni comment. Pas son problème d'expliquer. Il dit, quoi. Genre : Herr Stumbi dit, que le cours soit de 153, et le cours fut de 153.

Will est pas d'accord. Pour l'objectif de cours, il veut du 155. Et puis pour la trésorerie, macache. Faut du dividende, pronto ! Pas d'incorporation de réserves, non non non.

Lui non plus, il ne dit ni pourquoi ni comment.

Jack marmonne : « D'accord avec Will. »

Herr Stumbi dit : « D'accord pour l'objectif de cours, mais pas pour les réserves. »

Puis il se tourne vers le bout de la table, là où est assis le mec de FWI.

« Monsieur Rossati, votre position ? »

C'est vrai que ces enfoirés de FWI sont dans une position stratégique. Ces mecs-là regorgent de cash, ils ont amené du fric à plus savoir qu'en faire, ils tiennent la position d'équilibre dans le groupe. Plus petits que les autres, mais capables de faire pencher la balance, ces cons-là.

Qu'est-ce qu'il va dire, le signor Rossati ?

Ben il dit : « Pour nous, le cash n'est pas un problème. Je soutiens votre position, monsieur Stumbi. »

Jack demande : « Messieurs-dames, une autre position ? »

Personne moufte parmi les tordus présents qui n'ont encore rien dit.

Jack dit : « Will, il y a majorité contre vous. »

Will dit : « J'en prends bonne note. Nous en reparlerons prochainement. »

Jack dit à Surdieu : « Je récapitule, mon cher Edouard. Votre objectif de cours est à 155, sur la base des hypothèses retenues. Vous incorporerez + 10 % en réserves. »

Surdieu répond : « J'en prends bonne note, messieurs. Les objectifs sont motivants. »

Voilà, c'est tout. Tout ça dit sur le ton de la conversation de salon, entre gens polis, souriants, décontractés mais en même temps bien droit sur leurs chaises. Urbains, pour tout dire.

On n'a pas discuté du fond. On n'a pas échangé d'argument. On a regardé qui avait le fric, çui qui avait le fric a eu raison. Point barre.

Moralité : passe la monnaie.

T'as des problèmes de fabrication ? Aboule l'oseille.

T'as des problèmes de logistique ? Aboule l'oseille.

T'as les syndicats sur le dos ? Aboule l'oseille.

Point final.

Surdieu peut remballer son slide show, ils s'en foutent, les mecs. Révélation, les mecs : Surdieu n'est qu'un *employé*.

Il aboule l'oseille, c'est tout.

*

En Chine

Ainsi donc, Surdieu n'est qu'un employé.

Et Surchefesse, son boulot, c'est de faire « flèche pointant vers le bas ».

Comme moi je faisais, pour l'Ancien, quand je suis entré dans cette boîte de daubes.

En voilà une découverte.

Ça m'a donné à gamberger, d'un seul coup, ce que j'avais vu, chez les Grands Maîtres de la Grande Confrérie.

L'Ancien s'est peut-être gouré, me suis-je dit. Si ça se trouve, le Grand Enculeur n'existe pas. Peut-être que les gens que j'ai vus, là, Herr Stumbi, Will, Jack et il signor Rossati, peut-être que collectivement, c'est eux le Grand Enculeur.

Après tout, l'Ancien disait : Surdieu, c'est le GE qui l'encule.

Or, j'en suis témoin, Surdieu, c'est Herr Stumbi et le signor Rossati qui le mettent.

Et donc…

Et donc peut-être qu'il y a quelque chose à comprendre, après tout. Peut-être que ce système à la gomme ne nous paraît absurde que parce que nous ne voyons pas le dessous les cartes. Si ça se trouve, la grande partie de poker entre les baiseurs de chien malade et les sick dog fuckers, on croit que c'est une partouze de pédés mongoliens, mais en fait, c'est hâchement organisé. C'est comme quand tu regardes un match de cricket : t'as l'impression que ça rime à rien, vu que tu connais pas les règles, faut être rosbif pour s'intéresser à ça.

Mais en fait, y a des règles, et si t'étais rosbif, ça t'intéresserait, ce truc.

J'ai décidé de continuer à faire mon boulot comme si de rien n'était. J'ai porté des costars gris plus sombres que ceux de Capelle. J'ai fait « flèche pointant vers le bas » en réunion devant Surdieu. Mais j'étais remonté en immersion périscopique, là, voyez ? Aux aguets, le mec. Sondais les cœurs, scrutais les bilans comptables et les flux de trésorerie, dans l'espoir de voir un truc, de piocher un indice.

Le visage du Grand Enculeur, voilà ce que je voulais voir. Lui retirer son masque, au bonhomme.

C'est ça qui m'a perdu, nature.

Mais que voulez-vous, l'homme veut comprendre.

Ce con.

*

J'ai vu des choses, là-haut, que le commun des mortels ne peut que soupçonner.

Par exemple, après les mecs des banques et le slide-show de Surdieu devant la Grande Confrérie, j'ai vu comment ça se passe quand on délocalise des usines. Je veux dire : j'ai vu comment ça se passe quand on *décide* de délocaliser.

J'ai vu des officiels du Parti Communiste Chinois trinquer avec Surdieu et Surchefesse, et leur dire, avec un gentil sourire de niakoué : « Le capitalisme est la machine qui nous permet de développer la Chine, le communisme est le nom que nous donnons à l'accumulation primitive du Capital. »

Sic. S'emmerdaient pas de périphrases, les niaks. « Le communisme est le nom que nous donnons à l'accumulation primitive du Capital, » qu'ils ont répondu à Surdieu, quand il leur a demandé, sur le ton de la plaisanterie, s'ils étaient toujours cocos.

Au moins, ça avait le mérite de la franchise.

On était allé en Chine avec toute la smala, pour trinquer au transfert d'un bout des usines Levasseur chez les pères la jaunisse. Ce bout-là, faut dire, il nous avait bien emmerdés. On l'avait d'abord mis en Turquie, mais ça n'allait pas, les Turcs étaient encore trop chers. On avait des problèmes de main d'œuvre, pas disciplinés les Turcs. Pas assez, en tout cas.

« La main d'œuvre chinoise est exemplaire dans sa capacité à gérer le changement de proximité, » qu'il disait, l'ingénieur chargé de piloter cette saloperie. Alors Surdieu demandait aux officiels chinois : « Comment faites-vous ? Quel est le secret ? »

Et les autres, toujours aussi francs : « Nous employons principalement des travailleurs irréguliers, des gens qui n'ont pas de passeport intérieur. Ne vous inquiétez de rien, ces gens savent le service que nous leur rendons en les employant. »

Moi, je pigeais pas, alors exceptionnellement, j'ai ramené ma fraise. Ça m'intéressait.

« Ce sont des étrangers sans passeport ? »

« Non, non, » qu'il me dit, le niak en chef, « ce sont des Chinois de l'intérieur. Leur passeport intérieur ne leur permet pas, normalement, de venir travailler dans les villes. »

« Et qui décide de l'attribution des passeports ? », que j'ai fait, vu que j'avais du mal à suivre, un peu con comme je suis.

« Nous, » a répondu le coco bridé.

« Ah, » j'ai fait.

Après, la conversation a continué, mais moi, pendant ce temps-là, je gambergeais.

Je les regardais trinquer, les niaks, et soudain je me suis dit : ces mecs-là vont nous bouffer tout crus. Ils ont la dalle. C'est leur tour de niquer la planète, et ils le savent, ces empaffés. En comparaison du PCC, les mafias de chez nous, c'est du pipeau. Même Will et Jack, le judéo-puritain et le puritano-juif, ils font pas le poids. Ne parlons pas de Herr Stumbi, il est à l'échelle de ses montagnes – t'as comparé le Mont-Blanc et l'Himalaya ? Ben va voir, ça te donnera une idée.

Quant au rital, le signor Rossati, carrément *out of his class*. Petit joueur. Ridicule petit maffioso amateur. Limite intrus, en somme, s'agissant de partager le gros gâteau.

Nan, nan, la maffia de demain, les potos, je la connais : *c'est le parti communiste chinois*. Les mecs qui ont baptisé communisme l'accumulation primitive du capital, et qui le disent aux long-nez droit dans les yeux, pendant les repas d'affaires, pour rassurer le bourgeois, eh ben ces mecs-là, ils ont tout compris.

Putain, un milliard cinq cents millions de *soldati*, je te raconte pas le *capo di tutti capi*, dans la Cité Interdite, la puissance de ce mec-là. Je te raconte pas !

Pendant que les toasts suivaient les toasts, avec Surchefesse qui se mettait à tanguer pire qu'un chalutier en pleine tempête sur les Grands Bancs, moi, je réfléchissais. M'avait ouvert des perspectives, mister Chou-en-lait. « Le communisme est le nom que nous donnons à l'accumulation primitive du Capital », « Qui accorde les passeports ? – Nous. »

Putain, tu voudrais résumer l'économie politique en deux citations, au lieu de te faire chier à lire Das Kapital, tu choisirais ces deux citations-là, nan ?

C'est bien vu, leur truc. D'abord on trace une ligne, et on dit : à gauche de cette ligne, y a dix pour cent de mecs, c'est le bons, les élus, les bienheureux. À eux le pognon et les jolies bridées. De l'autre côté de la ligne, tu laisses quatre-vingt-dix pour cent des gusses, et tu dis : maintenant, si vous voulez passer la ligne, les gars, faut le mériter : faut bosser. Après ? T'as plus qu'à encaisser les bénefs. Bingo !

Et t'as le pognon qui s'entasse, et plus il s'entasse, plus la ligne devient claire et nette, genre fossé bien profond, entre ceux qui sont du bon côté de la ligne et les autres. Y a des cons qui croient que le pognon, c'est de l'or, de la richesse, de la valeur : pipeau, tout ça. Le pognon, c'est juste le signe qui marque la ligne : d'un côté les bons, de l'autre les mauvais.

La beauté du truc, évidemment, c'est que ça tourne tout seul. Suffit de partir du principe qu'il y a une ligne, que c'est à toi de la tracer, et après, c'est en essayant de la passer que les mecs la creusent, d'eux-mêmes, sans le vouloir.

En les regardant picoler, les niaks – et putain, ça picole un niak – je me disais : ouais, dans vingt ans, c'est eux qui seront assis à la place de Herr Stumbi, et dans quarante ans, ils auront remplacé Will et Jack. Ils sont faits pareils, ils vont faire pareil. Forcément.

Je picolais pas trop, vu que j'avais pas envie de perdre mon self devant Surdieu. Je matais la photo porno au fond de mon verre d'alcool de riz. Ça montrait une femme à poils les jambes écartées, en toute simplicité. Je me disais : elle a une ligne, elle aussi, mais elle refait l'unité, la salope. Je commençais à divaguer, dans ma tête, j'avais quand même pas l'entraînement des niaks, matière repas d'affaires pour fêter les contrats ils ont de l'endurance. Et avec le nombre de contrats qu'ils signent, les mecs, tu peux être sûr qu'ils ont pas fini de picoler...

Après, on est retourné à l'hôtel. Surdieu était très digne, Surchefesse un peu moins, moi ça allait. Capelle, lui, il était le seul à pas être gris. Il avait fait que tremper ses lèvres dans l'alcool, et il avait même pas regardé au fond du verre. Les niaks l'avaient zieuté d'un air bizarre, comme s'ils se disaient : « Tiens, tiens, ce long-nez n'est pas comme les autres long-nez ». Mais bon, c'est peut-être moi qui me faisais des idées, j'en étais pas à compter les éléphants roses, mais je pressentais qu'ils ne demandaient qu'à gambader dans ma chetron, les bestiaux.

*

La gouvernance du changement

Vous vous souvenez du coup du tsunami, le gag de tonton Philou ? Mais si, vous vous souvenez. Allons, un effort : le consultant qui jouait au golf avec Surdieu, le gars qui nous avait causé du socle propédeutique des logiques transverses. Et pis Philou qui dit : on va l'enfumer. Et pis moi, en train d'imprimer des cartons de paperasses parce que l'Ancien était d'accord pour qu'on se paye la chetron du gars. Alors, là, vous connectez ?

Bon, eh ben le consultant en question, il est devant moi.

C'est Surdieu qui m'en a causé, retour de la grande bouffe avec les chinetoques. Il m'a dit, comme ça : « J'ai suggéré à François de lancer un audit de nos procédures de pilotage, je pense que vous êtes l'homme de la situation ? »

Quand Surdieu met un point d'interrogation au bout de ses phrases, ça veut dire qu'il faut répondre oui.

Alors j'ai dit oui, forcément.

Chien-chien queue-queue maîmaître, comme toujours.

Et donc Surdieu a dit à Capelle : « Ecce homo ».

Et donc me v'là à piloter l'audit de pilotage qu'on nous cause dans les manuels pour connards managérieux, tout ça.

Forcément, dans un truc comme ça, fallait un consultant. Or donc, c'est là, mes aminches, que j'ai pigé le pourquoi du comment.

Y a Capelle qui m'a dit qu'il avait engagé un consultant pour m'aider à faire le cahier des charges pour les consultants. Or, donc, ledit consultant, mes louloutes, ben c'est le gars du socle propédeutique, l'homme au tsunami.

Il est là, devant moi, fringué mylord que c'est est un poème, avec son costume à dix mille euros, sa limouille à deux mille euros, sa cravate à mille euros et sa tronche de technocrate revisité tendance. Et il me dit, comme ça, ce que je dois mettre dans le cahier des charges pour qu'il y réponde, Edmonde.

Vu que le gars joue au golf avec Surdieu, moi, je fais ce qu'on me dit. Un gars qui peut payer l'abonnement au club newyorkais où Surdieu fait du baballe-troutrou avec Overgod, quand il te dit de marquer comme quoi l'audit ça coûtera tant, ben tu marques comme quoi ça coûte tant.

Comme il m'avait à la bonne, vu qu'il avait flairé le crétin bien docile, on a causé un peu, lui et moi. Je voulais comprendre de qui de quoi, et donc en loucedé, je lui ai tiré les vers du nez.

Eh ben je vais vous dire : c'est rien de ce qu'on imaginait, jadis, Philou et moi.

Le socle propédeutique, le mec, il en a rien à carrer.

C'est comme qui dirait qu'un rideau de fumée.

Renseignement pris, le consultant qu'on nous cause, ben c'est tout bonnement un gars qui fait du lobbying, comme il dit. En clair, il pond des rapports à la con que personne ne lit, il encaisse du fric, et après, il utilise le fric pour payer des gâteries à des hommes politiques, moyennant quoi son business tourne. Normal qu'il serve à rien. Son taf, c'est : *prétexte*.

Bien organisé, d'ailleurs, son truc. Il a pour ainsi dire deux cabinets en un seul. Le premier cabinet, c'est *consulting en organisation*. Pipeauteur, quoi. L'autre, c'est *lobbying institutionnel*. Réseauteur, si vous préférez.

Réseau et pipeau sont les deux mamelles de la corruption modernisée.

Je suppose que dans les comptes de sa petite entreprise qui connaît pas la crise, au golfeur de charme, y a en gros deux parties qui font l'équilibre. En pognon qui entre, y a le fric que lui filent les baiseurs de chien malade pour pondre des audits à la con ; et en pognon qui sort, y a le fric qu'il file aux députés, ministres et autres présidents de mes fesses.

Nature, je cherche pas à en savoir plus : dans ces cas-là, faut savoir où s'arrêter. Moins t'es affranchi, au fond, mieux ça vaut, voilà ce que j'en dis. C'est que je tiens à mon cul, moi. C'est pas parce qu'il est troué que je vais le brader.

On fait le cahier des charges, avec le golfeur pipeauteur réseauteur, après il y répond et forcément, il a le marché. Attention, le pied de colonne, c'est du lourd. Facile de quoi faire bouffer une famille de smicards françousses pendant dix ans. Et je te raconte pas, les chinetoques, ils se font péter la braguette avec ce pognon, tout un village ad vitam.

Moi, j'en pense rien, enfin j'essaie. En réunion, quand on valide le marché, je me répète, kif un harékrishna débite son mantra : « Pognon est le seul Dieu et Surdieu est son prophète, tout ce qui est vient de Pognon, car Pognon était avec le Grand Enculeur, et le Grand Enculeur était Pognon, et ainsi de suite ferme ta gueule, prend l'oseille et tire-toi. »

C'est pas que ça refasse le monde, mais ça m'évite de devenir fou.

Après, ça s'est déroulé classique. Mister Golfeur a envoyé une dizaine de lettres à des mecs dans la boîte, avec plein de mots savants qui embaumaient le coup de l'enfumeur tous azimuts. Le truc, cette fois, c'était pas « le socle propédeutique des logiques transverses », c'était « la gouvernance du changement ».

Comment c'est-y que vous gouvernez le changement, les petits gars ? Vous le gouvernez en douceur, genre « acquisition accumulative des processus comportementaux par l'accoutumance cognistique », ou bien « redéfinition du champ sémantique sous-jacent au cadre procédural » ? Hum, vous préférez quoi ? Et en somme, pour vous, sur le fond, la gouvernance du changement, est-ce « une propédeutique managériale descendante » ou « un processus itératif de reconstruction des référentiels systémiques » ? C'est quoi, votre opinion ?

Ces lettres pleines de mots qui veulent rien dire, elles partent, dans tous les services, et nature, tout le monde rigole.

Enfin non, pas tout le monde.

Çui qui rigole plus, c'est moi.

Ah, nostalgie ! Comme j'aimerais à présent revenir au temps lointain où tonton Philou, mon gentil tonton Philou, il m'enseignait les coups du tsunami ! Ah, nostalgie ! Que ne donnerais-je pour revenir au temps de l'innocence, en ses heures lointaines où nous nous interrogions, ô mon ami Philippe, sur le rôle exact du golfeur propédeutique : commissaire politique déguisé en clown, ou clown déguisé en commissaire politique ?

Hélas, mon vieux compagnon, hélas, mon cher Philippe : le golfeur n'est ni un clown, ni un commissaire politique. C'est juste un enculé, payé par d'autres enculés pour porter les enveloppes de la mafia. Caissier du crime pour comptables véreux : voilà le topo.

Je l'imagine déjà, mon Philou, en train de prendre connaissance du courrier de l'autre empaffé. J'entends d'ici le fou rire compulsif qui va secouer l'Ancien, quand il trouvera dans son bureau les quatorze caisses de paperasses dûment entassées par le Philou. Mais hélas, je sais aussi ce que mister Golfeur fera de cette paperasse : il n'en fera *rien*. Il la stockera quelque part, et peut-être, qui sait ?... Peut-être esquissera-t-il un sourire, content au fond de voir que personne n'est dupe. Ce genre de pervers, ça prend plaisir à tout, même à se faire cracher à la gueule.

Ah, mon Philou, mon cher Philou. Toi, avec tes coups du tsunami, tes coups de l'agrafeur. Toi, avec ta gouaille de jeune cadre qui a tout compris. Toi, avec ta petite subversion modèle petite bite, toute petite bite. Toi, si tu savais à quel point tu colles dans le puzzle...

La vérité, mon Philou, c'est que ta subversion à deux balles, elle fait tourner le système. La vérité, c'est qu'avec ton coup du tsunami, tu cautionnes la démarche du caissier de la mafia.

Ouais, je sais, tu t'offres pour pas cher l'illusion d'avoir dit non.

Mais ce n'est qu'une illusion. Précisément...

Tu n'as dit que oui, banane. Et d'ailleurs, tu le sais très bien.

Ah, tonton Philou, si un jour tu disais : « Non, je ne réponds pas à un courrier aussi ridicule »... Si tu disais cela, certes, tu mériterais autre chose que mon mépris amusé.

Mais cela, bien sûr, pauvre tanche, tu ne le diras pas. Je te sais, mon Philou. Je te sais comme si tu étais moi – et d'ailleurs, en un sens, tu es moi. Tu es mon envers – ou bien je suis ton endroit, si tu préfères. Moi, avec mes costars gris un peu plus sombres que ceux de Capelle. Toi, avec tes costars mauves et tes cravates pingouin. Toi et moi, l'envers et l'endroit. La fausse subversion et la vraie soumission. De ton côté, le mensonge pour ne pas déprimer, et de mon côté, le mensonge parce que j'ai déprimé.

Ah, mon Philou, mon Philou !

Si tu savais de quoi elles sont tissées, tes chaussettes Mickey...

*

De quoi le monde est fait

Les chaussettes Mickey de tonton Philou, je sais, moi, en quoi elles sont tissées. Je le sais, parce que quand on a investi dans un pays quelque part à l'Est, du côté de la Chine ou en tout cas pas loin, y a eu des visites organisées pour Surdieu, et même que Surdieu y est allé avec un mec pour lui tenir sa serviette, et même que ce mec-là, c'était moi.

Ça s'est passé d'abord qu'on est allé dans la capitale économique du pays en question. On a dîné avec des cadres de là-bas, des mecs du parti au pouvoir. C'était super, faut reconnaître, ces enculés de niaks, mine de rien, ils savent recevoir. Y avait des restos superbes où on mangeait au bord de l'eau, avec l'océan qui rentrait dans le bâtiment, carrément spectaculaire c'était. Y avait des call-girls aussi, des Natachas en veux-tu en voilà, gratis en plus, j'ai consommé à l'œil, ce qui rend le panard plus facile, j'ai remarqué. C'était carrément l'orgie, la gigateuf.

Les bridés, ils faisaient ça pour attirer les investisseurs. Z'avaient des problèmes de financement, les jaunes. Oh, c'était pas qu'ils fussent pauvres, soyez tranquilles. Balance des paiements ultrapositive, plein de fric placé aux USA en bons du Trésor ricain, etc. Mais leur problème, c'était qu'ils avaient besoin de transfert de technologie, les gars, et donc le vrai deal, c'était ça : on vous laisse investir chez nous, moyennant quoi, bande de longs nez répugnants, vous nous apprenez à produire, vous nous cédez le savoir-faire. Le fric, dans l'histoire, c'était juste un marqueur, un prétexte, une manière de dire qui était de quel côté de la ligne. Le vrai deal, c'était : une part dans la rentabilité de leur bouzin, contre de la bonne technologie occidentale qu'on peut faire des trucs avec.

Après, on a visité des usines. Y avait Surdieu et Overgod qui marchaient devant, et moi je suivais en portant la serviette de Surdieu, avec un jeune mec, un dénommé Harry, qui portait la serviette d'Overgod, à côté de moi. Overgod était un peu plus grand que Surdieu, et Harry un peu plus grand que moi, mais sinon, on se ressemblait beaucoup, tous autant qu'on était. Les mêmes, vagues crétins, juste Harry était un peu plus con que moi, aussi, il m'a semblé – les bénéfices d'une éducation à Harvard, sans doute.

Un jour comme ça où on visitait une usine, avec Harry, on a sympathisé. Y avait un mec du coin, aussi. Appelons-le Ming Li-Fou, ça fera genre.

Ce mec, Li-Fou, avec Harry on l'a chambré. On lui a dit qu'on pigeait pas comment ils pouvaient avoir des coûts de production si bas. Même avec des ouvriers payés en épluchure de grains de riz, c'est pas possible, quoi. Physiquement impossible.

Mister Ming nous a dit que nous nous moquions, et que nous savions très bien de quoi il retournait, et pourquoi que sa boîte pouvait offrir des rendements imbattables, même par rapport aux autres boîtes d'outsourcing chinetoques. On lui a juré que non, non, non, on savait rien. Mais peut-être il allait nous expliquer, lui ?

Il nous a observés avec ses petits yeux cachés derrière deux fentes de store californiens repliés genre heure de la sieste, le père, puis il a haussé les épaules.

« Nous faisons travailler les détenus du système concentrationnaire, évidemment, » qu'il a dit.

Avec Harry, on s'est regardé genre : « Gutentag Onkel Himmler ».

J'ai fait: « Et vous en faîtes bosser beaucoup, des détenus ? »

Il était cool, Li-Fou. C'était un cadre du parti tendance confidences, une exception.

« Plein, » qu'il m'a répondu. « Comme vous à l'époque de la révolution industrielle, quand vous condamniez à mort les paysans indiens pour rafler leur coton. Comme les Russes avec les paysans ukrainiens, dans les années 1930. Nous, nous faisons pareil, mais avec nos propres compatriotes, comme ça on embête personne. »

Il hochait la tête, genre petit salut de déférence, face de citron. Polis, toujours, les asiates. Chez eux, quand c'est qu'on explique à IG Farben d'où vient la main d'œuvre d'Auschwitz, on perd pas ses manières.

« Vous savez, honorables visiteurs », qu'il reprend, le père la jaunisse, « ces détenus sont très bien traités. Ils représentent pour notre peuple un capital précieux. Nous ne les tuons pas sans raison. »

« Ah, » j'ai fait, « voilà qui me rassure. Les droits de l'homme, tout ça, vous comprenez… Si notre surdieu savait des choses pareilles… »

« Oh, » qu'il a dit, Li-Fou, « mais votre surdieu sait parfaitement à quoi s'en tenir. Tous les patrons occidentaux qui travaillent avec l'Asie du Sud-Est, eux c'est parfaitement savoir. Chine, par exemple. Six millions de détenus dans les camps de travail, LaoGai qu'on appelle ça. Pour la plupart, pas été condamnés par un tribunal criminel. Ce sont inadaptés sociaux, pas pu trouver travail nulle part, embauchés seulement dans un camp de rééducation par le travail. »

Harry laisse échapper un borborygme mal éduqué, ce qui est rare pour un Ricain.

« *You mean*, ils ont postulé pour devenir taulards ? »

« Oui oui, honorable Long-nez, » qu'il répond, Ming Li-Fou.

Il réfléchit, Harry, et puis il fait : « Ouais, pas mal. Mais nous, avec seulement 300 millions d'habitants, on a 2 millions de détenus. Si on respecte les proportions, vous devriez avoir 10 millions de mecs dans votre LaoGai. Avec vos six millions, vous êtes encore en retard sur nous. »

Ming Li-Fou est vexé, et il le fait savoir.

« Là, honorable ami au teint de rose, ça pas comparaison honnête. Nous c'est détenus chinois, polis, efficaces, soucieux productivité. Vous c'est prisons pour nègres idiots, faire muscu et rien branler. »

Harry secoue la tête.

« *You mean business, erm ?* Attends, c'est vrai que nos nègres, en prison, ils ne sont pas bons pour le travail de dentelière. Mais c'est un marché captif très important. Nos industriels ont payé nos politiciens pour que nos nègres aillent en prison, parce que dans le même temps, nos industriels construisaient les prisons. C'est pas de l'organisation, ça ? »

Ming Li-Fou n'en démord pas : il croie au primat de la production, ce brave homme.

« Nègres consommateurs idiots, ça pas investissement rentable. Eux pas produire, eux pas rentables. Consommateurs pas vraiment rentables. Vous pour l'instant faire business avec ça, mais bientôt, vous ruinés. Business avec nègres idiots qui font muscu ? D'accord, business. Mais pas rentable. »

Harry est inquiet. Je sens bien que le *yellow peril* est à la porte, là.

« Oui, mais bon, quand même, nos nègres, comme cobayes pour l'industrie pharmaceutique… »

Le père Li-Fou est intraitable. Un apparatchik, c'est têtu Un asiatique, c'est têtu. Alors un apparatchik asiatique, laisse tomber.

« Nous aussi c'est faire tests pour nouveaux médicaments sur détenus LaoGai. »

Là, je ne peux pas m'empêcher de tousser.

« Heureusement, nous ne sommes pas dans l'industrie pharmaceutique, chez Niktonklebsis. »

Ming Li-Fou se tourne vers moi, tout sourire.

« Nous c'est prendre détenu LaoGai pour travailler amiante Niktonklebsis. »

Je le regarde, le bridé. Il est là, tout sourire, devant moi, à m'expliquer en gros que mon job, c'est de faire en sorte que les trains arrivent à l'heure à Auschwitz. Chui ingénieur pour IG Farben. Mon patron, c'est Schindler avant sa conversion.

Et l'autre, il sourit, là, Ming Li-Fou.

Et Harry aussi, il sourit.

Alors moi aussi, je souris.

Ouais, ouais, Mister Li-Fou. Nous c'est beaucoup business avec toi…

Qu'est-ce que vous voulez que je dise d'autre, de toute manière ?

*

Vous allez me dire : quel rapport avec les chaussettes de tonton Philou ?

J'y viens.

Avec Ming Li-Fou, on avait tellement fait ami-ami, moi et mon pote Harry, qu'un soir, il nous emmené voir les ateliers où étaient fabriquées ses chaussettes, à tonton Philou.

Ça s'est fait comme ça : Ming nous dit « est-ce que vous voulez de la fille, jeune et gracile, les potos ? »

Non, on lui dit oui. Tu connais beaucoup de mecs qui répondent non à cette question-là, toi ?

« Bon, » qu'il fait, Ming Li-Fou. « Je vais vous emmener dans un endroit où on peut avoir n'importe quelle fille. Moins de quinze ans, si tu veux. Il suffit de choisir. »

Et donc on part en caisse pour une espèce d'usine au bout d'une espèce de zone économique, et au bout de l'espèce d'usine y a une espèce de dortoirs, et à l'entrée de l'espèce de dortoir, y a une espèce de mec qui nous attend.

« Lui c'est patron filles ici, » fait Li-Fou tout fou. Excité, le gars.

Avec Harry on suit, en se demandant où au juste on va, mais bon on y va.

Renseignement pris, nous sommes dans une usine qui, le jour, fait dans le textile grand public. Les chaussettes à tonton Philou, c'est d'ici qu'elles viennent.

Pis la nuit, l'usine, ben elle devient bordel, vu que les gamines qui bossent ici ont si peu d'argent qu'avec trois fifrelins, t'achète leur cul. Ah, elle est belle, l'accumulation primitive du capital !

Je choisis une gamine qui doit avoir dans les seize ans révolus, du moins l'espère-je car, tu vas rire mais tant pis, je bloque sur la pédophilie. Baiser les pauvres pour me faire du pognon, je veux bien pisque c'est la règle du jeu. Payer Natacha que je sais que son mac lui casse les jambes si elle arrête de sucer, je veux bien parce qu'après tout, c'est une grande fille et pis sa vie me regarde pas. Mais troncher une enfant, je pourrais pas.

Rigole pas, hein ? Et va pas rapporter à Surdieu, ma cote baisserait, on me flairerait petite bite, mec qui a des scrupules. C'est un coup à me faire virer, ça…

La gamine, je l'ai choisie aussi parce que, tu vas pas le croire, mais elle cause Français. Pas bien, mais un peu quand même. Elle a appris parce qu'elle veut aller en France, quand elle aura assez d'argent pour payer les trafiquants de main d'œuvre.

Elle m'explique qu'elle va payer des gens qu'elle connaît, qu'ils la sortiront de son pays, qu'elle arrivera en France, qu'elle ne travaillera plus que soixante heures par semaine au lieu de quatre-vingt, dans un atelier clandestin où c'est pas comme au pays, les contremaîtres peuvent pas violer les ouvrières, ils ont pas le droit là-bas. Moi, je la regarde avec des yeux comme si j'avais trouvé un extraterrestre en train de jouer au curling dans ma salle de bain. Alors comme ça, les conditions de travail des ateliers clandestins de Paname, vu d'ici, c'est un *progrès social* ? Ah ben merde alors, je savais qu'on vivait une époque formidable, mais là, j'avoue que je m'y attendais pas.

On a fait l'amour, avec fleur d'oranger. C'est sensuel, une Jaune. Non, non, je plaisante pas : si t'as jamais essayé, faut t'y mettre. C'est pas facile, parce qu'elles nous trouvent laids, avec nos poils partout et nos peaux qui sentent un peu le cochon, qu'elles disent. Mais une fois que t'as gagné un ticket, vas-y franco, c'est du tout bon. Le feu sous la glace, les asiatiques. Je sais de quoi je parle.

Après, avec miss citronnier, on a causé. Elle m'a raconté sa vie. Comment elle venait d'un coin paumé je sais plus où, comment elle était venue ici sans passeport intérieur à l'invitation des recruteurs de l'usine. Comment elle mettait de l'argent de côté, jour après jour, en bossant tout le temps, sauf le temps qu'elle couchait pour le fric. C'était pas mal, son récit. J'ai pas tout retenu, à part que la vie d'une ouvrière chinoise, c'est quand même une sympatoche reconstitution de l'Enfer. Y a de la recherche, surtout le passage où les contremaîtres te font faire des heures supplémentaires non payées en prétendant que tu dois rester pour des cours de perfectionnement gratuits. J'ai bien aimé aussi l'histoire du réveil à cinq heures trente, quand il y avait une commande urgente pour des chaussettes Mickey, plein de chaussettes Mickey, et que c'était dur de se lever après seulement quatre heures de sommeil, vu que la soirée d'avant, on avait eu des cours de perfectionnement gratuit très tard. Ah ben oui, quatre heures de semaine, pour des gamines de treize à dix-huit ans, c'est pas assez. Surtout quand c'est toutes les nuits pendant un mois.

C'est à ce moment-là que j'ai remis mon caleçon, parce que je sais pas pourquoi, mais j'avais honte de ma bite, d'un seul coup. La pudeur, ça s'appelle. Elle, elle continuait à causer. Maintenant, elle parlait de ses projets, dans son Français tordu comme l'esprit d'un juge de tribunal de commerce. Elle disait qu'elle irait en France, et qu'elle mettrait encore assez d'argent de côté pour pouvoir s'acheter un passeport, le passeport de quelqu'un de mort. Elle disait qu'elle changerait de nom, qu'elle aurait un titre de séjour, et qu'elle finirait par épouser un homme bien, ce qui était impossible pour une fille comme elle, ici, dans son pays de machos. Elle disait qu'elle serait serveuse dans un restaurant chic, et qu'elle se ferait en pourboire plus que tout le dortoir, ici, en une semaine de sueur et de larmes. Elle disait qu'elle irait se coucher heureuse, le soir, pas comme ici, quand les gamines pleurent d'épuisement à l'heure du dodo.

Moi, je ne l'écoutais plus, ça me faisait trop mal. J'avais remis mon falzar et j'étais sorti dans le couloir, soi-disant pour fumer une cigarette. En fait, je fumais même pas, j'essayais de pas devenir fou, et j'y arrivais pas. Dans un coin, y avait un carton plein de fringues. C'était des cravates toons, des milliers de cravates toons, et pis des chaussettes Mickey. J'avais l'impression qu'un tsunami de chaussettes Mickey allait m'emporter, kif les mecs chopés par la vague en Thaïlande. Je voyais ça d'ici : une immense vague de chaussettes Mickey, me surplombant de trente mètres au moins, déferlant vers moi.

Et puis quand les chaussettes s'approchent, je vois qu'elles sont tissées en larmes d'enfant, en sueur de pauvres connes qui rêvent de venir bosser comme larbines à Paris.

Et soudain, là, à cet instant précis, quand le tsunami de chaussettes à la con s'abat sur moi, quand je crie et que mes poumons sont envahis par les larmes d'enfant esclave, à cet instant-là, précisément – à cet instant-là, ben mon poto, *je deviens fou.*

*

Spéciale cacedédi : Andrew S. Fastow

En revenant de Chine, avec ma bite en berne et des larmes pleins les yeux, j'étais à deux doigts de plaquer la boîte. Mais finalement, je suis resté, bien sûr. D'abord parce que j'avais pris l'habitude des Natacha à mille euros la passe, et forcément j'avais besoin de pognon. Mais aussi, je suis resté parce que ça devenait intéressant, notre feuilleton. Plus palpitant que Dallas, son univers impitoyable et tout ça : l'entreprise mondialisée, saga des ambitions…

Bon, bref, que je vous affranchisse avant de délirer.

La bureaucratie, ça fonctionne toujours plus ou moins de la même manière. Par exemple, chez Niktonklebsis, c'est comme chez les Popov au temps des cocos. Une purge de temps en temps, pour maintenir la pression sur les pédés qui font les mecs du milieu dans la partouze. On commence par remplacer un des mecs qui faisaient le dessus de la touze, ça modifie l'équilibre général de l'emboîtement généralisé, et par contrecoup, les gars du milieu se font éjecter – ou pas, selon leur complaisance à se faire mettre.

Je sais, c'est vulgaire comme présentation.

Mais j'y peux rien, ça me fait marrer… Et pis en plus, c'est pile la vérité.

Bref, tout ça pour vous dire que Surchefesse et Capelle, ça va plus du tout. Y en a un des deux qui va gicler, mais on sait pas encore lequel. C'est Surdieu qui organise tout ça, je le sens bien, en sous-main il attise le conflit.

Faut le comprendre, notre Surdieu. Il ne sait plus comment tenir son objectif de cours que cet enculé de Jack et cet empaffé de Herr Stumbi lui ont refilé, le Surdieu, alors il met la pression en-dessous, histoire de faire monter les enchères. « Ramenez-moi de la création de valeur, ramenez-moi du chiffre, ramenez-moi du dividende ! », qu'il gueule, après les conseils de direction, en petit comité. Devant les directeurs de filiale du Troudukistan, nature, il se la joue contrôle total, Surdieu. Il me fait penser à Mel Ferrer dans « Mille milliards de dollars », pour ceux qui ont vu le film. Mais en privé, c'est panique à bord !

Alors ça sent la purge…

C'est dans ces moments-là qu'on pige des trucs : quand ça va mal, le système se dévoile. Maintenant, je pige mieux le discours de l'autre salope de Villerieux, qui me disait qu'il ne fallait pas que les cadres soient compétents, because un incompétent, c'est plus souple. Ben, là, en ce moment, je pige bien comment elle avait raison. À tous les étages, c'est la panique qui redescend, depuis le bureau de Surdieu. Tous les mecs qui traînent, là, dans la structure, ils balisent, vu qu'au fond, ils savent bien qu'on peut les remplacer du jour au lendemain.

Vous vous souvenez de Durieu, la giga-tanche tantouze qui fantasmait sur sa fausse voiture de fonction ? Ben lui, par exemple, en ce moment, il est archi-soumis, c'est beau à voir. « Oui monsieur Capelle, bien monsieur Capelle, monsieur Capelle, je peux rester ce soir pour finir le dossier ». Sans déc', si Françounet Capelle lui disait : « Durieu, taillez-moi une pipe ? », l'autre répondrait, sans hésiter : « Dois-je avaler, monsieur Capelle ? »

Ça panique à tout-va. T'as Surdieu qui dit à Capelle : « François, les produits financiers stagnent. Prenez modèle sur Surchefesse, voyez comment sa direction du développement ramène du chiffre ! » – Et après, t'as Capelle qui me dit : « Nous devons faire preuve de plus de créativité comptable. » Et moi je dis à Durieu : « Ce soir, c'est nocturne. On doit peaufiner le slide show pour vendre le projet Duguidon ! » Et l'autre, mielleux, il me dit : « Mais bien sûr, tu connais ma disponibilité… »

Y a des moments, Durieu, j'ai un peu envie de lui taper dessus pour voir s'il dit merci, mais je me retiens. Faut dire que j'ai d'autres raisons de m'énerver, des plus sérieuses.

Capelle, au départ, il a voulu traiter le problème de manière classique. Genre : nettoyage et dégraissage sont les deux mamelles de la rentabilité financière. Alors il fait son Capelle, quoi : il évalue les économies qu'on peut réaliser à court terme en taillant dans le gras, quitte à détruire les savoir-faire. Et plus il taille, ce con, et plus ça rapporte du pognon.

Mais bon, ça suffit pas. C'est pas qu'on manque de petites ados chinoises à faire trimer dans des usines bordels. Pour ça, t'inquiètes, les niaks nous fournissent. Avec le réservoir qu'ils ont, ces cons, ils peuvent.

Non, le problème, c'est les clients. Y a plus personne pour acheter nos merdes. On en produit trop. Des chinoises qui bossent pour des nèfles, y en a tellement qu'on sait plus quoi faire des chaussettes Mickey, nous autres.

Enfin, c'est une image. Nous ce qu'on vend, c'est des tuyaux qui vont d'un point à un autre et des pièces détachées de machins faits pour s'emboîter. Mais ça revient au même : pour ça non plus, y a plus assez de clients.

Et c'est pas nos ouvriers qui vont nous aider à écouler nos surplus : ils sont au chômedu !

Salauds de pauvres !

Moralité, on est coincés. On arrive plus à dégager du chiffre.

Surchefesse, elle est sur une niche, ça tient encore le coup son truc. Elle exporte des usines polluantes en Inde, ou dans des pays comme ça. Elle se fait du bénef sur les pots-de-vin des fonctionnaires bronzés, qui payent cher pour polluer leur peuple, et elle se fait encore plus de bénef avec les campagnes de pub comme quoi on est écolos, la preuve on dépollue l'Europe, nous autres. La salope, elle a trouvé le filon !

Capelle, du coup, il flippe devant cette tordue. Chaque semaine, elle ramène du taf. Et lui ? Que dalle. Mauvais chiffre sur mauvais chiffre. Putain, je le sens bien, il commence à se dire que c'est foutu, Françounet.

Sauf que non, vous allez voir. Un mec comme ça, ça a plus d'un tour dans son sac.

Un jour, donc, comme je vous disais, il me dit : « Faisons preuve de créativité comptable. »

Accrochez-vous mes louloutes. Z'allez voir, à partir de maintenant, c'est plus du business : c'est du surréalisme !

*

Dans le monde merveilleux de l'économie financiarisée, quand on a un objectif de cours, et qu'on peut pas faire le chiffre qui va bien, y a toujours une solution.

Pisqu'on peut plus faire de bénef, y a qu'à s'en inventer !

C'est un peu compliqué à expliquer dans le détail, mais en gros, l'idée générale, c'est simple.

Je vous briefe, les gars.

Imaginez que vous ayez dix euros, et que vous décidiez d'inscrire dans votre bilan comme quoi vous avez dix mille euros. Comment c'est-y qu'il faut faire ?

Bon, d'abord, faut avoir un projet. Peu importe le projet. Fabriquer des nouilles en acier au titane, breveter le fil à couper le beurre : on s'en fout. Un projet, n'importe lequel.

Après, tu décides que ton projet, tu vas te le revendre. Ou plutôt : tu crées une structure temporaire, genre « SARL Nouilles au titane », tu mets un euro dedans, et après, la structure, tu te la rachètes cent euros.

Ah mais, tu vas me dire ? Donc il faut avoir les cent euros ? – Meuh non, innocent du village ! C'est pas besoin d'avoir l'argent pour le dépenser. Je t'explique.

Tu crées une autre structure. Que t'appelles, par exemple : « Fil à couper le beurre SA ». Bon. Dans cette structure-là, tu mets les neuf euros qui te restent. Ensuite, tu sors un bilan, disant que l'actif de « Fil à couper le beurre SA », c'est la valeur où t'as racheté « SARL Nouilles au titane ». Donc : 100 euros. L'achat, tu l'as fait en empruntant un peu. Mais c'est pas grave : comme ton actif c'est 100 euros, t'inscris 100 euros dans les comptes de ta maison mère.

Après, tu vas voir le marché. Tu dis : « regardez, j'ai fait 90 euros de bénéfices. J'avais 10 euros à placer, maintenant, j'ai 100 euros dans Fil à couper le beurre SA. » Alors le marché te dit : « super, on finance. » Et tu lèves du capital. Genre 100 euros, le prix où tu refourgues les actions « Fil à couper le beurre SA » aux gogos qui ont gobé ton truc. Et tu rembourses ta dette – enfin les intérêts, genre cinq euros.

Après, tu recommences. Avec les 95 euros qui te restent déduction faite des intérêts, tu crées une société « Caleçon blindé » et une société « Slip en peau de panthère ». Tu fais racheter « Caleçon blindé » 1000 euros, par « Slip en peau de panthère ». Ton actif gonfle, pisque tu l'as acheté 1000 euros, c'est que ça vaut ça. Et hop ! Rebelote, le marché te finance. Et tu règles que les intérêts des 1000 euros que t'as empruntés.

Et puis tu recommences une troisième fois, et tu passes à 10.000 euros. Avec une société « Godemichet à changement de vitesse » qui rachète 10.000 euros une compagnie « Vibromasseur à freins aérodynamiques ». Moralité : t'as 10.000 euros dans ton actif de bilan. En face, t'as des dettes, mais c'est pas grave : t'as du bon actif en face. Hop ! Avec 10 euros, t'en as fabriqué 10.000.

Bon, tu me diras : tout ça, c'est bien gentil, mais le compte de résultat, ça change rien. T'as créé du bilan, certes, mais pas de résultat.

Alors quoi ? T'es coincé ? Pas du tout.

Faut être malin, dans la vie, mon gars. La méthode, c'est de *déconsolider la dette.*

Je t'explique, pisqu'il faut tout t'expliquer, à toi.

Tu crées une société « pot de chambre ». Dedans, tu mets ta dette, et en face, t'inventes un actif fictif. Tu fais ça dans un pays genre Bahamas, Trinidad et Tobago. Monaco, si t'as le goût du risque. Comme actif, par exemple, tu mets trois presse-purées que t'as achetés pas cher, et puis tu réévalues grâce aux règles comptables inexistantes de ces pays à cocotiers. Ensuite, cette société « Pot de chambre », tu la fais racheter par un prête-nom quelconque, à qui tu donnes juste assez de fric pour qu'il banque les intérêts.

Et voilà : ta dette est sortie de ton bilan, t'as fait un bénéfice. Faut bien, puisque ton actif, maintenant, il est supérieur à ton passif. Logique imparable : si t'as mis 10.000 euros de dettes dans « Pot de chambre », et que t'as vendu « Pot de chambre » pour un euro symbolique, c'est que t'as plus la dette. Par contre, évidemment, t'as gardé les actifs dans ton bilan. Bon, c'est des actifs bidons, et en réalité, t'as fabriqué que de la dette. Mais tant que tu peux payer les intérêts avec l'argent que t'as stocké, personne le voit.

Bingo !

*

Pendant six mois, avec Françounet Capelle, on fait ça. On crée des structures off-shore. Des « special purpose entities », qu'on s'échange avec les Ricains de Niktonklobsis USA. On se vend des projets foireux, parfois même on s'échange que les noms de projets qu'existent pas. On se refile des filiales aux noms exotiques administrées par des potes au signor Rossati, dans des pays où si tu veux les trouver sur la carte, t'es obligé de sortir une loupe. Dans notre grand-livre général, y a 99 % des écritures, c'est que des machins qu'existent pas, qu'on s'achète avec du fric qu'on a pas.

Avant, on avait une compta à faire rêver Al Capone, mais maintenant, c'est pire que ça. Al, tu lui montres nos comptes, il va pleurer sa mère qu'il était qu'un amateur, que c'est pas juste, quoi, il faisait ce qu'il pouvait, à son époque, il savait pas, il a honte a posteriori. Nos documents de synthèse, Salvador Dali aurait eu les jetons, Jérôme Bosch aurait pleuré pour qu'on lui confie l'illustration. J'en jure par tout ce que j'ai de plus sacré : le Saint-Etienne de 76, l'Italie de Roberto Baggio, les nichons de Samantha Fox. Je le jure : dans notre rapport d'activité du trimestre, là, y a pas une ligne de vrai. J'ai vérifié : tout est faux. Même l'annexe des commissaires aux comptes, c'est pas vrai : le gars qui l'a signé, on a imité sa signature, il prétendait s'être foulé le poignet au golf.

On présente ça à l'assemblée générale. Y a Surdieu qui fait un sketch. Tout le monde applaudit. Ils s'en foutent, les mecs : le cours de l'action est à l'objectif. Le reste : ils s'en tamponnent. Aboute l'oseille, j't'emmerde.

Alors on aboule, et on touche nos primes. J'ai calculé le ratio : avec ma prime, j'ai de quoi me payer 220 Natacha. Ça fait une demi-Natacha par filiale bidon.

Après, y a un article dans « Les Zékos », sur nous et notre « modèle économique » qui casse la baraque. Ça dit comme ça que notre structure de bilan est saine. Moi, je lis l'article, c'est dans un taxi en allant à l'aéroport.

Parole : j'ai tellement rigolé, le chauffeur a eu peur que je fasse une crise cardiaque.

*

Les vers dans la pomme

Après ça, c'est la grande nouba. Avec tout le chiffre d'affaires qu'on n'a pas fait mais qu'on a marqué dans nos comptes plus faisandés que ta causette à ta légitime quand tu reviens avec du rouge à lèvres sur ton col de chemise, avec tout le bénéfice qu'on n'a pas fait mais que tout le monde croit qu'on l'a fait, avec mes centaines de filiales bidon dans des paradis qui ne sont que fiscaux, avec toute cette merde qu'on a parfumé à la rose pour faire croire que c'était de l'or, eh ben on se paye une bringue d'enfer.

Comme je te causais, je prends l'avion. On va à New-York avec Surdieu, Surchefesse, Capelle. Y a même notre ancien Surchef, rapport qu'il participe aux festivités. Surchefesse a invité Jean-Pascal, aussi, puisque cet enculé, il a fait son trou dans son service, et pas que dans son service. Maintenant, môssieur Jipé fait le gigolo pour notre surchefesse qu'on a, figure-toi ! Ça lui vaut des passe-droits, à cet enculé. Ah là, là, pourtant, l'Ancien l'avait bien cassé, mais bon, c'est la vie : t'as des gars, s'ils ont pas pu faire carrière comme giton d'un chef pédé, alors ils profitent de la féminisation de mes couilles pour se faire une place au soleil – et une autre sous le bureau aussi, je suppose.

La lèche, c'est un sacerdoce, pour ce genre de mecs. Bref.

À Big Apple, vachement véreuse tu peux me croire, on retrouve Overgod et ses équipes. Officiellement, on est là pour bosser, séminaire de réflexion et tout le toutim, mais c'est du pipeau. Plus j'avance dans ma découverte du sommet de la chaîne alimentaire, plus je découvre que là-haut, ben en fait, les mecs, ils bossent pas beaucoup. Ouais, Surdieu se tape les réunions marathon avec les directeurs de filiales, d'accord, ça, faut le faire. Dix heures à chaque fois, faut s'accrocher et aimer les bilans comptables foireux. Mais ça mis à part ? En fait, une fois qu'il a fini de mettre la pression aux gars du dessous, il a pas grand-chose à faire, le Surdieu.

Et nous tous, là, dans l'avion, c'est pareil. Y a que Capelle qui bosse, mais lui, c'est un pervers. Les tableaux de bord de gestion, ça l'excite.

Tous les autres, ils en ont rien à cirer, tu penses. Le séminaire, c'est juste deux après-midi de causerie nani-nanère, avec des gourous du management qui viennent nous faire un topo comme quoi pour faire bosser les niaks dans les usines à chaussettes Mickey, faut gérer le changement, piloter les risques de taux, de change, de réglementation, etc. Y a un spécialiste des *public relations*, un vrai psy avec une barbiche et un look d'intellectuel, qui vient nous expliquer quelle « stratégie de communication » faut déployer pour que les escrocs de Wall Street continuent à gober nos comptes plus truqués qu'une lévitation de David Copperfield. En gros, il nous explique que l'essentiel, c'est que notre mensonge cautionne le leur.

« Il est crucial pour vous que la bonne santé de votre entité devienne le gage de la bonne santé des économies américaine et européenne. Ainsi, parce que remettre en cause votre bonne santé serait remettre en cause le système financier dans son ensemble, vous pouvez être assurés que personne, ni à la Chambre des Représentants, ni au Sénat, ni au Bundestag, ni à l'Assemblée Nationale, ni aux Communes, personne ne questionnera votre bonne santé. »

Le mecton sort de sa profonde un billet d'un dollar.

« Vous voyez ce dollar ? Ce n'est rien. C'est un bout de papier, c'est tout. Il est écrit sur ce bout de papier : 'En Dieu nous mettons notre confiance'. Ne croyez pas que le mot important soit Dieu. Le mot important est : 'confiance'. Ce qui devrait être écrit sur ce bout de papier, c'est : 'Dans la confiance nous mettons notre confiance'. Parce que c'est cela, la réalité. Si la confiance disparaissait dans la valeur attribuée à ce bout de papier, immédiatement, ce bout de papier ne vaudrait plus rien. Donc ce qui lui donne de la valeur, c'est la *confiance*. »

Le gugusse nous sourit, gentil docteur Sigmund.

« Je sais que certains cadres, dans votre entité, ont des doutes sur la solidité du modèle économique promu par votre éthique entrepreneuriale. Ils ont tort. La seule chose qui rend votre modèle non fiable, c'est le manque de confiance. Votre modèle est exactement aussi valable que le dollar lui-même. L'évaluation de votre compagnie par les places boursières est exactement aussi valable que l'unité dans laquelle elle est formulée. »

Pendant que le mec parle, j'observe l'auditoire. Y a Overgod qui nage en plein bonheur. Y a Surdieu qui jouit, les yeux mi-clos. Même Surchefesse prend son pied, et pourtant, ça doit pas être facile. Râhâ, ce mecton dit *exactement* ce qu'il faut dire.

« Vous ne devez jamais douter de vous-mêmes, » qu'il continue, le mec. « Si vous doutez, alors vous aurez des raisons de douter. Vous devez être le roc de certitude dont les marchés ont besoin, et alors, les marchés vous suivront. Il faut qu'en toute circonstance, en interne *et* en externe, votre confiance apparaisse inébranlable. Et alors, elle sera justifiée, car c'est justement par la confiance que la confiance est engendrée. Si votre confiance est inébranlable, alors ce n'est pas ce bout de papier » - et là, il montre son dollar délavé verdâtre couleur chiasse d'hépatique – « ce n'est pas ce bout de papier qui donnera de la valeur à l'action de votre compagnie. *C'est l'action de votre compagnie qui donnera de la valeur à ce bout de papier !* »

Après ça, le mec est quasiment porté en triomphe. Genre télévangéliste à la fin du show, si vous voyez ce que je veux dire. Y a Overgod qui regarde Surdieu genre : « T'as vu mon fils ! C'est comme ça que ça marche, ici, aux States ! » Et l'autre, en face, on dirait un caniche devant son maîmaître quand l'autre arrive avec la boîte de Canigou.

Moi, je regarde ça, et j'ai plein de réflexions qui me viennent. Des réflexions tellement bonnes que je les garde pour moi. Par exemple, je me dis que je comprends mieux pourquoi chez Niktonklebsis, c'est interdit de faire preuve d'esprit critique. Et donc genre aussi : je comprends mieux pourquoi un connard comme Durieu, incompétent, servile et qui répète deux fois tout ce que dit le patron, ben on lui laisse sa vraie-fausse voiture de fonction, à ce con. Genre encore : je pige enfin pourquoi l'Ancien, ça fait dix ans qu'on le laisse faire tourner un service qui sert à rien, sauf à exister.

Ouais, je suis là, au trente-millième étage d'un gratte-ciel à la con, et soudain je réalise que depuis le début, depuis que j'étais au bout de la table à faire « flèche pointant vers le bas » pour l'Ancien, ben tout ça, en fait, ça avait un sens.

*

Le soir, y a Overgod qui emmène Surdieu dans une boîte à la mode. Y a Surdieu qui décide de nous emmener, Capelle et moi. Il me dit : « Vous avez besoin d'un peu de détente. » Et pis il me fait un clin d'œil, sur le coup je comprends pas pourquoi.

Surchefesse, elle vient pas. Elle va se faire un restau hors de prix où on sert des hamburgers de kangourou, ce genre de conneries. Elle y va avec son mignon, le Jipé des familles. Genre dîner aux chandelles. Lamentable.

On se pointe à la boîte. Ça s'appelle « les candélabres », ou un nom comme ça. C'est dans un quartier genre artiste, mais bon, à la limite des quartiers bourges. C'est plutôt discret, mais tu rentres pas comme dans un moulin. Faut une invitation, et le prix pour entrer, c'est direct trois mois de salaire d'un ouvrier de chez General Motors. C'est Overgod qui nous fait rentrer, en nous disant que là-dedans, y a la moitié des traders de choc de Wall Street. Bon, là, il exagère peut-être, mais c'est l'idée, y a pas. Les mecs qui glandent là-dedans, ils sont pas fraiseurs tourneurs, c'est clair.

La boîte, c'est un truc à mi-chemin entre la boîte à partouze et le bar à entraineuses. Y a plein de jolies salopes – des Russes, des Roumaines, des Chinoises, des Viets, des Indiennes, et même quelques Belges. Moi, je regarde ça, je calcule le prix, et soudain, je pige pourquoi Surchefesse a un avenir : c'est sûr que son dîner aux chandelles avec son gigolo, du point de vue des actionnaires de Niktonklebsis, ça coûte moins cher que les conneries d'Overgod.

Ce qui me fait marrer, c'est Capelle au milieu de tout ça. Le père Capelle, c'est un papa, des mioches, tout ça. Family man, comme on dit chez les ricains. Son truc, en dehors des bilans comptables, c'est caleçonnage avec bobonne. Là, au milieu des putes de luxe, avec des mecs en cuir qui mettent des pinces à sein à des salopes avant de se faire sucer dans les alcôves, il est un peu perdu, le pauvret.

Moi, je m'éloigne un peu de Surdieu et d'Overgod, qui se sont assis à une table avec chacun deux putes qui les font boire et leur causent dans l'oreille. C'est pas que je sois pas tenté. Comme vous le savez depuis que je vous ai raconté ma collection de Natacha, les putes, j'ai l'habitude. Mais bon, là, comme ça, devant tout le monde, ça me dérange. J'ai pas l'habitude, moi. Jusqu'à très récemment, j'étais juste un enculé de deuxième ordre, qui pouvait se payer que des putes à l'heure. Faut avoir gagné des millions de dollars, pour être habitué à se comporter comme des porcs, tout ça.

J'erre dans la boîte, et soudain, j'ai une vision.

Vous connaissez Donatien Bouquet-Chaland ? Mais si, l'homme politique ? Voilà, vous le replacez ?

Ben il est là.

Il est à poils, ce con.

Il est devant moi, y a pas de doute. C'est lui. Je reconnais ses bajoues, sa gueule de faux-cul, son sourire de pervers. Il est à poils, et tout autour de lui, y a des minettes. À poils aussi. Ils sont dans une alcôve, et Donatien, il regarde autour de lui, genre je fais mon choix.

À ce moment-là, quelqu'un tire un rideau, et moi, je me retrouve comme un con, privé de la suite de la scène. J'aurais bien envie d'écarter la tenture, histoire de mater un personnage politique de premier plan en pleine partouze, mais j'ose pas. Des fois qu'il le prendrait mal…

Alors je fais demi-tour, encore tout interloqué de ce que je viens de voir.

Pile je tombe sur Overgod. Il me demande si ça va. Je lui dis que je viens de voir le sosie de Bouquet-Chaland en pleine action. Il éclate de rire. Il me dit que c'était pas un sosie. Il me dit que ce bougre de Français est un queutard comme on n'en fait plus. Il me raconte que les flics ne prennent même plus les plaintes pour attentats à la pudeur contre ce personnage hors norme. Il me dit que si tous les Français étaient comme ça, il apprendrait mon patois.

Moi, je suis là, comme un con, et je sais pas du tout quoi lui répondre.

Il me dit qu'il faut que je me trouve une fille, y en a plein, elles sont chaudes et du moment qu'on leur promet un petit cadeau, elles embrayent. Il se marre. « Ouh-là-là, » qu'il me dit, vu que c'est les seuls mots de Français qu'il connaît, ce con. Moi aussi, je me marre, parce que que je sais pas trop quoi faire d'autre.

Avec Overgod, on va s'asseoir dans un coin, et il me présente un mec habillé en cuir, on dirait un sado-maso ou quelque chose. « Larry Dibber, » qu'il me dit, « c'est le pape du show-biz. »

Moi, je dis bonjour, bien que je sache pas qui est ce mec. Le gars allonge sur une table une ligne de coke juste un peu moins longue que la frontière russo-chinoise. Pis il se met à sniffer, ce porc, et il a même pas répondu à mon bonjour.

Comme je dis rien, Overgod me fait un clin d'œil. Il sort de sa profonde un billet de cent dollars que ça vaut rien, et il se met à rouler une pipette, et il attaque la ligne de Larry Machin, dans l'autre sens. Snif snif, qui c'est qui sniffera le plus ? Groin-groin, ça fait des bruits comme des porcs à la ferme. Putain, mais qu'est-ce qu'il s'envoie dans le pif, le mec ! Incroyable, à croire qu'il a des narines à double fond !

Moi, je regarde, et je me dis : « Alors, tout ça pour ça ? Toute cette connerie, pour *ça* ? »

J'arrive pas à le croire, tellement c'est simple.

*

Au bout d'un moment, j'en ai ma claque et je ressors. Y a des belles Natacha, pourtant, mais là, je peux pas. En public, comme ça ! Putain, ces mecs sont des porcs. Des vrais porcs. Aucune pudeur. Aucune honte. Doivent même pas connaître le mot, les mecs. Incroyable.

Dans la rue, je tombe sur Capelle.

Il fait la gueule.

« Je t'attendais, » qu'il me dit. « Tu as été long. »

Je fais : « Ben, je pouvais pas partir comme ça. »

Il me regarde, Capelle.

Je le regarde.

« Tu as consommé ? », qu'il me demande.

« Nan, » je fais. « Et toi ? »

Il hausse les épaules.

Puis il me dit : « C'est filmé, si tu veux mon avis. »

Je soupèse l'hypothèse. Tout à fait possible.

« Une sacrée distribution, » que je dis.

Il hoche la tête.

« Je suis révolté, » qu'il fait.

Je le regarde, genre j'y crois pas.

« Pourquoi ? », je lui dis.

« Parce que c'est répugnant. »

Je réfléchis à quelque chose d'intelligent à dire, mais je trouve pas. Je suis un mec très ordinaire, moi. J'invente pas le monde tous les soirs, et même sur le trottoir devant un club à partouze pour mecs super-friqués, j'ai pas grand-chose à dire.

« Faut bien que le fric serve à quelque chose, » que je dis, finalement, pour pas rester sans rien dire.

Il me regarde, Capelle.

Je le regarde.

« L'argent, » qu'il me dit, » ça vaut quelque chose. »

Je souris.

« Ah ouais, » que je fais, « la *confiance*. »

Il s'énerve, d'un seul coup.

J'arrive pas à le croire. Capelle s'énerve !

« L'argent, » qu'il me dit, « c'est un investissement potentiel. C'est *rationnel*. C'est *mathématique*. C'est *réel*. C'est des usines, des machines-outils, des emplois à créer. C'est pas du papier pour rouler les pipes à coke. Merde, à la fin ! »

Je lui dis : « Ecoute, puisqu'on se dit tout, tu sais aussi bien que moi quoi penser de nos comptes, non ? Franchement, je te comprends pas. Tu niques les actionnaires avec nos comptes foireux : ça, ça te choque pas. Et là, maintenant, tu nous fais une crise pour une ligne de coke dans un bar à putes sado-maso ? »

Il me regarde.

Je le regarde.

Il dit : « Je veux bien truquer les comptes pour sauver la boîte. Ces salopards de raiders de merde, faut les tenir à distance. C'est la règle du jeu dans ce capitalisme dévoyé merdique, et j'y peux rien. Mais je ne vais pas bosser pour ces porcs ! Et merde, merde, merde ! »

Je le reconnais pas, Françounet. C'est pas l'homme que j'ai l'habitude de voir. C'est quelqu'un d'autre. Le François Capelle qu'était caché sous le Capelle François. Il a des émotions et il les montre. Il a la voix tremblantes, il perd son self, le poto.

Je lui dis, parce que d'un seul coup, je pige qu'on vit un moment à part, tous les deux : « *L'argent, François, c'est de la merde.* »

Il me regarde, le Capelle des familles.

Je le regarde.

« Tu es un type bien, » qu'il me dit.

Puis il ajoute, d'une voix incertaine : « Je ne m'en étais jamais rendu compte. »

Je lui dis : « Idem pour toi. »

Je le regarde.

Il me regarde.

Naissance d'une amitié, les gars.

*

Catharsis

En rentrant à l'hôtel, avec Capelle, on n'a rien dit. Juste on a douillé le taxi. Et puis on est monté dans nos piaules. On avait tellement de trucs à se dire, d'un seul coup, qu'on savait pas par où commencer. Moi, j'en revenais pas. Là, d'un coup, je pigeais que le Françounet, je l'avais pas capté du tout. Et lui ? Ben lui, il disait rien, il regardait par la vitre les quartiers qui défilaient. Et de temps en temps, il tapotait la portière, tap tap tap, comme ça, comme pour dire : « Voilà, je suis dans la grosse pomme véreuse, et je regarde les asticots grouiller. »

Dans ma piaule, je me suis déshabillé, je me suis servi au minibar, coup sur coup, six mignonnettes de scotch cul sec, avec tout ce que je m'étais envoyé avant, j'étais fait. Et puis je me suis voté une douche chaude, longue, très longue. L'eau coulait sur ma tronche, à mes pieds. Elle ruisselait le long de ma bite et sur mon cul. Et je pensais : « Lave-moi, eau. Lave-moi. »

Mais y a des traces qui s'effacent pas comme ça, mon poto. Pas si facile.

Après, je me suis séché, pis j'ai remarqué que mon reflet dans la glace, il me regardait d'un drôle d'air.

Je lui ai dit, à cet enculé : « Qu'est-ce t'as, toi ? »

Il m'a dit : « Rien. Je regarde juste un petit enculé merdeux qui se sent merdeux, et ça me fait marrer. »

Salopard.

« Hé, ho ! », que je lui fais, » c'est pas moi l'enculé. C'est Donatien Bouquet-Chaland et Larry Dibber, et Surdieu et tous ces mecs-là. Moi, je m'exhibe pas à poils au milieu des putes, et je sniffe pas la moitié de la production colombienne avec un billet de cent dollars pourrave, hein ? »

L'autre, tout de suite, il s'énerve.

« Ta gueule, pédé. Sale enculé de merde ! Petite lopette perverse ! Je préfère encore les vrais porcs comme Bouquet-Chaland, eux au moins, ils assument, ces queutards ! Toi, tu te la joues ta bite a un goût, mais tu suces depuis que t'es tout petit. Alors ta gueule ! »

« Eh, dis donc, j'ai pas tellement eu le choix. »

Il me sourit, ce con, et il me fait : « Tu te souviens de ce que je t'ai dit, quand on s'est vu l'autre fois, en Palestine ? »

Je le regarde. Alors c'est lui ? Ben merde, je savais pas qu'il pouvait prendre ma gueule, comme ça, un soir, à New-York, pour me faire chier.

« Tu m'as dit de me souvenir que j'avais le choix, » que je lui fais, un peu gêné là, d'un coup.

« Ouais, je te l'ai dit, sale con. T'avais le choix. Quand t'étais dans le train avec Nadine, t'avais le choix. T'avais qu'à prendre ses saloperies de dossier et les balancer par la fenêtre. Qu'est-ce qui t'en empêchais ? »

Je me récrie.

« Bordel ! Dans le TGV, tu peux pas ouvrir les fenêtres ! »

« T'avais qu'à les casser, pédé ! Te cherche pas d'excuses, connard. Tu pouvais devenir un mec bien, avec une famille et des emmerdes et un boulot honnête. T'as fait semblant de suivre comme si on te forçait, mais t'étais bien content, enculé ! Ça fait vingt berges que tu sais de quoi il s'agit. Joue pas les innocents, enculé de ta mère, suceur de bite de nègre, vendu ! Tu te souviens, quand t'étais pauvre, comment t'allais sur Internet pour mater des filles traitées comme de la bidoche ? »

Je réponds rien. Il a raison.

« Je vais te dire, » qu'il continue, bien enfoncer le clou, « quand t'étais pauvre, tu consommais de la pauvresse humiliée au rabais, c'était pas cher. Et après, quand t'as eu du pognon, tu te souviens des Natacha ? Hein, tu sais que leur mac bulgare leur casse les jambes, si elles sucent pas, et toi, tu te fais sucer. C'est pareil, tout ça. Celui qui regarde une pute sodomisée sur Internet, sodomise déjà une pauvresse dans sa tête. Celui qui se paye des Natacha bas de gamme pour les consommer tout seul, dans son appartement de petit enculé qui monte, ben dans sa tête, il est déjà comme Bouquet-Chaland, à poils au milieu des esclaves qu'il va défoncer, ce porc. Bouquet-Chaland, c'est juste toi en mieux. Toi, t'aurais bien aimé être l'incarnation du Grand Enculeur, mais c'est pas dans tes moyens. Lui il peut, c'est la seule différence. Pour le reste, lui et toi, même combat ! Alors, te la joue pas premier communiant, t'es qu'une grosse merde gluante et c'est marre. »

Je fais : « Putain, t'es dur avec moi. Tout le monde fait pareil, j'ai juste suivi le troupeau, m'accable pas, mec ! Allez, un peu d'indulgence, quoi, c'est pas ma faute si je suis faible. »

Il se marre.

« Tu me fais pitié, tiens ! Évidemment que c'est tous des enculés, mais ça n'excuse rien. Tiens, écoute, là, je suis dans un miroir new-yorkais, prisonnier dedans, tu vois ? Ben j'assume, parce que là ou ailleurs, pour moi, c'est kif-kif. Tu sais, je la connais bien cette ville de merde. C'est la Grande Prostituée qui a la chtouille. Elle existe depuis des millénaires, elle se promène d'un bout à l'autre de votre planète à connards, mais elle change jamais. Babylone, Rome, New-York, même combat ! Des connards bien soumis comme toi, ça fait trois mille ans que j'en croise, et même plus longtemps que ça, si tu veux savoir ! Ben ça n'excuse rien. On s'en cogne, mon Père et moi, on condamne en vrac, kif-kif les bolchos pendant la Grande Terreur. Avec le Paternel, ceux qu'on traite à part, ceux qu'on veut connaître leur nom, ben c'est justement ceux qu'on condamne pas. Et toi, connard, ton nom, j'en ai rien à foutre ! »

Je me mets à genou sur le carrelage, grosse pénitence chui désolé.

« Écoute, mec, je t'en prie, sois pas vache. Je vais réparer, tu vas voir. »

Il se marre.

« Ah ouais ? Tu sais combien ça coûterait, de remettre à neuf tous les trucs que t'as salopés, petite pute ? Fais le calcul, tiens. Les usines que t'as fait fermer, et tous les mecs que t'as mis sur le carreau : répare, mon con. Et pis tu sais quoi : à chaque fois que tu flingues mille mecs à coups de bilan comptable, t'as facile cent divorces et cinq suicides. Vas-y, mon con, fais les se remarier, les gusses. Et tant que t'y es, fais-toi un trip Lazare pour les suicidés ! »

Il m'achève. Je me couche par terre. C'est froid sur le carreau, mais je m'en fous. Je m'aplatis. Je rentre sous terre. Si je pouvais, je creuserais une tombe pour m'y coucher.

« Je te demande pardon, mec. Je te jure : je regrette. Je promets de plus m'acheter de Natacha. Je promets de plus truquer les comptes. Je promets de plus niquer d'ouvrière chinoise sur les tas de chaussettes Mickey. »

Il hoche la tête, là, toujours présent dans le miroir, comme un reflet qui se serait autonomisé de son double, vachement fort comme trip.

Et il me dit, vachard jusqu'au bout : « Promets pas des trucs que tu peux pas tenir, salaud. Dis-moi juste que tu mérites rien d'autre que mon mépris, au moins, ça, ça sera vrai. »

Alors je lui dis, en rampant vers lui sur le carrelage : « Ouais, mec, je mérite que ton mépris. Je suis une merde. Je suis un étron gluant. Je ne mérite rien. Débarrasse-moi de moi-même, steplé, qu'on n'en parle plus, quoi. Tire la chasse, je t'en supplie. »

Il me regarde, de haut en bas, il réfléchit un moment, et pis il fait, l'air d'en avoir deux : « Bon. Je vais voir ce que je peux faire, mais je te promets rien. »

Après ça, il se casse, sans rien expliquer, me laissant tout seul avec ma biture et ma grosse peine. Et moi je pleurniche encore un moment, et pis je m'endors sur le carreau, vu que l'air de rien, six petits whisky tassés, ça ensuque.

Je m'endors et je rêve que le Grand Enculeur sort de la douche, dans sa cape de Starwar à la con, avec Surchefesse derrière et pis ses quatre bras avec des sabres au bout, et pis l'Ancien qui suit genre témoin. Y a le Grand Enculeur qui file un coup de botte dans les côtes, putain ça fait mal. Y a Surchefesse qui me coupe un bras, pis une jambe, pis l'autre bras, pis l'autre jambe. Elle en donne des bouts à l'Ancien qui se met à bâfrer, en disant que j'ai un goût comme le saucisson lyonnais. Du bac de douche sortent Jean-Pascal, Carine, Durieu, Stef le canon du service marketing, le consultant du Socle Propédeutique de mes deux, pis Herr Stumbi, il signor Rossati, Jack, Will, pis encore d'autres, des centaines, des milliers, une infinité. Ils ont tous des queues avec un dard au bout, comme des insectes. Ils ont tous des cornes et par leurs lèvres gercées, y a des langues fourchues qui sortent. Et tous ils me bouffent sous mes yeux, je peux pas bouger j'ai plus de jambes, je peux pas cogner j'ai plus de bras. Ils me bouffent et ils recrachent, et ils rebouffent ce qu'ils ont craché. Ils me bouffent tout, en finissant par les yeux, c'est le Grand Enculeur qui les gobe, et la dernière chose que je vois, c'est sa glotte qui fait aller-retour, sauf que y a pas de retour.

Après ça, je tombe, je tombe dans les ténèbres.

Et le lendemain, en me réveillant, à l'aube, je remarque que j'ai dégobillé partout dans la salle de bain.

Ça ne me surprend pas vraiment.

*

Le troisième œil

Après ça, on rentre à Paname, et moi, j'ai le troisième œil. Quand je marche dans la rue, je regarde les gens, et je sais qui ils sont. Avec mes deux yeux que j'ai, je vois les corps. Mais avec le troisième, je perce les âmes.

Le gars, là, en parka trouée qui me regarde l'air malheureux : c'est un ancien des usines Levasseur, je le sais. C'est moi qui l'ai mis à la rue. Lui, il le sait pas. Il me croise dans la rue, et il se souvient qu'il a bossé chez Renault, ou dans la chaussure à Romans, ou chez Alsthom, ou chez Carrefour, ou n'importe où. Mais moi, je sais qu'il a bossé chez Levasseur, et c'est moué qui l'ai viré, ce con, pour filer du boulot à des gamines chinoises qui pleurent de fatigue le soir, couchée sur des tas de chaussettes Mickey. Lui, il croit que sa vie est à lui, que c'est sa vie et pas celle des autres. Mais moi, j'ai le troisième œil, et je sais que sa vie, c'est la tienne, c'est la mienne, c'est celle de tout le monde, et le gars qui l'a niqué, c'est moi, je le sais, même si c'est pas moi, ben c'est moi quand même.

Je marche dans les rues de Paris, et je vois des blackos partout, qui arrivent d'Afrique et qui se font chier ici, parce que là-bas, t'as le choix entre crever de faim et te suicider. Eux, ils le savent pas, mais le gars qui les a fait venir ici, ces cons, ben c'est moi. Je connais pas le nom de leur passeur, peut-être c'était Babakar ou Boula-Boula, je m'en fous : c'était moi déguisé en négro collabo, le temps d'enculer des pauvres bamboulas. C'était moi qui avais besoin de niquer les prolos du coin en leur foutant des nègres à la maison, histoire qu'ils fassent pas chier, ces cons. C'était moi qui calculais tout, déjà, sans le savoir, comment les nègres et les pâlichons, ils se fritteraient kif ma pomme quand j'étais pauvre, dans les jeux vidéo où y avait des blackos à dérouiller, que ça me calmait parce que j'avais peur du SDF dans mes poubelles. Tout ça, les SDF dans mes poubelles, les blackos des jeux vidéo, ceux qui marchent dans la rue : tout ça, c'est la même chose, c'est juste des notes éparses dans une partition cohérente. Le gars qui écoute les notes sans avoir les liaisons, il croit que c'est juste des notes, mais moi, je connais la partition, et je peux te le garantir : c'est vachement cohérent, c'est mélodique, c'est harmonieux, c'est l'hymne de la Très Sainte Confrérie des Enculés – et cet hymne, même dans mon sommeil, quand je rêve que je tronche une Natacha aux pattes cassées par son mac bulgare, ben je l'entonne, mon gaillard, je l'entonne haut et fort : « On va leur percer le cul, rantaplan-tirelirelan ».

Je vais dans les grands magasins, au rez-de-chaussée du Bazar, tu vois, là où c'qu'y a plein de boutiques de parfum pour bourgeoise qui sent bon, et je regarde les employées qui essayent d'avoir l'air pas trop fatiguées, en vendant leurs pommades à la con à des pétasses qui veulent faire jeunes, et je me dis : cette pauvre truffe, là, qui fait semblant de pas s'emmerder en vendant du sent-bon aux taspés, ben c'est moi en train de monter les bilans comptables foireux de nos innombrables filiales bidon. Ouais, je sais, ça paraît dingue : où est le rapport entre une vendeuse qui se déguise en bourgeoise pour vendre du sent-bon à des connes et un cadre hâchement supérieur qui maquille un bilan comptable ? Ben je peux pas t'expliquer, mais là, d'un coup, en regardant les taspés au rez-de-chaussée du BHV, ça me paraît clair, cette continuité, cette cohérence. Comme qui dirait je perce à jour la nature du monde, et derrière la multiplicité des formes, je comprends l'unicité de l'essence.

Quoi ? Tu dis que ça te fait chier, t'y entraves que pouic ?

Okay, c'était la minute philosophique et ça, tu peux pas suivre.

Attend, je vais voir l'Ancien'taleur, lui il explique mieux.

*

On était chez O'Driss, pour la dernière fois. L'Ancien avait une sale gueule. Il mitonnait son crabe, l'avait des valoches sous les yeux genre Louis Vuitton. Ça se voyait qu'il en avait plus pour longtemps, l'aminche, et moi ça me faisait de la peine de le voir comme ça.

« Tu devrais quitter le bureau, l'Ancien. Dans ton état, à quoi ça rime ? »

« Ben ça les fait chier de me voir comme ça, » qu'il me répond, « et tu me connais : mon vice, c'est de faire chier. J'en profite jusqu'au bout, gamin. Même ma mort, j'en fais une occasion de les faire chier. Trinquons ! »

On a fait tchin-tchin, pis je lui ai tout raconté. J'ai tout déballé : Will, Jack, Herr Stumbi, il signor Rossati, le consultant du Socle Propédeutique, Ming-li-fou, Harry, moi avec ma queue en train de chialer devant une gamine chinoise, Bouquet-Chaland à poils au milieu des putes, le psy new-yorkais et son délire sur l'argent qui vaut ce que vaut notre action, pis Capelle sur le trottoir dans la grosse pomme, en train de m'avouer qu'il s'était fait niquer depuis le début, et qu'il l'avait mauvaise.

L'Ancien a tout écouté, sans rien dire, sans me faire chier à m'interrompre. Juste il écoutait, et de temps en temps, au fond de ses petits yeux rusés, y avait une lueur d'amusement, ou bien d'intérêt, j'aurais pas su dire.

Quand j'ai eu fini de débloquer, il m'a dit : « Et alors ? »

J'ai fait : « Ben ça me paraît clair, l'Ancien. Tu t'es gouré. Le Grand Enculeur n'existe pas. En haut, y a rien. Juste des connards qui sniffent des lignes de coke longues comme ta bite, que t'as majestueuse je n'en doute pas. Et pis Surdieu, ben il applique le programme, et le programme, c'est Herr Stumbi, cet enculé, qui le négocie avec Jack, ce porc de mes deux, et pis c'est marre. Y a pas de logique, pas de but, pas de projet, pas de Grand Enculeur. Juste ça tourne tout seul, parce que Bouquet-Chaland veut pouvoir s'exhiber à poils au milieu des putes, et ça coûte, et donc faut du pognon, et donc on applique le programme. Mais le Grand Enculeur, dans tout ça, ben c'est un mythe, une illusion. Ou alors, en fait, c'est pour ainsi dire nous tous, point final. »

L'Ancien, faut lui reconnaître ça, il s'énerve jamais.

« Petit morveux, » qu'il m'a répondu, l'air gentil tout plein, « tu causes sans savoir. T'as rien compris, comme d'habitude. Faut tout t'expliquer, à toi ! »

J'ai compris que mon gourou personnel allait prendre les choses en main, alors j'ai senti le souffle de l'esprit sur ma nuque courbée. « Explique, » que je lui ai fait. « Explique, ô génie bienfaisant. Je suis tout ouïe. »

Il a pris une gorgée de bière, comme toujours avant de succomber au délire. Il m'a regardé, avec au fond des yeux une tendresse soudaine, que ça m'a pris à la gorge pour ainsi dire.

« Tout d'abord, » qu'il a fait, « je trouve hautement comique que tu t'imagines avoir percé le secret des hautes sphères parce que tu as fait le porte-serviette du porte-serviette dans une réunion avec Jack, Will et les autres super-enculés de la banque. Ce que tu as vu dans cette réunion, mon loulou, n'est que la partie émergée de l'iceberg. Tous ces gens-là, Will, Herr Stumbi, ces enculés de Juifs et ces enculés de Suisses, l'autre enculé de Sicilien de mes deux aussi, ben ils ont leurs raisons d'agir comme ils agissent. Okay, ils veulent du pognon, et ils sont pas d'accord sur l'endroit où le planquer. Mais pourquoi ils veulent du pognon ? Pourquoi ils veulent le planquer ? T'en sais rien. T'as vu qu'Overgod a besoin de thunes pour sniffer de la coke avec des putes, et t'en déduis que tous les mecs de la Haute veulent de l'artiche pour ça : erreur de logique, camarade. Pas scientifique, comme raisonnement. Syllogisme à la con. Ton Herr Stumbi, tu le vois en train de sniffer ? »

J'ai réfléchi. Fallait reconnaître que c'était difficile à imaginer. Le mec avait une tronche de Suisse comme pas possible, le genre à bouffer à sept heures et à se coucher à neuf heures.

L'Ancien a repris : « Tu vois, dès qu'on prend du recul, on se rend compte que tu sautes aux conclusions. Dis-toi bien une chose, mon petit : ces gens-là gèrent des enjeux dont tu n'as pas idée. Toi, tu ne peux voir que les exactions de leurs hommes de paille, notre Surdieu, notre Overgod. Autant dire les sous-fifres. Les gars que le Grand Enculeur met personnellement, certes, mais qui se font mettre kif les autres, pour finir. C'est pas eux, les gars qui *sont* le Grand Enculeur. Eux, ils se font juste mettre par lui. Faut pas tout confondre. »

Il a repris de la bière, j'ai fait pareil. Okay, le vieux kroum causait sérieux, fallait suivre.

« Ce que tu dois comprendre, » reprit-il, sur un ton quasi-professoral, « c'est que tu appartiens à une génération très particulière. Je vais te dire un secret : tu es né après la fin de l'Histoire. Tout le monde la cherche devant nous, cette fin, mais c'est du pipeau. On l'a déjà dépassée. Pendant trois mille ans, ou quelque chose comme ça, on a fait reculer le Grand Enculeur, tu piges ? C'était ça, l'Histoire : le lent recul du Grand Enculeur, et à sa place, petit à petit, la Conscience et la Raison, qui s'imposaient, qui se répandaient, qui rendaient possible, tout doucement, un monde où on pouvait penser à autre chose qu'à la bite. Tu prends toute l'Histoire, tu vois le mouvement : chez les Pharaons, super-bite obélisque. Chez les Hébreux : l'Arche, personne regarde dedans. Chez les Grecs, à la place du vide au milieu de l'Arche : la Raison. Chez les Romains, pour que la Raison s'incarne : le Droit. Chez les chrétiens, pour que le Droit soit bon, le Dieu fait homme, la personne humaine comme sujet de l'Histoire, et le respect qui va avec pour la vie du moindre connard. Après, t'as les conséquences pratiques : toujours plus de Raison, toujours plus de Conscience, chez toujours plus de mecs qui pigent le truc. Et ça continue comme ça, petit à petit, avec des hauts et des bas, en gros jusqu'à la fin des années 60 – jusqu'au moment où tu nais. »

Il m'a regardé, l'air « désolé pour toi, tu l'as bien profond. »

Puis il a repris, toujours prof devant le tableau noir : « C'est là que ça se gâte. À partir de 68, en gros, même un peu avant. On commence à dire aux mecs que la liberté, ça consiste à pouvoir s'affranchir de la Raison – alors que c'est pile le contraire : la liberté, ça consiste à pouvoir *obéir* à la Raison, et à elle seule. Grosse arnaque, mais les mecs mordent à l'hameçon. Résultat : régression tous azimuts. Effondrement de la Raison. L'Histoire est terminée, les gars, alors on repart en sens contraire. Voilà le topo. »

Il s'est allumé un cigare, genre rien à foutre de l'interdiction de fumer, venez me faire chier à trois mois de la tombe, bandenculés, et je fous le feu à votre taule. Naturellement, j'ai rien dit. T'façon, y avait que nous dans l'arrière-salle.

« Après, » qu'il a continué, « y a ce qu'on voit, y a ce qu'on peut supposer, pis y a la question sans réponse. Ce qu'on voit : quand la Raison s'efface, le Grand Enculeur s'impose. Regarde ton Bouquet-Chaland que ça te surprend qu'il se montre la bite en rut devant des putes : pourquoi qu'il fait ça ? Hein ? Pourquoi ? »

J'ai fait un geste d'ignorance, genre je suis ton élève et tu es mon maître, alors enseigne-moi et fais pas chier.

Il a pris une gorgée de bière, me faire mariner un peu.

Puis il a dit, tout connement : « Ben il fait ça, parce qu'il peut rien faire d'autre. Qu'est-ce que tu veux faire dans la vie, quand tu crois ni au Bien, ni au Bon, ni au Vrai ? Te reste plus qu'à jouir. Puisqu'aussi bien, tout vaut tout, autant qu'au moins, tu tires ton coup. »

Là, il m'a posé la main sur l'épaule, l'Ancien, dans un geste affectueux.

« Souviens-toi, la première fois que je t'ai enculé, je t'ai dit : le système veut ce que veulent les boyaux. Eh ben c'est ça : Bouquet-Chaland à poil au milieu de ses putes, c'est ce que veulent ses boyaux. Pauvre homme. »

Pile à ce moment-là, intermède comique. Y a le garçon qui s'est radiné : « Monsieur, on ne peut pas fumer ici, c'est défendu. »

L'Ancien lui a fait, genre négligent, je cause sans réfléchir : « Permettez, mon ami et moi, nous évoquons notre première sodomie. »

Moi, j'ai dit au mec, l'air grave : « C'est exact. Ce sont des moments rares, ne nous troublez pas, ou on vous colle un procès pour homophobie. »

Le gars s'est éloigné en grommelant que nom de Dieu y a plus rien qui les arrête. L'Ancien rigolait, moi itou. Ça faisait du bien de délirer avec le vieux, ça faisait vraiment du bien d'être là, dans cette brasserie parisienne, à mille lieues de la Grosse Pomme, de Larry Dibber et de ses putes qui marchent à la coke.

« Bon, revenons à nos moutons, » fit mon noble compagnon à la sagesse inépuisable. « Je te disais qu'après ce qu'on voit, y a ce qu'on peut supposer. Si tu regardes autour de toi, tu noteras que y a plein de gens, en fait, cette régression, ce retour au tripal, ben ça les botte. Le retour du Grand Enculeur sur les ruines de la Raison, ils sont pour ! D'où une supposition sensée : en fait, si l'Histoire est repartie en arrière, c'est parce qu'elle avait atteint un plus haut, un maximum possible. Le jour où est arrivé à 1 % de gens lucides, 9 % de gens relativement éclairés et seulement 90 % d'abrutis, on a plafonné. Et du coup, comme on se retrouvait à flotter en l'air, ben pour continuer à bouger, y avait plus qu'à se laisser tomber. Faut l'admettre : on est dans un système où ça plaît aux gens d'être les mecs du dessous dans la partouze. Regarde les élections : tout le monde sait que les politiciens mentent, mais tout le monde vote encore, et mieux les mecs mentent, plus ils ont de chances d'être élus. Ça dit tout, ça. La vérité, c'est que le peuple s'est rendu compte qu'il était sur le point d'être libre, à force de progresser. Alors il s'est dépêché de redevenir con, pour se réfugier dans la servitude. »

J'approuve, j'applaudis. Voui-voui, l'Ancien, t'as raison. Mais alors, c'est quoi la question ?

« La question, » qu'il me dit, « c'est : est-ce que le peuple, on l'a pas un peu aidé à la faire repartir en arrière, l'Histoire ? Et si oui, *qui l'a aidé ?* Alors ça, c'est la question, d'accord. Est-ce qu'il y a des mecs, quelque part, qui travaillent directos pour le Grand Enculeur, et qui poussent à la roue ? – Ben là, j'ai pas la réponse. Et putain, j'aimerais bien l'avoir, cette réponse, parce que j'y pense, j'y pense... et plus j'y pense, moins je conclus. »

J'ai réfléchi. Ça se tenait, son truc, à l'Ancien. La fin de l'Histoire est derrière nous. Ouais, ça se tenait... La régression, tout ça. Pis les gens, que ça leur plaît, c'est sûr. Suffit de regarder autour de soi pour le vérifier : t'as plus de gens qui achètent les magazines sur les stars qui donnent des cours de dégueulasserie que de mecs qui lisent la Bible, y a pas photo.

Mouais.

Seulement, il restait la question...

La question sans réponse.

J'ai fait à l'Ancien, qui finissait sa bière en pensant déjà à autre chose, genre la couleur qu'il allait choisir pour sa pierre tombale : « Tu sais, mon vieil ami, je crois que je connais le moyen de trouver la réponse à la question qui te hante. »

« Ah ouais, pitchoun ? Et c'est quoi ta méthode ? »

Il se moquait, mais moi, j'étais sérieux.

« Faut bloquer la mécanique, » que j'ai dit. « On verra bien qui c'est qui vient la débloquer d'autorité, tu vois ? »

Il s'est marré.

« Tu bloqueras rien, tu te feras broyer ! »

J'ai hoché la tête, genre ouais l'Ancien, t'as raison.

Pis j'ai dit : « J'ai pas dit que j'allais la bloquer et que ça resterait bloqué. J'ai juste dit : je vais la bloquer, et quelqu'un viendra pour me broyer. »

Il a relevé ses sourcils jusque par-dessus son front, l'animal.

« Le Grand Enculeur ! », qu'il a dit.

J'ai fait : « Ouais. Je vais l'obliger à sortir du bois. »

Il a médité longuement, puis il m'a dit : « C'est pas con. »

Il a médité encore plus longuement, et là, il m'a dit : « Si tu vois son visage, et que je suis pas encore clamsé, promets-moi de me montrer. Qu'au moins, j'ai cette satisfaction avant d'avaler mon extrait de naissance. »

Je lui ai pris la main, à mon Ancien, kif un fils à son père, à l'heure dernière, et je lui ai dit : « C'est promis, l'Ancien. C'est promis ! »

*

Maestro Capelle

La semaine d'après, j'ai une réunion avec Capelle. C'est le méchant tête-à-tête trimestriel. T'as-t'y atteint tes putains d'objectifs, spèce de sous-fifre ? C'est du sérieux, on doit pas être dérangés. La preuve : le Capelle des familles a fermé sa porte à clef.

On est là, lui et moi, face à face au milieu de son bureau avec des murs couverts de hiéroglyphes. Y en a partout, des équations, des formules cabalistiques. Y a un compte en T au-dessus de son épaule gauche, c'est moi qui l'ai dessiné. D'un côté, y a le chiffre d'affaires qu'on n'a pas fait, et de l'autre, y a pas les dettes qu'on a accumulées. Total : y a marqué qu'on a fait du bénéfice.

Des chiffres, des milliers de chiffres, partout. Et pas un seul n'est vrai.

Il est là, Capelle, assis derrière son bureau, avec son costard gris, ses verres photochromiques gris, sa chemise blanche, sa cravate grise rayée bleu marine. On dirait l'agent Smith dans Matrix, sauf que l'agent Smith, de temps en temps, il sourit.

On se regarde, sans rien dire.

Il ouvre mon dossier. Y a marqué comme quoi je devais faire preuve de créativité comptable pour gérer la défaisance de la dette d'exploitation. Putain, là, le mec, il peut pas dire que j'ai foiré. On vient de passer le cap des 700 filiales bidon dans des paradis fiscaux. Maintenant, on en est à prêter de l'argent que nous donne le signor Rossati pour que des clients aux abois continuent à nous acheter les produits qu'on fabrique plus. Et tout ça grâce à moi. Y a des moments, je me dis que si la finance pourrie était de la Grande Musique, je serais pour ainsi dire Mozart au berceau.

Il me regarde, Capelle, pis il regarde mon dossier. Pis il me regarde encore, sans rien dire.

Moi, non plus, je dis rien. Je repense à lui, debout sur le trottoir à New York, en train de gueuler qu'il avait pas fait tout ça pour qu'Overgod s'envoie sa ligne de coke.

Et lui aussi, il y repense, forcément.

Le v'là qui se lève et qui commence à effacer ses murs.

D'abord çui derrière son bureau, après celui à ma gauche, après celui à ma droite. Il termine par le mur du fond, en fignolant dans les coins.

Pis il vient se rasseoir devant moi, toujours sans rien dire.

« C'est pour dire quoi ? », que je fais.

Il se pose un doigt sur la bouche, puis il montre le plafond.

Pigé.

Y a des micros.

M'étonne pas, d'ailleurs.

Il se relève, il va au tableau, c'est-à-dire du côté de son mur, derrière son bureau.

Pis il écrit, en petites lettres qu'il faut que je cligne des yeux pour les lire : « J'ai un contact à la commission des opérations de bourse, et un autre directement au FBI. ».

Je reste un moment prostré. Je m'attendais à tout, sauf à ça.

Je me lève, je vais au fond du bureau, histoire de rigoler que lui aussi il ait mal aux yeux, et j'écris sur le mur en face de Capelle, en caractère genre pattes de mouche naine : « Pour négocier une réduction de peine ? »

Il ne sourit pas. Il me regarde, l'air de penser quelque chose, sûrement, mais allez savoir quoi, avec ce coco, plus impénétrable qu'un vieux Chinois, le mec.

Puis il écrit, de sa petite main appliquée, genre calligraphie certificat d'études : « J'ai accepté de jouer le jeu aussi longtemps qu'il m'a semblé que nous étions dans une démarche rationnelle. Mais depuis quelques semaines, nous sommes sortis de ce cadre.

À présent, il est de notre devoir de mettre un terme à la dérive impulsée par nos dirigeants. C'est une question de déontologie. »

Je le regarde écrire, pis je l'observe quand il se tourne vers moi, toujours aussi calme, toujours aussi froid.

Putain, c'est beau un puritain qui s'exprime.

Comme il me fait chier, là, avec son numéro de père la vertu, j'écris, en caractères vaguement bâton, histoire qu'il puisse pas faire semblant de pas pouvoir lire : « Non, tu as suivi aussi longtemps que tu as pensé que tu pouvais coiffer Surcheffesse pour le job de Surdieu, et maintenant que tu as compris que pour être Surdieu, fallait être assez con pour poser au milieu des putes devant des caméras dans une boîte à partouze ricaine, tu balises pour ton petit cul de bon père de famille plein d'ambitions. »

Il hoche la tête, genre j'approuve.

« C'est ce que je dis, » qu'il ose écrire. « Simplement, je parle d'un point de vue éthique, et toi d'un point de vue pratique. »

Je lui vote un super sourire grand carnassier, et j'écris : « En somme, tu veux bien jouer à l'arnaqueur avec des maffieux, mais faut pas que ça t'empêche de rester un bon bourgeois ? »

Il re-hoche la tête, sans rien écrire. Ouais, c'est ça, j'ai bien résumé son point de vue. Bravo.

Je pige que ce mec ne fait pas la différence entre morale de l'intention et intention moralisatrice, que d'ailleurs il s'en fout puisque chez lui, les intentions ne servent qu'à justifier les apparences, et que je perds mon temps à lui demander d'expliquer son parcours.

Capelle, c'est ce qui se fait de mieux chez les financiers pur fruit. Ce qui ressemble le plus à un mec bien dans ce milieu. C'est-à-dire : un enculé cohérent, le genre qui confond l'argent avec le monde, mais demande au moins qu'on respecte l'argent.

Y a des tueurs nés, y a des comptables analytiques nés, y a des pétasses marketing de naissance. Peut bien y avoir des pharisiens par nature, nan ?

J'écris au mur : « Et pourquoi tu me parles de tes contacts chez les flicards ? »

Il répond, en petites lettres toujours aussi appliquées : « Parce que j'ai besoin de toi. »

Je réfléchis. C'est pas logique. Si Capelle veut balancer Surdieu, il a qu'à balancer. Les documents, il les a tous en double, en triple, bien gardés au chaud dans ses putains de chemises grises avec des titres écrits au crayon feutre noir.

« Pourquoi ? », que j'écris.

Il se retourne pour griffonner, genre petit écolier : « Parce que celui qui crachera le morceau devra refaire sa vie sous un nouveau nom, dans un autre pays. Moi, je ne peux pas, j'ai une famille. Toi, tu peux. »

« Et pourquoi je ferais ça ? », que je demande.

Lui, petite mine faux cul très étudiée : « D'abord, parce que tu es un homme préoccupé par les questions morales. »

Moi, sourire niais.

Lui, reprenant son stylo pour gratter son bout de mur : « Ensuite, parce que tu es évidemment le fusible, donc ou bien tu fais sauter le système, ou bien c'est toi qui écoperas pour les boss. »

Je grimace. Évidemment, vu comme ça…

« Je n'ai fait que suivre tes consignes, » que j'écris, petite main tremblotante j'ai la trouille.

« Prouve-le, » qu'il répond sur son bout de mur, écriture propre, ferme, droite.

Je gamberge. C'est vrai que j'aurais du mal à prouver que Capelle m'a ordonné de bidouiller les comptes. Je pourrais toujours exhiber ses notes appelant à la créativité dans la gestion de la défaisance, certes, mais des instructions genre grand À petit b crée-moi une filiale bidon au Panama, macache bono. Cet enculé sait couvrir ses fesses, soyez peinards.

Je fais une gueule de rabbin varsovien en septembre 40.

Il écrit, genre j'enfonce le clou : « C'est programmé. Surdieu m'a donné des ordres. Aucune trace écrite. »

Je continue à gamberger pire qu'Archimède dans sa baignoire. Y a des flashs qui me viennent, là, tout d'un coup. Je me revois petit cul beurré devant Surchef quand il m'a envoyé liquider les pauvres de l'usine Levasseur. Et soudain, je réalise qu'aucune consigne écrite ne m'a été donnée. Je me revois devant Will, Jack, Herr Stumbi et il signor Rossati, et je capte d'un seul coup qu'aucune consigne écrite ne lui a été donné, à notre surdieu des familles. Et je revois Surdieu en train de mettre en concurrence Capelle et Surchefesse, l'air de rien, et là, je réalise que, mais attendez je ne rêve pas, *aucune* consigne n'a été donnée – même pas par oral.

Capelle esquisse un sourire. Ouais, un chti sourire du père Capelle. Comme quoi, ça lui arrive, finalement.

Il se tourne vers son mur et il écrit : « Le système est bien fait. »

J'écris : « D'accord. »

Puis j'écris : « C'est quoi ton plan ? »

Il me répond, toujours au tableau, kif un petit écolier : « Nous allons faire signer ce qu'il faut à qui il faut. Et après, tu mangeras le morceau. »

Après ça, on s'est tout dit. J'ai pigé : faut que j'attende les instructions, tout est déjà prévu.

Je le regarde effacer son mur pendant que j'efface le mien, mon Capellounet des familles, toujours aussi droit, toujours aussi froid. Et je me dis que l'Ancien avait raison : y a pas, quand t'arrives en haut de l'organigramme, si t'es petite bite, vaut mieux te méfier.

Ce mec-là est bien trop fort pour moi.

Il a quinze coups d'avance dans la partie d'échecs, y a pas à tortiller. Devant les 64 cases de l'enculerie tous azimuts, lui, c'est Kasparov.

Et moi, ta concierge.

*

Esquisse d'interprétation globale

Dans les semaines qui suivent, je prends une grande leçon de stratégie bureaucratique. Là, je peux vous dire que je vois la différence entre l'Ancien, le Philou, des mecs comme ça, et pis Capelle à côté. Capelle, c'est carrément autre chose. Un autre niveau. Pas la même dimension.

L'Ancien, son truc, c'était : comment survivre dans un univers absurde rempli de crétins flippés. Le Philou, lui, c'était l'as des as pour tirer au flanc. Mais tout ça, par rapport à Capelle, c'est de la gnognotte.

Capelle, lui, c'est un mec qui sait comment fabriquer des milliards de dollars qui n'existent pas, et qui sait même comment faire en sorte que ce soit les autres qui les aient fabriqués, ces dollars imaginaires. Capelle, c'est un mec qui grenouille entre Will, Jack et Herr Stumbi, et qui arrive à se faufiler au milieu de tout ça. Une autre dimension, je vous dis.

Le piège est bien monté. Ça se passe en quatre temps.

Les quatre temps de l'enfoirade de très, très haut vol.

Le premier temps, c'est : panique à bord.

On organise ça au petit poil. Pour commencer, on promeut Durieu. Enfin, c'est Capelle qui s'en occupe. Moi, j'ose pas. Donner une promotion à Durieu, j'arriverais pas à garder mon sérieux, ça se verrait que c'est du flanc. Capelle, il décide que Durieu va être responsable consolidation, c'est-à-dire que les comptes bidon de nos je sais plus combien de filiales bidon dans des pays lessiveuses, ben c'est lui qui va les additionner aux comptes de notre boîte, histoire de voir combien ça fait un trou plus un trou.

Durieu, quand il apprend ça, il saute au plafond. On lui donne une vraie voiture de fonction, à ce con. Une grosse, avec un moteur commack et des jantes chromées. Ça le fait bander pire que si on lui offrait le harem d'un sultan, parole. C'est madame Durieu qui doit être contente, dans l'état où il est, pour sûr qu'il la caleçonne mieux qu'à leur nuit de noces.

Faut voir Capelle comment qu'il vaseline Durieu quand il lui annonce sa promotion. « Monsieur Durieu, depuis longtemps, j'estime que votre potentiel est sous-évalué. J'ai décidé que, dans le cadre du programme de valorisation des compétences expériencielles animé par Annabelle Villerieu, il était souhaitable de vous offrir des opportunités de carrière en rapport avec vos capacités. » T'as Durieu, en entendant ça, on dirait Napoléon qui voit arriver Grouchy à Waterloo. De l'autre côté de la table, dans la salle de réunion grise avec murs gris, moquette grise et table grise, t'as Villerieu qu'est tout sourire, cette pute, parce qu'elle croit que sa connerie de valorisation des compétences expériencielles de mes deux, Capelle, il y croit.

Tu parles. Moi qui le connais à fond, maintenant, le Capelle des familles, je peux vous garantir que les compétences expériencielles, il en a rien à cirer. Lui, ce qu'il voit, c'est qu'avec la jolie machine à promouvoir les truffes inventée par cette conne de Villerieu, il va foutre le bocson, et personne saura ni pourquoi ni comment. Tel est le fond de l'affaire.

« Tu sais, » qu'il me dit un soir qu'on a bossé très tard et même que j'ai dû annuler une Natacha, « Tu sais, Durieu qui s'occupe de la conso, c'est un peu comme si on demandait à Steevy de rédiger les encycliques à la place de Benoît XVI. » Et pis, après avoir dit ça, il pouffe discret – et ça, ça lui arrive pas souvent, j'aime autant vous le dire.

Il s'amuse, Capelle.

En fait, il rigole bien, même, en loucedé, cet empaffé. Oh, il continue à faire la gueule en se promenant dans les couloirs avec un lot de chemises grises dans son attaché-case noir, z'inquiétez pas. Mais en fait, il se marre. Pour ce mec, la haute finance est un super-monopoly extra-bandant, plus y a de chiffres, plus il est heureux.

Comme on veut pas que ça se voie trop vite, que Durieu comprend rien et qu'il va foirer le bocson, on lui donne le Philou comme adjoint, au père Durieu. « Comme ça, » que me dit Capelle toujours aussi rusé, « Durieu fera illusion. Philippe est très fort pour masquer l'incompétence derrière le blabla. »

Subito presto, notre équipe consolidation internationale, chez Niktonklebsis Europe, ben ça devient les pieds-nickelés à World Company, les bronzés font de la compta, choisissez votre image. Durieu se doute bien que c'est pas net, ces centaines de filiales bidon remplies de vide habillé de vent, mais pensez : il ne va pas cracher dans la soupe. Prenez un petit individu médiocre, très médiocre. Entretenez-le dans la frustration pendant des années, des décennies même. Faites-le bien mariner dans son jus, et pis après, mettez-lui le marché en main : une voiture de fonction, le droit de jouer au Grand Enculeur en petit comité, et même un sourire de cette pute de Steph Delarue, qui, j'ai remarqué, déboutonne toujours un peu son chemisier pour les mecs qui sont au moins chef de service, et pis servez chaud ! Votre petit connard est près à tremper dans n'importe quelle combine, pourvu qu'on continue à lui donner du « monsieur Durieu » en lui proposant une voiture de fonction un peu plus grosse que celle de ses copains.

À côté, mettez un petit mec pas trop con, mais profondément flemmard. Mettez-le là, bien *juste* à côté du connard à voiture de fonction. Faîtes-lui sentir que plus il pipotera, moins il aura d'emmerdes. Et vous verrez : le petit mec, notre Philou disons, eh ben lui aussi, il entrera dans la combine. Pas qu'il soit dupe, non. Mais tout bonnement parce qu'il est flemmard, et parce qu'il s'est définitivement mis dans la tête que voilà, c'est comme ça, on n'y peut rien : l'entreprise, c'est le monde des enculés, et dans ce monde-là, vaut mieux se pencher, ça rentre mieux, ça fait moins mal.

Bêtise, mesquinerie, paresse, soumission : voilà le décor, et je le savais depuis longtemps. Ce que je découvre, maintenant, c'est les coulisses. Et qu'est-ce que je vois dans les coulisses : Capelle, qui n'est ni bête, ni mesquin, ni paresseux, ni soumis. Et qui tire les ficelles, mine de rien.

*

Le premier temps, donc, je vous disais, c'est : panique à bord.

Il suffit de quelques semaines pour que ça s'enclenche. Une fois que Durieu a merdé sur la conso, y a plein d'incohérences dans nos comptes. Ce con ne sait même pas additionner les trous pour faire des bosses en creux. Moralité : les commissaires aux comptes, ce coup-ci, commencent à flipper pour de bon. Signer des comptes bidon mais bien présentés, à la rigueur, moyennant finance, ces enfoirés veulent bien. Mais certifier des comptes bidon *mal* présentés, là, ils balisent. Et c'est pas les numéros de claquettes de Philou qui vont les dérider, j'aime autant vous le dire. Les mecs, les fumistes à cravate toons, ça les fait pas marrer, sont trop flippés pour ça.

Quand les commissaires aux comptes refusent de certifier, et pas genre « refus pour faire monter les enchères », nan nan, genre « refus pour de bon, va chier connard », y a Surdieu qui s'en mêle. « De quoi, de quoi ? Que se passe-t-il ? Pendant que je sniffais la moitié de la production colombienne de sucre en poudre, on foirait dans mon dos ? » Faut voir le Capelle en train de répondre comme quoi il a voulu s'inscrire dans le cadre des orientations impulsées par la direction des ressources humaines, suivi les conseils d'Annabelle Villerieu, tout ça, et les inconvénients que ça présente de « survaloriser les compétences expériencielles ». C'est pas de sa faute, au Capelle, lui c'est un homme de chiffre, n'est-ce pas, il comprend pas tout aux RH, on lui a dit de promouvoir Durieu, alors il a promu, discipliné toujours. C'est pas sa faute si la RH fait des conneries.

Surdieu, pour le coup, il se doute qu'on se fout de sa gueule, mais comme il peut pas le prouver, il fait comme s'il avait rien remarqué. Il engueule le Surchef à Villerieu, qui engueule Villerieu, laquelle ferme sa gueule et va se défouler en persécutant ses mioches et en faisant chier son concubin – elle a divorcé l'an dernier pour se maquer avec un jeune mec, plus jeune qu'elle en tout cas. Y a Durieu qui passe pour un con, mais c'est pas grave, il a l'habitude.

Cela dit, le problème reste entier. Comment c'est-y qu'on va convaincre ces cons de commissaires aux comptes de certifier les comptes, bordel ? Y a une réunion avec ces mecs, et j'en suis. Ils expliquent comme quoi la législation ricaine s'est hâchement durcie mine de rien, ces dernières années y a des mecs super bien sapés dents blanches haleine fraîche avec des CV longs comme la bite au Grand Enculeur qui se sont morflés de la taule direct pour avoir signé des conneries, alors maintenant faut faire gaffe.

C'est là que Capelle passe à la phase 2 de son plan diabolique. Après l'opération « panique à bord, » voici l'opération « mouillons le patron ». Voyons, voyons, qu'il dit, le Capelle : nos procédures semblent défectueuses, et la direction financière est sur la sellette. En toute urgence, il faut que Surdieu lui-même diligente un audit interne féroce. Les conclusions de cet audit permettront d'y voir plus clair, et de lever les points de réserve de ces commissaires de mes deux qui font flipper, à la fin. Surdieu ne voit pas le piège, il croit que Capelle veut juste se couvrir. Et donc, puisqu'on lui dit de diligenter, notre Surdieu, il diligente. Et pour faire chier le père Capelle, il confie même le dossier à Surchefesse, figurez-vous !

Capelle fait semblant d'être furax, mais c'est du théâtre, vous inquiétez pas. Surchefesse, le père Capelle, il la calcule finaude, mais pas technique. Elle est autant capable de remettre d'aplomb nos comptes à tiroirs secrets que toi de reconstruire la navette spatiale sans les plans.

Cela dit, vraiment finaude, la surchefesse qu'on nous cause. Elle avise le bocson, la mère, elle sent que ça va chier, et coup de théâtre au milieu du théâtre : elle refuse ! Et comme Surdieu insiste, elle démissionne. Carrément ! Notre affaire, ça se décante d'un seul coup, on dirait. En trois semaines, il s'est passé plus de choses que ces trois dernières années, dans notre organigramme à géométrie variable et chausse-trappes intégrées.

« Cette femme n'est décidément pas aussi bête qu'on pourrait le croire, » qu'il me dit, le Capelle, le lendemain, un peu déçu de voir qu'il pourra pas la niquer.

Mais c'est pas grave : à présent qu'il a compris que la situation ne se débloquerait pas sans ce putain d'audit interne de mes deux, le Surdieu, il tient à sa marotte. Et qui c'est-y qu'on voit débouler pour diriger l'audit ? Carine, figurez-vous ! Oui, oui, la petite Carine, la castratrice number one qui m'avait jadis accompagné quand on allait baiser la gueule des pauvres chez Levasseur. Elle a fait son chemin, depuis, dans l'ombre de Surchefesse. La v'là chargée de couper les couilles au père Capelle, et vous pouvez compter sur elle pour s'appliquer. Couper les couilles, c'est son truc. Une vocation, je dirais.

Cela dit, elle n'a rien à couper, en l'occurrence, la petite Carine. Capelle, des couilles, il en a pas. Il l'aide à fignoler son audit, lui ouvre les dossiers, tout ça. Elle pige pas le truc, la fille. Elle voit pas le piège. Elle comprend pas que son côté « petit flic en jupon », ben pour Capelle, c'est juste un levier sur lequel appuyer pour arriver à ses fins : faire signer à Surdieu un audit complet, qui montre bien toutes les manips comptables hâchement créatives qu'on a menées dans tous les sens. Carine, elle croit qu'elle a le pouvoir de faire chier Capelle, mais tu te goures, fillette : t'as juste le pouvoir d'endosser les responsabilités dont Capelle ne veut plus – pas fou, le mec.

C'est là que tout devient clair, pour moi, les gars. Comment tout ça s'emboîte parfaitement, pile dans la boîte, coulé dans le moule, ça se découpe plus, ça se recoupe complètement. Les arrivistes, les médiocres, les pétasses castratrices, les surdieux sous coke, les commissaires aux comptes qui ouvrent le parapluie quand ils pigent que la pluie mouille, les glandeurs qui sont en dessous et qui font tourner la boutique : tout a un sens, chaque être est à sa place dans une vaste comédie dont personne ne comprend le sens – personne, à part François Capelle.

Surdieu, on lui présente l'audit. Ça prouve que Capelle fait son boulot de comptable « créatif », et que Durieu est une tanche intersidérale. Pour le père Capelle, c'est parfait. Durieu se fait casser, on lui offre une promotion sur un job genre « responsable des études sur la performance des études ». Le côté marrant de l'affaire, c'est que ça lui fait même pas mal, au mec : on lui laisse sa voiture de fonction, et c'est tout ce qu'il demandait.

Et là, Surdieu commet son erreur. On lui présente l'audit, et... il signe la note disant que l'audit, il en a bien pris connaissance.

Faut voir Capelle, ce soir-là, quand il tient dans sa main la note signée par Surdieu.

« Bon, » qu'il me fait, radieux. « Bon, maintenant, on débloque l'affaire. Tu as une semaine pour remettre les comptes d'aplomb, bien carrés, que ça ait l'air *clean*. »

Et pis il me montre la note signée par Surdieu : « Objectif intermédiaire atteint. On peut passer à la suite du programme... »

*

Affinons l'esquisse

La phase suivante du programme, la phase 3, ça se déroule la semaine d'après. Y a Capelle qui me dit : « Tel jour, telle heure, réunion technique avec le pool d'actionnaires. Préparer tel, tel et tel dossier. Exécution ! »

J'exécute, donc, et nous v'là devant la salle de réunion oùsqu'on a pris l'habitude de rencontrer les super-enculés de la banque.

Et v'là Capelle qu'ouvre la porte, tout seul comme un grand, sans que la secrétaire nous fasse signe d'entrer, vu qu'elle est même pas là pour nous accueillir.

Pis il entre.

Pis moi aussi.

Pis j'ai un choc.

De l'autre côté de la table, du côté des chaises plus hautes, du côté des super-enfoirés, y a pas Will. Ni Jack. Ni il signor Rossati. Ni personne d'autre, sauf un seul mec, tout seul dans son petit costar.

Herr Stumbi.

Il nous regarde venir vers lui, Herr Machin, et il se lève, avec un petit sourire poli, et il nous fait grüssgott, tout ça.

« Bonjour monsieur Capelle. Comment allez-vous ? »

« Très bien merci. Et vous, monsieur Stumbi ? »

« Tout va bien, tout va bien… »

Pis il me serre la louche, à moi aussi, sans aucune affectation, sans me faire sentir que je suis que le porte-serviette, ni rien.

L'a pas l'air méchant pour deux sous, mister Appenzell. Je le regarde pendant qu'il m'en serre cinq : c'est toujours la même tête rose, rasée nickel, avec la raie à gauche, des cheveux blonds soyeux, et pis juste sous la ligne de sourcils, fine et bien arrondie, ses deux yeux de poupée, on dirait de la porcelaine tellement c'est clair. Regard limpide, paisible. Urbain jusqu'au bout des cils, le mec.

Je m'installe à côté de Capelle. J'ose pas demander où sont les autres, t'façon on m'explique jamais rien, à moi.

Herr Stumbi demande un dossier à Capelle. Je le sors de la serviette que je porte. C'est un dossier gris, avec écrit dessus au feutre noir : « État des structures de défaisance ».

Il parcourt le dossier rapido, Herr Truc. Ça lui prend pas longtemps : y a que deux pages. La première, c'est l'état des lieux. La deuxième, c'est la projection à un an.

Après, il sort une calculette de sa poche, Herr Chose. C'est une vieille calculette genre Casio, comme on avait à l'école. L'a pas dû en changer depuis quinze ans, minimum. Conservateur, le mec.

Il tapote sa calculette quelques instants. Il réfléchit, re-tapotte. Pas stressé, le gars. Juste il compte, et je remarque qu'il appuie répétitivement sur la touche zéro. Te fais les comptes en milliards comme mon épicier quand il additionne trois francs six sous. Question d'habitude.

Au bout d'un moment, il arrête de tripoter son antiquité et contemple pensivement le résultat, affiché sur la chtite lucarne grisâtre, sous son pif. On dirait un bouddha en méditation.

Après ça, il prend la petite serviette de cuir fauve posée à ses pieds, un truc très classe qui, à vue de pif, doit remonter au début des années 50, mais bien entretenu. Il pioche un dossier, et avant qu'il l'ouvre, j'ai le temps de lire l'étiquette blanche collée dessus. Y a écrit, en Allemand et en lettres calligraphiées genre instituteur Troisième République : « BCM-SDF : prévisions de cours ».

Il reprend sa calculette et recommence à mouliner, toujours sans se presser. Tip-tap-top, je calcule mon pognon. Au bout de quelques opérations, il s'arrête à nouveau, et à nouveau, il contemple le résultat, Bouddha sous son arbre à la con.

Pis il dit à Capelle un seul mot : « Novembre ».

Capelle fait : « Début de mois ? »

Herr Stumbi lève les yeux vers nous. Toujours ce regard de poupée, c'est dingue ce que ce mec a des yeux de bébé. Un vrai gros bébé rose, le gars. Vraiment. Le Bon Dieu sans confession.

« Vers le 10 du mois, ce serait bien, » qu'il fait.

Je brûle d'envie de demander qu'est-ce qui se passe en novembre, mais naturellement, je ferme ma gueule. Pas le moment de la ramener.

Après ça, Herr Stumbi se tourne vers moi et il me demande l'état des structures de défaisance directement liées à Niktonkelsis USA. J'opine, pis je pioche le dossier dans ma serviette.

Je lui dis, manière de me singulariser : « Nous n'avons pu comptabiliser que les éléments portés dans le système d'information interne par nos collègues d'Outre-Atlantique. »

Il hoche la tête, petit sourire, gentil tout plein, content que je prenne la peine de le briefer.

Il ouvre le dossier, et re-belotte. Il tapote sa calculette néanderthalienne, tip-tap-top.

Quand il a fini de tapoter, il renifle un peu, genre dégoûté.

« Votre appréciation de la viabilité financière de la branche américaine ? », qu'il demande en regardant Capelle.

L'autre, avec sur la gueule un petit sourire vicelard : « F.U.B.A.R »

Herr Stumbi traduit, à voix basse : « Fucked-up beyond all redemption – fichu sans remède. »

Il a un petit rictus, là, Herr Stumbi, faut voir ça. Je te jure : le sourire d'un premier communiant quand il reçoit l'enveloppe de Tonton Gâteau.

Y a un silence. Il savoure, le mec.

Pis ça se voit.

Après ça, il dit à Capelle, sans transition : « Nous allons favoriser un partenariat stratégique entre Niktonklebsis Europe et Sabaktchitnik, votre concurrent russe. C'est une société ex-soviétique, l'appareil de production est vétuste, mais c'est le ticket d'entrée pour le marché russe. Et il faut se dépêcher, les Japonais sont sur l'affaire… »

Il réfléchit un moment, comme s'il hésitait à poursuivre, pis il dit au père Capelle : « Ces gens-là ont désespérément besoin de compétences financières. Vous aimez la cuisine russe ? »

Le père Capelle, onctueux comme de la merde de jésuite : « J'adore. Surtout les côtelettes. »

« Alors, tout va bien, » qu'il répond, Herr Stumbi.

« Cependant, » fait mon Capellousinet, d'une voix juste un tout petit peu tendue, « cependant, les Américains risquent de ne pas apprécier… Surtout si l'opération est conclue sans eux… »

Sourire de l'Helvète que je vous cause.

« Bien entendu, ils y seront associés. Cela se fera au prix d'un rééquilibrage de la structure de l'actionnariat, mais ils y sont préparés. »

Capelle, la voix juste un tout petit moins tendue : « Pour notre ami Will, je pense qu'en effet, une solution permettant de gérer l'ajustement des défaisances à l'amiable lui irait tout à fait. En revanche, tel que j'ai senti notre ami Jack, lors de la réunion mensuelle, à New York, la semaine dernière… »

Herr Stumbi se renfrogne. Il le montre peu, parce qu'il aime pas montrer. N'empêche qu'il se renfrogne.

« Ach ! », qu'il fait.

Pis il se passe un truc incroyable.

Il nous fait un clin d'œil, Herr Stumbi.

Et il ajoute, d'une voix suave : « Celui-là, il pourra toujours se dédommager sur les dédommagements pour l'Holocauste. »

Pis il nous refait un clin d'œil, avec une petite moue genre « on me la fait pas ».

Moi, je regarde ça, et je me dis que là, on touche à l'os.

T'as déjà vu un banquier suisse faire un clin d'œil en parlant de l'Holocauste, toi ?

Ben moi si.

Brrrr.

Après ça, Herr Stumbi veut lever la séance, mais y a Capelle qui me demande de sortir le dossier « spécial Rossati ». C'est une étude que j'ai faite, à la demande du maestro, au sujet des financements apportés par le signor. D'où il ressort qu'en matière d'opacité, on fait pas mieux. À vue de pif, 99 % du pognon déboule directement de banques bidon, logées dans des bleds paumés, via des comptes dont les titulaires sont genre éboueurs à Miami, retraités des douanes à Bogota, veuves de flic du côté mexicain de la frontière ricaine, voire, dans un cas, incarcéré pour trafic d'organes enfantins dans un pénitencier de Sao Paulo.

Le 1 % restant, c'est des Siciliens.

Y a Capelle qui dit à Herr Stumbi : « J'aimerais vous présenter ce dossier. »

Mais l'autre rétorque, d'une voix douce comme le cul d'une pucelle avant que tu t'en mêles, et pis en plus avec son accent des alpages garanti sans sucre ajouté, pour faire genre : « Impossible, monsieur Capelle. Les sociétés de monsieur Rossati sont parfois clientes de ma banque, et la déontologie m'interdit de chercher à connaître l'origine des fonds déposés dans un établissement succursale de la maison pour laquelle j'ai l'honneur de travailler. »

Or donc, on en reste là.

Cela dit, ça a brisé la glace, cette démarche inattendue. Herr Stumbi, maintenant, il nous regarde d'un air tout attendri. Genre : « Ah, ces Français, idéalistes indécrottables ! »

Ou bien il a pigé que Capelle cherchait à se couvrir, et ça le fait marrer…

Bref, il nous a à la bonne, et du coup, on reste à causer cinq minutes.

On parle de la carrière de Capelle. Y a Herr Stumbi qui lui dit : « Vous savez que les fonctions de direction vous resteront fermées, n'est-ce pas ? »

Y a Capelle qui dit : « Je sais, monsieur Stumbi, je sais. »

Là, je fais, puisqu'on en est aux confidences : « François Capelle, je le dis en toute sincérité, est le cerveau financier le plus puissant que j'aie jamais vu. »

Moi je dis ça, c'est juste que c'est la vérité. Pas pour flatter, hein ? Chui au-dessus de ça, maintenant.

Ben l'Helvète m'approuve, certes, mais c'est pour me détromper. « Justement, » qu'il dit. « Nous ne promouvons aux fonctions de direction que des imbéciles. C'est moins dangereux. »

Je fais : « Ah oui, bien sûr. »

Et pis il ajoute, mon petit-suisse, avec ses yeux de porcelaine et son visage de premier communiant : « Vous vous êtes bien rendu compte que Surdieu est incompétent, n'est-ce pas ? »

J'ose pas dire oui. Alors je dis : « Hum. »

Ça le fait sourire, Herr Stumbi.

Capelle aussi, à ce moment-là, il esquisse ce rictus crispé qui traduit chez lui un amusement intense. Il me trouve marrant, Françounet. Je crois que c'est peut-être pour ça aussi qu'il m'utilise comme fusible. Au fond, je suis un peu le jeune nigaud qu'il aurait voulu rester. Y a quelque chose à piger, de ce côté-là. Mais…

On cause encore un moment, et pis Herr Truc, il nous fait, alors qu'on s'en va : « Bon, écoutez, pour l'opération, attendez jusqu'au 15, sauf contre-ordre. C'est un petit risque, mais raisonnable. Et si ça fonctionne, mes clients seront contents. »

Mine de rien, je parie que pendant qu'on causait pour rien dire, comme deux déconneurs de Françousses, ben lui, il continuait à réfléchir, le frère.

Toujours l'intérêt de ses clients à cœur, ce brave homme.

C'est beau, la Suisse.

*

93,75 %

La suite, c'est que le 15 novembre, on passe à la phase 4.

Ça commence comme ça : le 14 novembre au soir, y a Capelle qui passe me voir à mon bureau, et qui me donne un bout de papier. Dessus, y a écrit : « Demain matin, 10 H, téléphone, prends l'appel. »

Le lendemain matin, donc, à 10 heures pile, y a mon portable qui sonne. Au bout du fil que y a même pas de fil, ben y a un mec qui me cause en rosbif tendance nasillarde.

« Allô, monsieur le responsable des interfaces relationnelles marché ? »

« Lui-même. À qui ai-je l'honneur ? »

« Mon nom ne vous dira rien. Je vous propose de nous rencontrer ce soir, au restaurant de l'hôtel Lutécia. Vous connaissez ? »

« Vi. On dit quelle heure ? »

« Disons vingt heures ? »

« D'accord. Comment je vous reconnais ? »

« Installez-vous à une table, réservée au nom de monsieur John Blackstone. Je vous rejoindrai. »

Pis le mec coupe la communication.

John Blackstone. Je note, pis le soir, j'y vais.

*

À vingt heures pile, me v'là au Lutécia. Je demande au loufiat la table réservée par mister John Blackstone. Le mec m'invite à m'asseoir, pis il me dit : « Monsieur Blackstone ne va pas tarder. Il m'a chargé de vous donner ceci. »

Il me tend une enveloppe. Je dis merci, pis j'ouvre.

Dedans, y a mon dossier.

Je le lis, histoire de passer le temps.

Ces enculés savent tout.

Y a la liste de nos filiales bidon dans les pays lessiveuses. Y a la liste des ordres de virement que j'ai signé de mon joli paraphe, avec les dates, les montants. Y a même la liste de mes Natacha, avec leur âge à côté, pis une mention « mineure » à chaque fois que. En rouge, la mention.

Y a des écoutes téléphoniques. Comment ils savent que j'ai niqué dans un bordel à l'usine dans un trou paumé quelque part au pays des niaks. Ils savent même que j'ai débandé devant une gamine chinetoque, et ils savent même que Harry, lui, il a pas débandé. Y a aussi des détails que je connaissais même pas sur ma propre vie. Comment Ming-li-Fou, ben c'était un agent du Parti Communiste Chinois, comment qu'ils ont voulu nous mouiller, les niaks, genre je te prends en photo dans le cul d'une mineure, et comment, figurez-vous, ben c'est le service actions de Niktonklebsis qui m'a sauvé la mise, genre « vous allez pas nous faire chier pour une petite bridée avec une grosse bite de Blanc dans la chatte ».

Ils savent tout, ces enculés.

Je lis, pis je referme le dossier en me disant : « Bon, ben maintenant, t'as plus qu'à espérer qu'ils ont pas oublié la vaseline, parce qu'ils vont te la mettre bien profond. »

À vingt heures trente, y a un mec qui vient s'asseoir en face de moi. Il porte un costume gris sombre, une chemise blanche, une cravate rayée jaune et rouge, et des lunettes genre double foyer. Il a quinze kilos en trop. Tu le croiserais dans la rue, tu le rangerais cadre surmené d'une multinationale quelconque.

Il se présente : « John Blackstone ».

Je lui demande s'il bosse pour la CIA ou quelque chose.

Il me dit : « Quelque chose ».

Je lui demande ce qu'il veut.

Il me dit : « Vous allez me transmettre la totalité des comptes des filiales de Niktonklebsis dans les paradis fiscaux. »

Je lui fais remarquer qu'il les a déjà, puisqu'ils sont dans mon dossier.

Il me répond que vi, il les a déjà, mais il est pas censé les avoir. Donc faut que je lui donne, comme ça, il pourra expliquer d'où il les tire.

Je lui demande ce qui va m'arriver après.

Il me répond qu'il ne m'arrivera rien de désagréable, si je joue le jeu. Il me dit que je suis un pion dans une partie d'Échecs dont les joueurs ignorent jusqu'à mon existence, et d'ailleurs ils s'en foutent. Il me dit qu'aux Échecs, on ne sacrifie pas un pion inutilement, parce qu'il peut toujours aller à Dame. Il me dit que si je coopère, j'aurais pas à m'en plaindre, et que si je coopère pas, j'aurais pas le temps de me plaindre.

Je lui demande s'il connaît Herr Stumbi. Il me répond : « Classified ». Je lui demande s'il se prend pour l'agent Smith dans Matrix, il me répond que Matrix est la réalité, et l'image que j'ai du monde, une projection tridimensionnelle de la modélisation voulue par mes maîtres.

Pisqu'on en est aux confidences, je lui demande si je peux poser trois questions. Il me dit qu'on peut toujours poser les questions, mais qu'on a pas toujours les réponses.

Je dis : « D'accord, ô Génie qui va m'éclairer. Première question : si je coopère, il m'arrive quoi au juste ? »

Il me dit qu'il veut bien me répondre. Il me dit que je vais aller aux States, pour témoigner dans un procès. Que ma sécurité sera assurée. Que j'aurais qu'à lire devant une commission d'enquête un texte qu'on m'aura préparé, et que je devrais jurer comme quoi tout ce que je raconte, pis les documents que j'ai filés, ben c'est pas du flanc. Après ça, il me dit encore, on va m'envoyer sur une île quelque part dans un endroit sympa, pis on me laissera là-bas quelques années, le temps que ça se tasse. Il me dit que c'est un « non extradition country », et que là-bas, personne peut me faire chier, à part évidemment ceux qui m'y auront envoyé. Il me dit encore que c'est le coup classique, tout le monde sait que ça marche comme ça, sauf ceux qui savent pas évidemment, mais eux, ils comptent pour du beurre. Il me dit aussi qu'on me donnera un gros chèque, parce qu'aux States, quand tu fais gagner de l'argent à l'État en niquant ton employeur, l'État te verse une récompense. Me v'là chasseur de primes, les gars, comme au Far West.

Je dis : « D'accord, ô Génie qui réjouit mon cœur et va sauver mes miches. Deuxième question : puisque ça fait des années que vous savez tout sur tout, pourquoi vous avez laissé faire ? »

Il me répond que c'est pas mes oignons, mais qu'il m'a à la bonne, alors il va m'affranchir. Il me dit que Niktonklebsis est une boîte de daubes, que Surdieu est un larbin débile placé là pour faire ce qu'on lui dit, que c'est les banquiers qui lui disent quoi faire, à ce con, pis que les banquiers obéissent à leurs clients, et que leurs clients ont eu intérêt, à un certain moment, à fusionner BCM et SDF, mais que maintenant ils ont intérêt à faire autre chose, et que donc on va faire sauter Niktonklebsis, et même que ça va chier pour quelques connards, parce qu'il faut bien qu'on donne à croire aux 93,75 % que justice est faite, et toutes ces conneries.

Je lui demande : « C'est qui, les 93,75 % ? »

Il me dit que bon, il m'a vraiment à la bonne, alors il va me répondre, mais que franchement, je suis pas dégourdi, même pour un connard de Français. Il m'explique que le monde se divise en cinq catégories. D'abord, qu'il me fait, y a ceux qui sont plus cons que la moyenne, ça fait 50 % des gens. Ceux-là, ils comprennent pas, parce qu'ils peuvent pas, et on les nique, et c'est bien fait pour eux. Après, sur les 50 % qui restent, ben y a la moitié, donc 25 %, ils sont moins cons que la moyenne, mais plus lâches que la moyenne, et ils osent pas comprendre, et donc on les baise aussi, et c'est bien fait, là encore. Après, sur les 25 % qui restent, qui sont moins cons et moins lâches que la moyenne, ben y en a la moitié, donc 12,5 %, qui sont plus flemmards que la moyenne, alors ils comprennent qu'on les nique, mais ils se laissent faire parce que résister, ça fatigue, et donc eux aussi, ben on les nique, et c'est moral. Après, sur les 12,5 % qui restent, ben y en a la moitié qui sont plus honnêtes que la moyenne, donc ils profitent pas du système, ces cons, donc on les nique aussi, et ça, c'est pas moral mais on les nique quand même. Après, ben il reste les 6,25 % qui sont moins cons que la moyenne, moins lâches que la moyenne, et moins honnêtes que la moyenne, et ceux-là, ben ils baisent les autres. Et donc, par le fait, t'as 6,25 % des gens, ils baisent les 93,75 % restants, et ceux-là, les baisés, ben c'est pour eux qu'on fait semblant qu'il y ait une justice : ça rassure les cons, ça réconforte les lâches qui ont l'impression d'être des mecs bien dans un monde bien, ça permet aux flemmards de pas avoir à bosser, et pis ça entretient les illusions des mecs honnêtes, intelligents et courageux, vu que ceux-là, vaut mieux les endormir, faut s'en méfier.

Je lui dis merci monsieur, ça pour de la sociologie appliquée, ben c'est de la sociologie appliquée. Après, je vais pour lui poser une autre question, mais il me dit que j'ai déjà épuisé mon crédit de trois questions, alors j'ai plus qu'à la boucler, et à obéir, bordel de merde.

Je dis oui monsieur, mais j'ai les boules.

Je comptais lui demander l'identité du Grand Enculeur.

*

Après ça s'enchaîne pour moi. Je fais ce que mister Blackstone me dit de faire, vu que c'est lui mon nouveau maîmaître. Je profite d'un voyage aux States pour prendre contact avec un mec qu'il m'avait dit de contacter, un enculé qui dit qu'il bosse pour un truc genre Securities and Exchange Commission, « Protecting Investors and Markets », tout ça, mais en réalité, c'est du pipeau, c'est un mec qui bosse directement pour la Maison Blanche, c'est-à-dire, en fait, pour les mecs qui tiennent la Maison Blanche, en ce moment.

Les Ricains m'écoutent, genre « Non, c'est pas vrai, alors y a des escrocs affreux qui ont niqué les braves épargnants obèses conducteurs de quatre-quatre polluant qu'ils sont le sel de la terre, mais y a des malfaisants dans le monde, mon pauvre monsieur ! » Faut les voir, ces enculés, en train de jouer les saintes nitouches, parole eux, ils étaient au courant de rien. Franchement, dans leur genre, ils sont impayables. S'ils n'existaient pas, le Diable les inventerait.

Après, ben ça s'enchaîne pour les autres aussi. Y a Capelle qui vient, de son plein gré, témoigner comme quoi oui, oui, il confirme, il est vraiment désolé, mais il pouvait pas faire autrement, les ordres sont les ordres. Ah oui, bien sûr, il est prêt à justifier beaucoup de choses, mais enfin pas tout, n'est-ce pas ? Tenez, il a même pris la peine de demander un audit, parce qu'il avait des inquiétudes, vous comprenez ? Mais c'est Surdieu, voyez, il y tenait, à la créativité comptable. Salopard de Surdieu, qui oblige le gentil François Capelle a faire des choses « non absolument conformes à l'idée que je me fais de la déontologie et de l'éthique managériale », comme il dit, le Françounet, l'air contrit, faut voir ça. S'il était pas né Français, il mériterait d'être ricain, ce super-enculé.

Surdieu, lui, il craint pas grand-chose. Il a fait l'ENA, notre Surdieu, alors l'État françousse le protège – Enfin l'État : disons ses petits copains de promo, quoi. Faut voir ça, c'est beau comme de l'antique. Le Surdieu, qu'il était là, depuis le début, à nous dire que le marché mondialisé il était mondial, et l'État pas beau empêcheur de faire du fric, ben pas froid aux yeux, maintenant il vient causer dans le poste à la téloche, pis il dit : « Il faut que l'État assume ses responsabilités pour préserver les intérêts économiques du pays », pis après il assure, genre hâchement sûr de lui : « Les fondamentaux de Niktonklebsis Europe sont excellents, il ne s'agit que d'une mauvaise passe à surmonter, le marché va repartir, mais dans l'immédiat, nous avons besoin d'aide pour nous restructurer. » Il dit aussi, notre Surdieu, comme quoi il est le mieux placé pour mettre en place la « gouvernance du changement » qui va « piloter le nécessaire recentrage du groupe sur ses métiers de base » – mais là, il l'a dans l'os : ses potos le couvrent, mais on lui retire son jouet. La « gouvernance du changement », c'est pas pour lui. On le mute quelque part à la Française des Jeux, ou bien à la Caisse des Dépôts, je ne sais plus – enfin, un truc comme ça. Un placard archi-doré, quoi. Pis après, on met juste un autre Surdieu, qui vient causer comme quoi faut pas s'inquiéter, on va gouverner le changement, et ça ira bien, package de motivation pour tout le monde !

La France, ça changera jamais. Ça crèvera juste content, sans même se rendre compte que c'est crevé.

Aux States, c'est moins feutré. Le redneck du Middle-West qu'avait misé sa retraite par capitalisation sur Niktonklebsis, il l'a grave dans le cul, alors faut que ça saigne. Ici, le plan, c'est pas de pitié pour les canards boiteux, donc quand tu coupes une patte à la moitié des canards, ça remue dans la basse-cour. Les mecs, ils ont pas de retraites par répartition, pas d'assurance-chômage, pas de revenu minimum d'insertion, rien, peau d'zob. Quand notre action dévisse de 90 % en trois semaines, ben le redneck du Middle-West, il a plus qu'à revendre son quatre-quatre de merde et à s'acheter une trottinette pour distribuer le journal histoire de pas crever de faim. Quand pour sauver les meubles, t'as Overgod qui vire le quart du personnel histoire de comprimer les coûts, ben les mecs ils font leur carton dans les deux heures, et tchao, deux chèques de salaire hebdomadaire, ferme ta gueule et casse-toi. Ça rigole pas chez les cainris. Ici, tu crèves aussi, mais t'es même pas content.

Du coup, les 93,75 %, ils font du raffut. Veulent des têtes. Exigent des coupables. Demandent des procès publics, bientôt ils vont revenir au bûcher, les Pères Pèlerins, chasse aux sorcières et tout le tintouin. Moralité : ça s'organise dans la Grande Confrérie des Enculés, et vite fait bien fait, les mecs te sortent un lampiste pour porter le chapeau. Z'ont pas été le chercher loin, d'ailleurs : c'est Harry qui s'y colle.

Vous vous souvenez forcément d'Harry : c'est le pauvre con de Ricain qui m'avait accompagné chez les putes niaks. Ah, ils l'ont pas raté, le frère. Comme quoi toutes les magouilles, ben c'est lui qu'a tout fait. Overgod ? Overgod, il dit qu'il est innocent. Pis ils ont même pas le temps de le juger : il fait une crise cardiaque, ce con, pile le lendemain du jour où on a appris qu'il était copain comme cochon avec le locataire de la Maison Blanche. Le hasard fait bien les choses, y a pas, c'est bien organisé.

Harry, il prend tout sur la gueule. Mon alter ego ricain, j'aime autant vous dire qu'il déguste. On lui promet des châtiments médiévaux, à ce salaud qui a « dévoyé le capitalisme ». Lui qui trouvait génial que les States aient mis les nègres en prison pour créer un marché carcéral, ben il va aller prendre sa douche à Sing-Sing, comme ça il pourra vérifier sur place. Lui qui aimait tant mettre sa moyenne bibite de blanchette dans le petit cul serré des asiates, il va pouvoir tester la situation inverse, avec son moyen cul-cul de *caucasian American* et des grosses bites de nègres pour lui ramoner le fondement. M'est avis que s'il a des yeux dans le dos, la chetron du Grand Enculeur, il va la voir de près, mon poto.

Moi, pendant ce temps-là, je suis gardé au frais, dans une jolie petite ville à deux cent bornes de la Grosse Pomme véreuse. Pour me tenir compagnie, j'ai deux agents du FBI rien que pour moi. Y en a un qui s'appelle Kenny et qui lit des comics toute la journée. L'autre, il s'appelle Edward et il lit rien du tout, son truc, c'est de démonter et de remonter son flingue, tout le temps. Bonjour la compagnie. Je peux pas dire que comme villégiature, ça soit le pied, mais on s'y fait.

Tous les jours, on me file à bouffer de la Caesar Salad et du cheese-cake. J'en bouffe trois bouchées, et pis je rêve à un bœuf bourguignon, ou alors à une daube provençale. J'ai des fantasmes d'escargots de bourgogne et de canard au sang, comme ça, tout le temps, ça m'aide à supporter. Voyons le bon côté des choses : je mincis, bientôt j'aurai retrouvé ma ligne de jeune homme.

*

Highway to Hell

Ce soir, c'est fête : l'Ancien bouffe avec moi. Il est venu tout droit de France, mon Sarastro bouffon, rien que pour me jouer de la flûte désenchantée.

L'en a plus pour longtemps, le frère, et ça se voit. Le crabe le bouffe. Il tousse pire qu'un commerçant du Marais que t'as appelé Ahmed, il crache pire qu'un Arabe à qui t'as parlé des Juifs, il est pâle comme un nazi qui lit le journal du 9 mai 45. Franchement, il me fait pitié.

Je le prends dans mes bras, je le serre bien fort. Je respire à pleins poumons son haleine légèrement chargée au pastis et sa peau frottée au savon de Marseille. C'est l'odeur de la France, je la respire, et soudain j'entends tout, souvenirs d'enfance, baby-foot dans un café à Vesoul, Claude François qui chante « comme d'habitude » sur un juke-box détraqué, et le glouglou sympathique d'une pompe à bière en fin de parcours.

Bref. Mieux vaut ne pas trop y penser.

Je lâche l'Ancien, et mes souvenirs avec.

Fini pour moi, tout ça.

La porte s'est refermée dans mon dos, tout à l'heure.

*

Aujourd'hui, faut vous dire, c'était l'audience. Le grand trip ricain spectaculaire, avec des avocats à gueule de tordus et des tordus à gueule de juges, des *special agents* de mes deux qui se la jouent en chemise blanche, cravate triste et lunettes noires, et des journalistes à gueule de salopes arrivistes qui sont effectivement des salopes arrivistes. Dans un coin, y avait Harry, la corde au cou, les cendres sur la tête, mais même comme ça il se la jouait, ce con. L'a fait la Une des hebdos business, l'ami Harry : « L'homme qui a détruit Niktonklebsis », « Le Mozart de la finance qui a ruiné notre industrie », « Capitalisme : le facteur humain », etc. Y avait un côté film dans tout ça, c'était beau à voir. Aux states, tout est spectacle, même le désastre. Et d'ailleurs, je crois bien que ce côté film, l'ami Harry, ben ça lui plaisait. Il était sensible à la dramaturgie, percevait vaguement que, d'une manière inattendue, l'Amérique lui offrait un petit rôle dans le grand drame, là, à le foutre au pilori devant quarante caméras inquisitrices. C'était son quart d'heure de célébrité, à ce con.

On est venu témoigner, tous. Surdieu, beau comme un énarque : « Niktonklebsis Europe est une entité saine, aujourd'hui, et c'est grâce au travail de mise au clair que nous avons effectué sur la dette ». Capelle, droit dans ses pompes sombres bout lisse, costume gris sombre, limouille gris perle, cravate gris neutre : « Techniquement, je n'ai fait qu'appliquer les procédures dans le cadre des orientations stratégiques impulsées par Niktonklebsis World ». Y avait aussi une overgodess ricaine, qui est venue pour expliquer que si l'action a perdu 99,9 % de sa valeur, c'est parce que des salauds comme Harry avaient planqué les dettes pendant des années, elle, elle avait essayé d'alerter, mais c'était pas la peine, Overgod il voulait rien entendre. Elle porte une robe blanche et elle a un look de petite-bourgeoise paumée chez les requins, la mère, mais je suis pas dupe. Elle joue tout bonnement le même numéro que Capelle, l'ingénue perverse – et d'ailleurs elle le joue mieux, faut reconnaître.

Après, ça a été mon tour. Quand j'ai juré de dire la vérité, ça m'a fait mal pour la Bible. J'avais envie de balancer un truc du genre : « Ô Babylone, j'écris sur tes murs que ta chute est certaine, car ton cœur est corrompu, et ta face avenante dissimule la plus noire des âmes » - ou un truc dans ce goût-là.

Mais bref, vu que je suis moi, rien que moi, c'est-à-dire pas grand-chose et même un peu moins, j'ai juste enfoncé Harry à mort, pile comme on m'avait demandé. J'ai fait : « Votre honneur et tout ce qui s'ensuit, regardez-moi : je suis une petite frog débile, qui mange du fromage en buvant du vin la moitié du temps, je ne comprends rien à rien, je suis tellement stupide que la planète entière se fout de ma gueule, et elle a bien raison. Puis-je, je vous le demande, avoir joué le moindre rôle dans cette fabuleuse tragédie américaine ? Mais non, bien sûr. Le coupable, c'est LUI ! »

Et là, dans un grand geste théâtral, j'ai montré Harry.

Il m'a regardé.

Je l'ai regardé.

Je sais qu'il a pensé : « Petit enculé, sale traître de Français, couille-molle, faux-cul, planqué ! T'es même pas foutu de niquer proprement une pute chinetoque, et tu veux me la mettre ? Non mais, pour qui tu te prends, fromage qui pue ? ».

Et lui, il a probablement deviné que je lui disais, avec mes yeux faussement vengeurs : « Désolé, camarade, mais j'ai l'anus trop étroit pour laisser tomber ma savonnette à Sing-Sing. Toi, par contre, *you have the biggest country in the world*, alors il est temps d'assumer ! »

À son honneur qui me regardait d'un air grave, j'ai expliqué, en causant d'Harry qui se la jouait accusé bien sapé, pire que dans une sitcom ricaine : « C'est LUI, c'est LUI qui a tout manigancé. Il a trompé la confiance de nos chers dirigeants ! Il a abusé la confiance du public ! Il a nui gravement à cette merveilleuse institution du capitalisme dérégulé qui fait la fierté de votre grande nation ! LUI, le petit blanc ricain tout seul dans son costar ! LUI, le coupable absolu, le coupable de tout, tout le temps, depuis le début ! C'est LUI qui doit aller se faire défoncer le fion par les taulards négros que vous, ô justes juges, avez si judicieusement entassés dans votre goulag néolibéral à turbo-compression intégrée ! MOI, je suis comme vous, votre honneur, comme tous les honnêtes citoyens qui font votre puissante République : je suis la victime de cet escroc ! Je reconnais que j'avais plus d'information que le public, certes, mais je n'ai pas su l'utiliser, cette info. C'est que, vous comprenez, en France, nous sommes un peu retardés de naissance. Je demande pardon, d'ailleurs, d'être français malgré moi. Promis, si je peux changer pour devenir disons au moins canadien, je le ferai. Slurp, slurp, encore un petit coup sur le bout de la godasse ? Non, vous êtes sûr ? Bon, comme vous voulez. »

Les mecs de la SEC étaient tout contents après mon témoignage. « Well done ! », m'a balancé un ponte déguisé en sosie d'Alan Greenspan. Z'étaient tout contents, les frères, que je les aide à exorciser leur chti démon national en leur fourguant un bouc-émissaire taré. Je vais vous dire, avec les ricains, maintenant, je connais le truc : si tu veux pas d'ennui avec eux, faut juste hurler en même temps qu'eux – et pis si tu hurles contre un des leurs, ça marche aussi, et même mieux !

M'avaient à la bonne, les mecs. Le soir, comme récompense, quand on est rentré dans ma résidence hâchement surveillée avec mes anges gardiens, j'avais la grosse cote. Edward s'est dévoué pour commander un repas amélioré, avec de la bouffe tex-mex que ça, c'est à peu près mangeable, et Kenny m'a tellement pris en affection que rien que pour me faire plaisir, il s'est arrêté dans une épicerie du coin qui fourgue des produits françousses, et j'ai pu me bouffer mon premier camembert depuis des mois.

Et le dernier avant très, très longtemps.

*

Normalement, ce soir, l'Ancien ne devrait pas être là. Sa présence, c'est une petite faveur de François Capelle. Il devait venir seul, le Françounet, mais j'ai supplié : je voulais voir mon Ancien, une dernière fois. Alors il a fait un geste, l'homme en gris : il a baratiné les ricains comme quoi l'Ancien pouvait lui apporter une technicité machin qui va bien, pendant le procès, et comme les autres n'en ont rien à foutre du nombre de bouffeurs de grenouilles qui débarquent chez eux, ils ont dit d'accord.

Et donc ils sont là tous les deux, avec moi, ce soir, Capelle et l'Ancien.

Capelle, l'homme qui a enculé Surdieu.

Le Grand Enculeur, donc.

Et pis à côté l'Ancien, mon Ange.

Ils sont là tous les deux, et pour ma dernière soirée avant l'exil, le long, le très long exil qui m'attend, ils me parlent, l'un après l'autre, et l'un après l'autre, ils m'enseignent, enfin, le Grand Secret.

Chacun des deux, à tour de rôle, a tiré les leçons de mon aventure. Et chacun des deux, chacun à sa place, m'a offert, enfin, la clef qui ouvre la dixième porte de l'Enfer.

Capelle une face, l'Ancien l'autre.

Kif quand tu copies une clef dans un moule.

Y a d'abord Capelle qui nous a expliqué comme quoi cette histoire, c'était très moral. Le père Capelle, le capitalisme, il y croit comme Benoît XVI croit à l'immaculée conception, ou à peu près. L'argent, au Françounet, c'est son Dieu. Il le dit, d'ailleurs, avec une franchise déconcertante : « Le capital exprime la mathématisation parfaite d'un monde clos sur lui-même, » qu'il nous a fait, comme ça, « et c'est pourquoi la faiblesse humaine lui est intolérable. Elle introduit, dans ce système parfait, une perte d'énergie qui rend impossible la poursuite indéfinie de la circulation du signe. La faiblesse, en effet, ne peut être rachetée que par un don sans contrepartie. Or, lorsque je suis dans mon bureau, entouré de chiffres, la perfection du signe monétaire me frappe précisément en ceci que, voyez-vous, ce qu'il y a de beau dans le capitalisme, *c'est que rien n'est gratuit.* »

Il était en verve, Capelle. Il se sentait investi d'une mission : prouver que malgré la crise que nous venions de traverser, les gars comme lui faisaient du *bon boulot*.

« L'absence de gratuité est la clef de voûte du système, et en cela réside son ineffable perfection. L'absence de gratuité rend possible la compensation permanente de l'actif et du passif, elle autorise cette merveille : l'équilibre permanent, dans le déséquilibre permanent rééquilibré en permanence. Grâce à l'absence de gratuité, *tout fait sens.* J'ai lu dans certains journaux que nos montages financiers étaient absurdes : il n'y a rien de plus faux. Ils étaient parfaitement logiques. Nous avons constamment pu présenter des comptes cohérents, sauf pendant le court laps de temps où, pour des raisons que vous connaissez, nous avons confié le gouvernail à cet abruti de Durieu. »

J'ai gueulé, là, parce qu'il y allait fort.

« Tout de même, François, nous avions fini par surévaluer notre actif pratiquement à hauteur du PIB d'un pays africain. Quand il y a un tel écart entre le réel et sa représentation, je ne vois pas très bien ce qui fait sens... »

Mais il avait réponse à tout, le père Capelle.

« Raisonnement à courte vue, mon cher. En créant le PIB fictif d'un pays africain par un jeu d'écritures mathématiques cohérentes, *nous avons prouvé qu'un pays africain devait être pillé pour que nos comptes soient rééquilibrés.* Un point c'est tout. Ce qu'il faut bien comprendre, c'est que le décalage entre la représentation financière et le réel ne traduit pas un dysfonctionnement de la représentation, *mais un appel à ajuster le réel.* »

L'Ancien a grogné : « Arf ! »

Pis il a fermé sa gueule. Il attendait la suite.

J'ai dit : « Ah ben merde alors. » Je sais, c'est pas très imaginatif, comme réponse, mais franchement, le Françounet, là, il m'avait séché.

La suite, c'est que Capelle s'est tourné vers moi, puis il est parti dans un exposé que, mes chers amis, je n'oublierai jamais, même si je vis cent ans.

« Le monde est imparfait, » dit-il, « tandis que le signe monétaire est parfait. Par voie de conséquences, quand le monde et le signe monétaire sont en désaccord, c'est que le monde doit être changé.

« J'ai lu dans des journaux que nous avions provoqué la ruine de centaines de milliers de petits épargnants. Eh bien, je vais vous dire : cela prouve tout simplement que ces petits épargnants *devaient* être ruinés pour que la cohérence du signe soit préservée.

« Je sais bien qu'a priori, il n'y a pas de logique formelle derrière l'enchaînement de causalités qui conduit de notre créativité comptable à la ruine de ces gens. Mais cet enchaînement n'en possède pas moins sa logique cachée. Si nous avons fait preuve de créativité, en effet, c'est parce que l'équilibre de nos comptes l'exigeait. Nous avons fait ce qui était nécessaire pour que nos actionnaires retirent de leur investissement le profit escompté. Et voyez-vous, nous avons bien fait : c'est ainsi que nous avons attiré l'investissement, comme c'était notre travail de le faire. Alors voilà, arrive bien sûr le moment où il faut, pour dire les choses simplement, que la ruine des uns compense les profits des autres : je veux bien qu'on me dise que c'est brutal, mais pas que c'est illogique. Des épargnants ont été ruinés ? Et alors ? Chacun dans cette histoire tient le rôle qu'il doit tenir, *pour que l'ordre règne* – y compris les épargnants ruinés.

« Vous serez forcément d'accord avec moi : il est dans l'ordre des choses que les investisseurs exigent du rendement. Il est donc dans l'ordre des choses que les comptables, s'ils sont dignes de ce nom, fassent preuve de créativité pour aider à construire ce rendement. Et au final, il est donc dans l'ordre des choses que les investisseurs les moins avisés payent pour ceux qui ont été plus avisés. En réalité, en ruinant les uns par les profits des autres, nous n'avons fait qu'assurer la détention du capital par les acteurs les plus performants, donc les plus aptes à le faire fructifier. En somme, en ruinant les acteurs mal avisés, nous avons fait œuvre de *prophylaxie économique*. Nous avons rendu possible le rééquilibrage du système dans sa dynamique, en nous assurant que le signe futur serait cohérent avec les espérances fondées sur le signe présent – et pour cela, nous avons opéré une sélection sur les détenteurs du signe. Rien ne peut faire plus sens à mes yeux.

« Alors, bien sûr, vous me direz : pourquoi ai-je dénoncé cette affaire ? Pourquoi ai-je décidé, à un certain moment, de faire exploser la bulle que nous avions gonflée ? Eh bien je n'irai pas par quatre chemins : j'ai agi ainsi parce que j'ai compris, à un certain moment, que notre hiérarchie n'était pas *digne* de sa tâche, qu'elle n'avait pas les qualités requises pour assurer la *prophylaxie économique* dont nous sommes les opérateurs conscients.

« Ce soir à New-York où nous avons sympathisé, toi et moi, tu m'as dit : *l'argent, c'est de la merde*. Eh bien, tu avais tout à fait raison : l'argent *vu par des types comme Surdieu*, c'est de la merde. Car leur argent, vois-tu, n'est pas le mien. Leur argent n'est que l'expression de leur désir, et donc, fondamentalement, de leur *désir de gratuité*. Ce n'est pas *mon* argent, ça…

« Ces gens-là, les surdieux de tous poils, sont *indignes* de servir l'argent, le vrai. Leur vision de l'exercice auquel nous nous livrions, toi et moi, n'a jamais été que celle d'individus médiocres, enfermés dans un narcissisme régressif, et dans l'attente infantile d'une satisfaction fusionnelle. Ils ne portent pas en eux le principe qui doit s'imposer dans le monde, ce principe que je touche lorsque je suis environné de chiffres, dans mon bureau, ce principe de *perfection, d'ordre, d'unité*.

« Crois-moi : Surdieu n'est pas un opérateur optimisé du point de vue de la rationalité économique. Donc, on ne peut pas lui faire confiance. Et donc, la prophylaxie économique dont je suis l'agent volontaire, exigeait que je le trahisse. Rien de plus logique !

« Tout est bien, mes chers amis. Tout est cohérent. J'ai fait ce que j'avais à faire, depuis le début – et vous aussi, à votre place. J'ai fait en sorte que l'argent accomplisse la tâche pour laquelle il est venu au monde : faire du monde l'incarnation sans défaut de la pureté mathématique du signe. »

Pis il s'est tu, le Capelle, et moi je le regardais avec des yeux ronds, et l'Ancien, lui, il souriait, comme un gars qui pense : nous-y voilà. Il souriait juste, hein, l'Ancien, et il répondait pas. Et Capelle a cru qu'il était d'accord, que moi aussi je l'étais.

Ça s'appelle un *léger malentendu*.

Après ça, on a tapé dans le calendos et pis Capelle s'est esbigné, vu qu'il devait se coucher tôt, il avait une réunion hâchement importante à Moscou, le lendemain. Il m'a dit au revoir, et ça sonnait comme adieu, il a serré la pogne à l'Ancien, et pis il s'est barré, l'est allé faire son boulot de Grand Enculeur, à Moscou ou à Tombouctou, j'en sais rien et je m'en fous.

Moi, j'avais plus qu'une idée en tête : parler à l'Ancien, une dernière fois.

*

Morale

C'était y a quatre ans, cette soirée avec Capelle et l'Ancien, mais je m'en souviens comme si c'était hier.

Faut dire que depuis, il s'est pas passé grand-chose dans ma vie. Les cainris m'ont expédié dans un « non extradition country » sous les tropiques, j'ai du pognon mais pas le droit de sortir de la chtite île privée qui m'est allouée, avec quelques planqués dans mon style. Les mecs du FBI m'ont prévenu : ma sécurité, ils ne l'assurent qu'ici, sur ce tas de sable avec des cocotiers dessus. Dehors, dans le grand monde, ils promettent rien. Quand t'encules Salomon Sisters pour le compte de l'Union des Banques Montagnardes, avec Goldsaxman, Mazarin Pognon et Oncle Lazard en commanditaires, et pis même avec un petit coup de pine dans le cul du Signor Rossati, au passage, eh ben t'as pas intérêt à marcher au soleil. Tu vois ce que je veux dire ?

Bref, voilà, toute la journée, je picole et je regarde le foot sur des chaînes satellites. De temps en temps, je m'offre une Natacha locale, c'est pas cher. Sinon : rien. The big nowhere, comme disait l'autre. Je me fais chier, j'aime autant vous le dire.

Parfois, à la nuit tombée, je descends sur la plage. Comme ce soir. Surtout quand il y a la pleine lune. J'aime bien regarder le reflet de la lune sur les vagues. La manière qu'elle se mire, cette conne. Et puis j'aime bien, aussi, le flux et le reflux de l'océan, qui n'en a jamais marre d'user la terre. Je suis là, je regarde, j'écoute, et je repense à l'Ancien, le soir où il m'a terminé, mon Ange.

Quand je suis revenu pour achever le calendos avec lui, après avoir dit adieu à Capelle le Grand Enculeur, je l'ai trouvé en train de picoler du pinard à la boutanche, le Vieux. J'en ai tirebouchonné une autre, de bouteille, vu qu'il l'avait presque finie, celle-là, et pis on a causé, comme deux frogs qui boivent du vin rouge, sous les yeux intéressés d'Edward, qui m'avait pris en sympathie et qui trouvait ça marrant, de nous voir comme ça, tellement français qu'à dix kilomètres, il nous aurait repéré, le siroteur de coca.

J'ai dit à l'Ancien : « Putain, Capelle, c'est vraiment le Grand Enculeur incarné ! »

« Ouais, » qu'il m'a répondu, mon Ange, « merci de me l'avoir montré. Capelle, tu vois, c'est ce qui arrive quand le Néant s'installe dans un être. Ne reste plus que l'exigence de pureté, le fantasme de perfection, la branlette mathématiquement optimisée. Telle est la nature du Grand Enculeur, mon chou : il est ce qui reste quand tout le reste s'est barré. Sa grosse bite en creux, découpée dans le réel comme une ombre d'antimatière, eh bien c'est de cela qu'elle naît : de ce petit néant portatif, de cette absence, de ce besoin d'être qui retourne le Néant sur lui-même. »

« Tu philosophes, » j'ai dit.

« Non, je constate, » qu'il m'a répondu. « Pourquoi tu crois que depuis le début, je souligne que je t'encule, mon minet ? »

« Gros pédé, » j'ai gueulé, « tu me dégoûtes à la fin, avec tes histoires de bite ! »

Il a ri, l'Ancien, pis il m'a dit : « Ce que tu n'as pas compris, mon chou, c'est que la pédérastie initiatique est le sous-jacent indispensable à tout processus éducatif – au sens occidental du terme, en tout cas. »

« N'importe quoi ! », j'ai dit. « Enculer les petits garçons pour les éduquer, ça fait deux mille ans au moins que c'est passé de mode ! »

« Ouais, » qu'il a dit, en finissant la bouteille à plein goulot, avec une larme de vin qui s'est écrasée sur son col, « ouais, aujourd'hui, c'est plus feutré. On fait dans l'indirect. On suggère. On tourne autour du pot. Mais crois-moi, on encule quand même ! »

Ce coup-là, j'en avais marre.

« Écoute, l'Ancien, tu sais que je t'adore. Que dis-je : je t'idolâtre ! Mais bon, steplé, arrête de répéter que tu m'encules. Je suis un homme, maintenant, quoi, un peu de respect, bordel ! »

« Prouve-moi que tu es un homme, » qu'il m'a lancé, comme ça, tout à trac.

« Ben, » j'ai fait, « euh… »

« Tu vois, » il s'est marré, l'enflure. « Tu causes sans savoir. Je te dis que l'éducation, c'est un truc de pédé, et toi, tu chiales. »

Alors il s'est redressé sur sa chaise, et il reposé la bouteille, et puis il m'a dit, sérieux, soudain : « Bon, maintenant, écoute. Tu te souviens des bédés que tu lisais, avant d'être con ? »

« Tu veux dire quand j'étais gamin ? »

« Ouais, c'est ça. Tintin, Astérix, Lucky Luke, Alix, Batman, tout ça. Y a pas un truc qui t'a frappé, dans ces comics à la con ? »

« Tu veux dire à propos des pédés ? »

« Mais ils sont tous pédés comme des phoques, voyons ! »

« Ah, Tintin, je crois pas à son homosexualité, » j'ai fait, « et pis… »

« Mais y a pas de et pis ! », qu'il a dit, l'Ancien. « Il est pédé, point final. Pire que toi ! Il a vingt berges, il porte des frocs à la con qui lui souligne sa chute de reins, il se balade avec des guêtres blanches pour faire genre, il vit chez un quadra barbu qui fume la pipe et qui fuit la Castafiore ! Putain, si c'est pas un pédé, ça, qu'est-ce qu'il te faut ! Et les titres, franchement ? *Objectif lune*, *les cigares du Pharaon*, non mais je vous jure… »

J'ai compris que le cas Tintin était pas plaidable, alors j'ai changé de tactique.

« Bon, Tintin, d'accord. Mais Astérix, lui… »

L'Ancien, là, il a carrément bondi sur sa chaise.

« Putain, mais quel enculé de petit pédé, çui-là ! Attends, il a un copain, c'est un gros poilu qui sculpte des menhirs, genre grosse bite en granit. Le mec, il se balade torse nu avec une grosse ceinture à clous pour tenir son froc. Ils vont ensemble dans la Légion pour fuir une femme qui a séduit le gros, même que ça fait flipper le petit, et quand ils ont fini de profiter de la saine camaraderie virile propre à l'institution militaire, ils vont en Grèce se reposer, histoire de se mesurer à la course avec les éphèbes. Avoue que c'est chargé, comme dossier ! »

J'ai soupiré. Une fois de plus, l'Ancien voyait clair…

« Lucky Luke, il a pas de vie sexuelle, et pis il est trop poli avec les ladies, c'est louche. Le seul être qui compte dans sa vie, c'est Joe Dalton. Il lui court après pour lui mettre des chaînes, sans commentaire… Quant à Alix, » il a rajouté, histoire d'enfoncer le clou, « c'est tellement évident que je n'insiste pas. »

« Et Batman aussi, alors ? », j'ai fait, histoire de sauver au moins *un* de mes héros d'enfance.

« J'arrive pas à décider si c'est un pédé refoulé qui joue les sado-masos pour exorciser sa haine des femmes, » a murmuré mon maître, « ou un sado-maso assumé qui a préféré virer fétichiste pour pas devenir pédé. En tout cas, ce qui est sûr, c'est que c'est le seul mec qui peut entrer à la soirée Démonia en tenue de travail… »

Y a eu un silence de qualité, vu que l'Ancien restait pensif sur le cas Batman, et moi je méditais tout ça.

« Pourquoi que tu me dis tout ça maintenant, l'Ancien ? », j'ai demandé, après avoir bien cogité.

« Parce que je veux que tu comprennes comment ne pas devenir comme Capelle, » m'a répondu mon Ange, en levant sur moi un regard si plein de bonté que, soudain, j'en ai eu les larmes aux yeux.

« Et comment je dois faire ? », j'ai demandé.

Il s'est allumé une clope, que son médecin lui a interdit mais il s'en fout, bien sûr.

« D'abord, trouve-toi une femme et fais des chiards, mon con, » qu'il m'a répondu. « Pourquoi tu crois que les gosses, on les forme en leur racontant des trucs de pédé ? Parce que c'est de leur âge. On leur parle de tout, sauf du truc qui fait peur. Et le truc qui fait peur, dans la vie, mon garçon, c'est l'amour. L'amour d'une femme, je veux dire, et pis la responsabilité qui va avec. Aimer, c'est terrible. Etre aimé, c'est pire. Mais c'est ça qui fait un homme, mon chou : l'amour. Si t'aimes pas, t'es pas un homme. »

J'ai réfléchi, pis j'ai dit : « L'Ancien, tu dérailles. Capelle, il a des gosses. »

« Ouais, » qu'il m'a dit, « mais il les aime pas. Capelle, il est vide. Il a fait des gosses parce que ça fait partie du rôle qu'il joue, c'est tout. Rien ne lui fait peur, à ce con. »

« Moi, » j'ai dit, « fonder une famille, ça me ferait peur. »

« Je sais bien, » qu'il m'a répondu, « pour des mecs normaux, comme toi, c'est différent : t'as peur, je le sens. T'as peur de la différence des sexes, hein ? T'as peur de la chatte qui va matérialiser ta bite, hein ? T'as peur de l'échange de fluides, hein ? Et pis tu sais, » qu'il a dit encore, avec sa voix douce, « c'est pour ça que j'ai fait semblant de t'enculer, tout ce temps : pour que t'aies pas trop peur, mon petit. »

Puis encore, il avait pas fini, il a continué. Il s'est penché vers moi et il m'a dit : « Ils vont t'envoyer au vert, ça te laissera le temps de gamberger. Alors profites-en. Demande-toi pourquoi, pendant toutes ces années, tu n'as jamais pris d'initiative. Demande-toi pourquoi, le jour où t'étais prêt à faire péter la baraque, Capelle s'est pointé et en deux coups les gros, il t'a récupéré la révolte sur le dos. Demande-toi pourquoi, pendant toutes ces années, tu as eu si peur. Demande-toi pourquoi, pendant toutes ces années, tu t'es caché derrière ton conformisme. Pourquoi tu es devenu un sale connard. Pourquoi tu es rempli de haine et de mépris envers toi-même. Pourquoi tu passes ton temps à te punir. De quoi tu te punis, mon con ? Qu'est-ce que tu devrais avoir pour te remplir, et que t'as pas ? »

Il s'est renversé dans son fauteuil, il a regardé le plafond et il a dit : « Le dernier tournant du labyrinthe, je l'ai pris, là, tu vois. J'en ai plus pour longtemps. Donc bientôt, mon garçon, je ne serai plus là pour te rendre le trou de balle hermétique. Alors faut te grouiller de piger le truc, gamin. Sinon, la prochaine bite que t'auras dans le cul, ça sera celle du Grand Enculeur. »

Et moi j'ai réfléchi à tout ça. J'ai repensé à ce que disait Capelle, et à ce que disait l'Ancien, et soudain, là, dans cette villa merdique au fin fond du Vermont, sous le regard bovin d'un agent du FBI occupé à remonter son flingue en tirant la langue, j'eus une *illumination*.

*

Cela fait quatre années que je vis sur cette île. Le tout dernier tournant de l'immense labyrinthe, je l'ai pris de mon vivant. Je sais tout désormais de ce faux paradis, de cette île bien gardée aux rivages magnifiques. J'y vis seul à jamais, et j'y suis en Enfer.

L'Enfer, toi qui me lis, sache-le, est un grand simulacre. On y vit presque heureux, mais presque seulement. La lune est mon amie, qui se reflète sur les flots. Son reflet me ressemble, jeu de lumière dans l'ombre. Je suis seul, misérable, nul homme ne me connaît, nulle femme pour me chérir. Je n'ai, pour me peupler, que la mémoire et le regret.

Je me souviens des jours passés, et donc des occasions manquées. J'étais un petit homme, qui faisait ce qu'on lui disait. J'étais un petit homme, qui toujours obéissait. On me disait : flèche pointant vers le bas, et je faisais pointer la flèche. On me disait : gagne de l'argent, et je gagnais de l'argent. On me disait : sois du bon côté, et j'étais du bon côté.

J'ai fait tout ce qu'un homme doit faire, d'après ce qu'ils m'avaient dit. Et à présent, que me reste-t-il, au fond du cœur ? Rien. Ils m'ont tout pris.

Je me revois dans mon appartement, ce soir lointain où j'eus secrètement envie d'inviter à dormir un homme qui passait sa nuit dans ma poubelle. On m'avait dit que ça ne se faisait pas, alors je ne l'ai pas fait. Je me revois, ce soir-là, malheureux et ne le sachant pas, plein de haine et de désirs pervers. Et maintenant, je comprends tout.

Je me revois devant le comité de direction, pour parler du socle propédeutique des logiques transverses, ou de je ne sais plus quelle ineptie du même ordre. On m'avait dit qu'il fallait en parler, alors j'en parlais. Je me revois à côté de Surdieu, dans une réunion à laquelle je ne comprenais rien, une réunion où il était question des fonds de pension. On m'avait dit qu'il fallait faire semblant de comprendre, alors je faisais semblant de comprendre. Je me revois à côté de Capelle, dans une réunion où il était aussi question des fonds de pension, et où j'ai compris soudain de quoi il retournait. Là, on m'avait dit qu'il fallait faire semblant de ne pas comprendre, alors je fis semblant de ne pas comprendre. Et maintenant, je sais quelle peur secrète m'empêchait de dire non, de me lever, de protester, de dénoncer.

Je me revois dans une usine, chargé de détruire des vies pour que tournent les machines. Je me revois à l'hôtel, hésitant entre Nadine et Carine, et jouant de cette hésitation pour ne pas décider. Je me revois dans le train, à côté de Nadine Leperron. Je repense à cette minute, où j'ai failli lui prendre la main. On m'avait dit que ça ne se faisait pas, alors je ne l'ai pas fait. Et puis je me revois, à l'arrivée du train, la regardant partir dans la foule, déjà prêt à me soûler, et ne comprenant pas pourquoi.

À présent, je sais pourquoi.

Et vous qui me lisez, apprenez-le.

Faute de quoi, vous finirez comme moi, tout seul sur une île, avec le reflet de la lune sur les vagues, à minuit passé.

Ils vous mettront dans un train. Ils vous diront qu'il est inutile de briser les vitres pour sauter, parce que le train va trop vite pour que vous sautiez. Et vous les croirez, parce que c'est la vérité. Ils vous diront qu'il est inutile de chercher le signal d'alarme, parce qu'il n'y a pas de signal d'alarme. Et vous les croirez, parce que ça aussi, c'est la vérité. Ils vous diront encore qu'il est inutile de remonter le train pour braquer le conducteur et l'obliger à arrêter le train, parce qu'il n'y a pas de conducteur. Et là encore, vous les croirez, parce que là encore, c'est la vérité.

Et puis ils vous prendront tout à l'arrivée du train. Et vous n'y pouvez rien.

Ils vous prendront votre honneur, parce que leur petitesse est encore bien plus grande que votre courage. Ils vous prendront votre fierté, parce que leur bassesse est encore bien plus élevée que votre mérite. Ils vous raviront même votre cœur, fibre par fibre, parce qu'ils vous injecteront un poison de haine, d'égoïsme et d'hypocrisie qui vous tuera, que vous le vouliez ou non.

Et vous n'y pouvez rien, et quand le train s'arrêtera, vous serez nu, ils vous auront tout pris.

Et cependant, non.

Ils ne vous prendront pas tout.

Il y a une chose qu'ils ne vous prendront pas.

Une seule.

Celle que vous aurez *donnée*.

Regardez autour de vous dans le train de la vie qui s'en va. Vous trouverez, partout autour de vous, des gens qui ont besoin de ce que vous avez. Vous trouverez des pauvres, qui dorment dans une poubelle, et qui espèrent que vous allez leur offrir un toit pour dormir. Vous trouverez des femmes qui crèvent de solitude, et qui espèrent que vous allez leur accorder un peu d'amour. Vous trouverez des hommes perdus, et qui ont besoin que vous leur donniez un moment de colère – et qui souvent le savent, et l'espèrent aussi, inconsciemment.

Ce toit pour dormir, ce peu d'amour qu'on vous demande, cette colère qu'on attise, *donnez-les*.

Oh, je sais que vous aurez peur de donner. Je sais que vous tremblerez, à cet instant décisif, quand vous ferez ce qu'on vous a dit de ne pas faire – ce qu'en bonne logique, vous ne *devriez* pas faire.

Faites-le quand même.

Faites-le joyeusement.

Faites-le franchement.

Vivez.

Brisez les règles.

Soyez *gratuit*.

Be *free*.

ÉDITIONS LE RETOUR AUX SOURCES

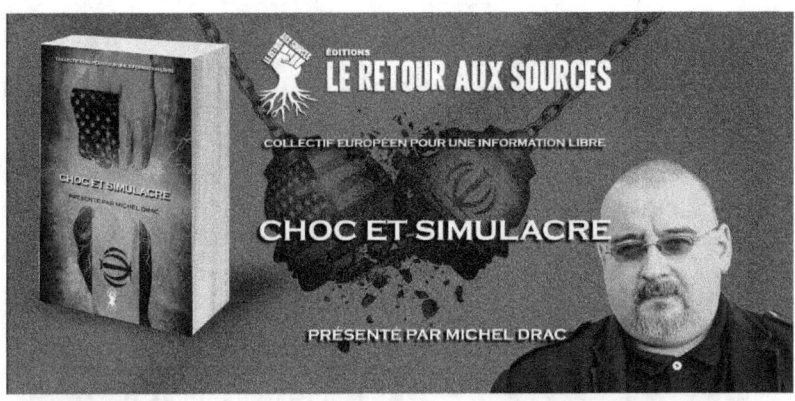

www.leretourauxsources.com

www.ingramcontent.com/pod-product-compliance
Lightning Source LLC
Chambersburg PA
CBHW061438030726
47503CB00005B/1461